Benjamin-Lucas Schmidt

Pandoras Erbe

Pandoras Erbe

Aufstand gegen die Elite

Genre

Primär: Thriller / Politthriller
Sekundär: Science-Fiction-Thriller / Dystopie

Benjamin-Lucas Schmidt

Verlag: BoD · Books on Demand GmbH, Überseering 33,
22297 Hamburg, bod@bod.de
Druck: Libri Plureos GmbH, Friedensallee 273,
22763 Hamburg

###Kontakt zum Autor: b.lucas.s@web.de

ISBN: 978-3-7693-3818-8

Zur besseren Lesbarkeit wird in diesem Buch
das generische Maskulinum verwendet.

Inhaltsverzeichnis

WIDMUNG

Dieses Buch ist all jenen gewidmet, die im Schatten von Intrigen, Unterdrückung und Machtmissbrauch gelebt, gekämpft und gelitten haben.
Es ehrt ihren Mut, für die Wahrheit einzustehen, selbst wenn die Welt gegen sie stand.
Mögen ihre Stimmen für immer nachhallen und ihr Opfer unvergessen bleiben

Meinungen von Lesern der Vorabausgabe:

Matthias K. (50 Jahre)
„Wow, was für ein Buch! Die Welt, die hier aufgebaut wird, ist so greifbar und gleichzeitig beängstigend realistisch. Ich konnte nicht aufhören zu lesen – jede Seite hat mich tiefer in diese düstere Zukunft gezogen. Die Konflikte, die Charaktere, die Wendungen: Alles sitzt. Besonders Lars hat mich mit seinem Mut und seiner Entwicklung beeindruckt. Dieser Thriller ist mehr als nur Unterhaltung, er ist ein Weckruf. Für mich ein absolutes Highlight dieses Jahres!"

Leonie B. (27 Jahre):
„Ein mitreißender Thriller, der nicht nur spannend ist, sondern auch tiefgründige Fragen über Freiheit, Kontrolle und Moral aufwirft. Die Charaktere und ihre Konflikte bleiben lange im Gedächtnis – ein absolut fesselndes Leseerlebnis!"

Felix H. (44 Jahre)
„Dieser Thriller hat mich bis ins Mark erschüttert. Die Geschichte ist nicht nur packend, sie zwingt dich, deine eigene Realität zu hinterfragen. Ivon und die anderen Charaktere sind so lebendig und glaubwürdig, dass ich das Gefühl hatte, direkt an ihrer Seite zu kämpfen. Besonders beeindruckt hat mich die moralische Tiefe – der ständige Konflikt zwischen Freiheit und Kontrolle hat mich noch lange nach dem Lesen beschäftigt.

Vorwort

Pandoras Erbe: Aufstand gegen die Elite
Die Wahrheit beginnt in den Schatten

Südafrika, 2004. Ein Land voller Hoffnung, das sich auf die erste Fußball-Weltmeisterschaft auf afrikanischem Boden vorbereitet. Doch unter der schillernden Oberfläche brodelt eine unsichtbare Kraft – manipulativ und unaufhaltsam. Während die Welt ihren Blick auf Südafrika richtet, wird im Verborgenen ein Netz gesponnen, das die Zukunft verändern wird. Eliten ziehen die Fäden, und eine neue Ära des *State Capture* beginnt.

Doch Südafrika ist mehr als nur ein Schauplatz – es ist ein Symbol. Die pulsierenden Straßen von Johannesburg, ein Mosaik aus Hoffnung und Verzweiflung, sind der Ausgangspunkt eines Kampfes, dessen Echo bis in die unendlichen Weiten des Alls reicht.

Eine persönliche Verbindung
2004 war nicht nur ein Wendepunkt für Südafrika, sondern auch für mich. Ich erlebte ein Land, das zwischen Vergangenheit und Zukunft balancierte – voller Versprechen und voller Schatten.
Die Energie jener Zeit, in der Visionen und Intrigen aufeinanderprallten, wurde zur Inspiration für *Pandoras Erbe*.

Ein globales Epos mit zeitloser Botschaft
Im Zentrum steht Thabo Khumalo, ein Journalist, der in Johannesburg nach der Wahrheit sucht. Sein Kampf führt von den Korridoren der Macht in eine ferne Zukunft, wo Lars Jensen – geboren auf der Raumstation *PANDORA II* – sein Vermächtnis weiterträgt.
Orte und Zeiten verändern sich, doch die Frage bleibt:

Was bedeutet Freiheit, wenn die Mächtigen längst den Regeln entkommen sind, die alle anderen binden?

Eine Einladung zur Rebellion
Pandoras Erbe ist mehr als ein Thriller. Es ist ein Spiegel, der uns auffordert, hinzusehen – und ein Fenster in eine mögliche Zukunft. Es ist eine Einladung, unbequeme Fragen zu stellen und den Mut zu finden, zu handeln.

Mit Neugier und Entschlossenheit
Benjamin-Lucas Schmidt

Kapitel 1: Die Schatten von Johannesburg

Ein erwachender Koloss

Die Sonne streckte ihre ersten Strahlen über die rostigen Dächer, als Johannesburg langsam zum Leben erwachte. Ein leichter Ostwind ließ die Morgenluft überraschend klar und frisch erscheinen – eine seltene Gnade für eine Stadt dieser Größe. Die Silhouetten der Hochhäuser zeichneten sich scharf gegen den Himmel ab, und für einen Moment wirkte die Welt fast geordnet.

In Maboneng, wo bröckelnde Fassaden und lebhafte Graffiti Seite an Seite existierten, begann der Tag mit einem leisen Summen. Ein Taxi hupte in der Ferne, ein Straßenhändler schob seinen Karren über das unebene Straßenpflaster und pries lautstark seine Waren an. Das Viertel atmete – nicht schwerfällig, sondern mit einer Energie, die trotz allem Optimismus ausstrahlte. Hier, zwischen Kreativität und Verfall, spiegelte sich der Geist einer Stadt, die sich weigerte, unterzugehen.

Thabo Khumalo stand auf dem schmalen Balkon seines kleinen Apartments und beobachtete, wie das Chaos der Straßen unter ihm an Fahrt aufnahm.

Straßenhändler schoben ihre Karren durch die engen Gassen, ihre Rufe – eine raue Symphonie aus Zulu, Englisch und Afrikaans – vermischten sich mit dem unaufhörlichen Hupen und dem Kreischen rostiger Bremsen.

Er nahm einen Schluck von seinem lauwarmen Rooibos-Tee, doch der leicht bittere Geschmack zog sich wie Sand über seine Kehle. Sein Blick blieb an den Wänden hängen, die mit Graffiti übersät waren – verzweifelte Schreie einer stummen Stadt. „Freiheit", stand auf einer Mauer, daneben „Verkauft." Einige Botschaften leuchteten in frischem Rot, andere waren verblasst, verschluckt vom Dreck der Zeit.

In Thabos Kopf pochte eine Stimme, klar wie die Erinnerung an vergangene Nächte in Soweto: *„Wissen ist die schärfste Waffe, Thabo. Aber nur, wenn du den Mut hast, es zu benutzen."* Es war die Stimme seiner Mutter, eine Mahnung, die ihn nie losließ.

Er schloss die Augen und atmete tief ein, doch die Bilder kamen unaufgefordert zurück. Kinderfüße, die über staubige Straßen rannten, verfolgt von den schwarzen Schatten gepanzerter Fahrzeuge. Männer, die sich in dunklen Ecken flüsternd versteckten, weil jedes Wort eine Waffe sein konnte. Die Schreie – immer die Schreie, die die Nächte von Soweto zerrissen.

Jetzt, in seinen Zwanzigern, war Thabo ein Überlebender. Ein Suchender. Aber auch ein Gefangener – in einer Stadt, die ebenso wie er zwischen Vergangenheit und Zukunft schwebte.

Ein Rätsel, das ihn nicht losließ

Der Wecker vibrierte leise auf dem Nachttisch und mischte sich in den Lärm der Stadt. Es war Zeit zu gehen. Thabo stellte die Tasse ab, griff nach seiner abgenutzten Ledertasche und stieg die Treppen hinunter. Der Duft von verbranntem Holz und der säuerlichen Schärfe der Straßenküchen stieg ihm in die Nase.

Die Stadt schlief nie – sie war immer in Bewegung, immer auf der Flucht vor sich selbst.

Mit jeder weiteren Stunde mischte sich die Realität in die vermeintliche Frische des Morgens. Der Ostwind ließ nach, und die Luft füllte sich wieder mit der schweren Last der Stadt. Sie war wie ein giftiger Cocktail aus Benzin, Staub und Verzweiflung, der Thabos Lungen füllte und auf seiner Zunge brannte.

Die Redaktion war wie immer ein chaotisches Durcheinander. Telefone klingelten, Drucker ratterten, und ein Redakteur hielt triumphierend eine Zeitung hoch.

„Die WM kommt nach Südafrika, Thabo! Stell dir das vor! Südafrika hat die Wahl gewonnen, die Welt wird uns sehen."

Thabo zwang sich zu einem Lächeln, doch in seinem Inneren tobte eine andere Unruhe.

Er setzte sich an seinen Schreibtisch und zog ein zerknittertes Blatt Papier aus seiner Tasche. Nur wenige Worte waren darauf geschrieben:

„Treffen am 21. Mai. Vertrauliche Agenda. Politiker und Geschäftsleute."

Doch es war die zweite Seite, die ihn nicht losließ. Darauf stand eine simple Zahlenfolge:
„33.33"
Die Zahl war mehr als ein Rätsel – sie fühlte sich an wie ein Flüstern aus der Dunkelheit, ein Versprechen oder vielleicht eine Warnung. Thabo konnte nicht sagen, warum, aber er spürte, dass sie mehr bedeutete, als sie zu erkennen gab.

Seine Finger strichen über das Papier. Es war rau und billig, doch die Botschaft darauf wog schwer. *„Bleib unsichtbar, wenn du überleben willst,"* lautete die beigefügte Warnung.

Thabo lehnte sich zurück und starrte auf das vergilbte Foto seiner Eltern. Ihre Gesichter waren verblasst, doch die Entschlossenheit in ihren Augen war klar wie der Tag. Die Wahrheit war nie leicht gewesen – sie hatte immer ihren Preis.

Ein Schatten, der näher kam

Die Straßen von Hillbrow waren anders. Rauer. Die Schatten waren länger, die Luft dichter, und die Geräusche trugen eine seltsame, vibrierende Energie. Ein Minibus-Taxi raste an ihm vorbei, der Fahrer fluchend, während ein Zeitungsverkäufer die Schlagzeilen schrie: *„Korruption oder Triumph? Die Wahrheit hinter Südafrikas WM!"*

Thabo ignorierte die Rufe, doch die Worte blieben in seinem Gedächtnis hängen. *Korruption oder Triumph?* Vielleicht waren sie zwei Seiten derselben Medaille. Vielleicht war der Preis der Wahrheit immer höher, als man bereit war zu zahlen.

Als er die schmalen Gassen betrat, hatte er das unheimliche Gefühl, beobachtet zu werden.
Eine Bewegung im Augenwinkel. Ein Schatten, der zu schnell verschwand.
Sein Herzschlag beschleunigte sich, und er umklammerte den Gurt seiner Tasche fester.

Er zwang sich, weiterzugehen. Angst war ein ständiger Begleiter, aber sie durfte niemals die Kontrolle übernehmen.

Ein Abgrund voller Geheimnisse
Das kleine Café in Hillbrow war still, bis auf das leise Surren eines alten Ventilators.

Thabo setzte sich an einen wackeligen Tisch und breitete das Papier vor sich aus. Die Zahlen „33.33" schienen im schwachen Licht zu glühen, fast so, als hätten sie eine eigene Energie.

Er fuhr mit den Fingern über die Ziffern. Sie fühlten sich kalt und doch lebendig an. *War es ein Code? Eine Koordinate? Eine Warnung?*

Der bittere Kaffee brannte in seiner Kehle, während er sich zurücklehnte.
Die Entscheidung hatte sich bereits in seinem Inneren verfestigt, wie ein Stein, der tiefer und tiefer sank. Was auch immer diese Chiffre bedeutete, sie war größer als er – größer als seine Angst.

Ein düsteres Versprechen
Als er das Café verließ, tauchte die untergehende Sonne die Straßen in ein rostiges Rot. Die Schatten schienen lebendig, als würden sie sich um ihn schlingen, ihn beobachten.
Die Botschaft hallte in seinem Kopf: *„Bleib unsichtbar, wenn du überleben willst."*

Doch Thabo Khumalo war nie ein Mann gewesen, der sich im Unsichtbaren verlor.

Letzter Satz:

„Die Schatten von Johannesburg krochen näher, unaufhaltsam wie ein schwelender Sturm. Und Thabo Khumalo war bereit, ihnen zu begegnen.

Kapitel 2: Verborgene Netzwerke

Ein Vorbote im Chaos

Die Nacht legte sich wie ein stiller Mantel über Johannesburg, und die klare Höhenluft ließ jedes Geräusch messerscharf erscheinen. Sirenen heulten in der Ferne, ihr Echo drang rastlos durch die Straßen, ein unruhiges Lamento. Das monotone Rattern eines Generators vibrierte zwischen den Mauern, während Schritte über rissigen Asphalt knirschten. Schatten tanzten an den Wänden, verzerrt von flackernden Straßenlaternen, die mehr Fragen als Antworten in die Dunkelheit warfen.

In dieser Stadt, wo selbst die Nacht keine Ruhe kennt, schien das Chaos an den Rändern zu lauern – bereit, den nächsten Zug zu machen.

Thabo Khumalo saß in seinem winzigen Apartment. Die flackernde Schreibtischlampe war die einzige Lichtquelle und warf einen gelblichen Schein auf den chaotischen Berg aus zerknitterten Notizen, vergilbten Dokumenten und Zeitungsausschnitten. Der Raum roch nach abgestandenem Kaffee und dem dumpfen Staub alter Geheimnisse.

Ganz oben auf dem Stapel lag ein zerknittertes Blatt Papier.

Ein Name darauf stach hervor, scharf und unheilvoll wie ein Messer, das auf ein Herz zielt:
James Kriel.

Thabo starrte auf die Worte, während seine Finger unbewusst gegen die Tasse trommelten.

Der Name war wie ein Flüstern aus der Tiefe – in den Fluren der Journalistenwelt geisterte er als Legende herum, die niemand laut aussprechen wollte. Kriel war der Insider, der Architekt, der Mann, der das System durchschaut hatte. Und dann – wie so viele vor ihm – war er verschwunden, ohne eine Spur zu hinterlassen. Sein Blick wanderte über die verstreuten Fotos und Notizen: dunkle Limousinen, die lautlos in Tiefgaragen glitten; Männer in makellosen Anzügen, die sterile Konferenzräume betraten; rauchige Hinterzimmer, in denen Entscheidungen getroffen wurden, die das Schicksal der Welt veränderten.

Es war ein Puzzle ohne Randstücke. Ein Bild, das sich jeder Ordnung entzog.

Thabo schloss die Augen, doch die Erinnerungen drängten sich unaufhaltsam zurück.

Sibusiso. Sein Bruder. Der Junge, der daran glaubte, dass die Wahrheit sie retten könnte.

Doch die Wahrheit hatte ihn nicht gerettet. Sie hatte ihn verschlungen.

Thabos Stimme war ein Flüstern, ein leises Versprechen: *„Das hier ist für dich, Sibusiso."*

Er griff nach dem Blatt mit Kriels Namen und schob es in seine Tasche.

Das Treffen mit Sipho

Das Café wirkte wie eine Ruine, eingezwängt zwischen zwei verfallenen Gebäuden. Die bröckelnden Fassaden gähnten wie zahnlose Münder in die Nacht, und das flackernde Neonlicht über der Tür warf verzerrte Schatten auf die mit Graffiti übersäten Wände.

Drinnen war die Luft stickig, durchsetzt vom Geruch alten Holzes und abgestandener Feuchtigkeit. Die wenigen Gäste saßen reglos in den dunkelsten Ecken, als wollten sie selbst unsichtbar werden.

Sipho Maseko saß in der hintersten Ecke an einem wackeligen Tisch. Sein Gesicht war halb im Schatten verborgen, seine Augen rot und schwer, als hätten sie Nächte ohne Schlaf gesehen.

„Thabo," begann Sipho, als dieser sich setzte. Seine Stimme war ein raues Flüstern, das kaum über den Tisch hinausreichte. „Was machst du hier? Du weißt, dass sie uns beobachten."

Thabo zog das Blatt Papier aus seiner Tasche und legte es auf den Tisch. „James Kriel. Was weißt du über ihn?"

Sipho lehnte sich zurück, sein Blick wanderte über die wenigen Gäste, bevor er zu Thabo zurückkehrte.

„Kriel..." Er sprach den Namen aus, als wäre er Gift.

„Er war einer von ihnen. Ein Architekt. Er kannte ihre Pläne, ihre Strukturen – besser als sie selbst. Aber dann hat er etwas gesehen..."

„Was hat er gesehen?" fragte Thabo, seine Stimme ruhig, doch in seinen Augen brannte Entschlossenheit.

Sipho schüttelte langsam den Kopf, ein bitteres Lachen entwich seinen Lippen. „Das weiß niemand. Männer wie Kriel reden nicht. Sie verschwinden. Und wenn sie wieder auftauchen, dann an Orten, die niemand sehen will."

Thabo lehnte sich vor. „Aber er lebt?"

Sipho schwieg einen Moment, dann nickte er zögerlich. „Es gibt Gerüchte. Flüstern in den richtigen Kreisen. Aber eines kann ich dir sagen: Männer wie Kriel haben nichts mehr zu verlieren. Und Menschen wie du..." Er hielt inne, bevor er leise hinzufügte: „Die verlieren alles."

„Wie finde ich ihn?" fragte Thabo, seine Stimme klang fester als zuvor.

Sipho sah ihn lange an, sein Blick eine Mischung aus Sorge und Warnung. „Das ist nicht leicht. Kriel wird sich nicht finden lassen – er taucht nur auf, wenn er will. Aber ich kenne jemanden, der vielleicht mehr weiß."

„Wer?" Thabos Augen verengten sich, seine Entschlossenheit wurde noch stärker.

Sipho beugte sich vor und flüsterte leise: „Der Hafen. Freitagabend. Es gibt eine alte Lagerhalle im *City Deep Port*. Vielleicht bekommst du dort Antworten."

Ein Schatten huschte über Siphos Gesicht, als er sich wieder zurücklehnte. „Aber Thabo... Sei vorsichtig. Kriel hat Feinde. Mächtige Feinde. Und die beobachten alles."

Der Schatten von Kriel

Zurück in seinem Apartment ließ Thabo die Tür hinter sich ins Schloss fallen. Er zog das zerknitterte Blatt Papier aus der Tasche und legte es auf den Schreibtisch.

James Kriel.

Sein Name war kein einfacher Hinweis – er war ein dunkles Versprechen.

Thabo wusste, dass der Weg, den er eingeschlagen hatte, nicht mehr zu verlassen war. Die Wahrheit war nah, aber sie war auch gefährlich.

„Der City Deep Hafen," murmelte er leise, während er die Schatten an den Wänden beobachtete.

„Freitagabend."

Letzter Satz:

„Als Thabo die Notizen auf dem Schreibtisch betrachtete, wusste er, dass James Kriel mehr war als ein Mann – er war ein Schlüssel. Ein Schlüssel zu einer Wahrheit, die ihn verschlingen konnte."

Kapitel 3: Stimmen der Angst

Ein Netz aus Angst

Die alte Uhr in der Eingangshalle des Bahnhofs tickte unaufhaltsam – ein leises, unbarmherziges Mahnmal der Zeit. Unter den schwachen Neonlichtern warteten verstreute Gestalten: Reisende, die nie fuhren, und Schatten, die blieben. Ein Mann in einem abgetragenen Mantel zog einen zerknitterten Zettel aus seiner Tasche und starrte darauf, als könnte er darin Antworten finden. Niemand sprach. Doch die Luft war nicht still – sie war aufgeladen mit unausgesprochenen Fragen.

Ein dröhnendes Signal durchbrach in der Ferne die Nacht, ein Echo, das sich in den kalten Mauern verfing.

In seinem kleinen Apartment beugte sich Thabo Khumalo über den Schreibtisch, dessen Oberfläche ein chaotisches Meer aus Dokumenten bedeckte. Das flackernde Licht der Lampe tauchte die vergilbten Wände in einen kalten, gelblichen Schein, der das Zimmer wie eine lebendige Krankheit wirken ließ. All seine Nachforschungen schienen auf einen einzigen Punkt zuzulaufen: **AGENDA 33.33.** Die Buchstaben, fett und unnachgiebig, bohrten sich in seinen Verstand. Dies war keine einfache Verschwörung.

21

Es war eine präzise Maschine, die Menschenleben verschlang und Gesellschaften wie Schachfiguren verschob. Ein Puzzle ohne Randstücke. Ein Bild, das sich niemals fügen ließ.

Mitten in dem Durcheinander lag ein handgeschriebener Zettel:

„Siehst du zu viel, stirbst du zu früh."

Ein Hauch von Bedrohung

Ein leises Rascheln ließ Thabo innehalten. Es kam von der Tür. Seine Hand erstarrte über den Papieren, sein Atem wurde flach. Langsam wandte er sich um. Das schwache Licht der Lampe ließ die Schatten hinter der Tür tanzen, als hätten sie ein Eigenleben.

Er stand auf, seine Schritte schwer auf dem knarrenden Holzfußboden. Als er die Tür erreichte, hielt er inne. Das Geräusch war längst verstummt, doch die Spannung blieb. Dann bemerkte er es: Ein Zettel wurde langsam unter der Tür hindurchgeschoben.

Mit zitternden Fingern hob er ihn auf. Die Worte darauf waren hastig gekritzelt, als ob sie unter größter Panik geschrieben worden wären:

„Siehst du zu viel, stirbst du zu früh."

Die Worte verhöhnten ihn. Ein dunkles Flüstern, das ihm in den Ohren hallte. Thabo spürte, wie sein Herz schneller schlug. Die Schatten, die er so lange ignoriert hatte, schienen plötzlich viel näher – fast greifbar.

Der Atem der Angst

Der Morgen brachte keine Erlösung. Die Sonne kämpfte sich mühsam durch den dichten Smog, ihr Licht war blass und leblos, als hätte sie die Stadt längst aufgegeben. Johannesburg war lebendig, doch ihre Straßen trugen die Last eines wachsenden Unheils.

An einer Straßenecke beobachtete Thabo eine Frau an einer Bushaltestelle. Sie hielt ihre Handtasche so fest umklammert, dass ihre Fingerknöchel weiß hervortraten. Ihre Lippen bewegten sich lautlos, als würde sie mit sich selbst sprechen.

Plötzlich hörte er sie flüstern:

„Es fühlt sich an, als ob sie alles sehen."

Die Worte ließen ihn innehalten. Sie klangen wie ein Echo seiner eigenen Gedanken. Er sah die Frau genauer an, doch ihr Blick war leer, als ob sie ihn nicht wahrnahm. Eine unsichtbare Schwere lag über allem – eine Präsenz, die niemand sehen konnte, aber jeder spürte.

Ein Treffen voller Schatten

Zurück in seinem Apartment klingelte das Telefon. Der plötzliche Ton zerschnitt die Stille wie ein Schrei. Thabo zuckte zusammen, bevor er den Hörer langsam abnahm.

„Hallo?" Seine Stimme war leise, vorsichtig.

Am anderen Ende herrschte Stille. Kein Atemzug, keine Stimme – nur ein schweres, dröhnendes Schweigen.

Er legte den Hörer langsam auf. Die Worte vom Zettel schienen in seinem Verstand zu pulsieren:

„Siehst du zu viel, stirbst du zu früh."

Er wusste, dass er allein nicht weiterkam. Also griff er nach dem Telefon und wählte Sipho Masekos Nummer.

„Wir müssen reden," sagte er, seine Stimme leicht zitternd.

Nach einem kurzen Schweigen antwortete Sipho mit rauer Stimme: „Gut. Aber sei vorsichtig. Alles, was du tust, wird beobachtet."

Ein düsterer Ausblick

Der Treffpunkt war eine verlassene Lagerhalle im *City Deep Port* am Stadtrand. Das Gebiet glich einer Stadt in der Stadt, bekannt für seine pulsierende Energie bei Tag.

Doch in der Nacht verwandelte sich dieser Ort in ein Schattenreich. Der Geruch von Rost und feuchtem Beton hing schwer in der Luft, und das flackernde Licht einer Straßenlaterne warf lange Schatten durch die zerbrochenen Fenster.

Thabo trat ein. Seine Schritte hallten durch die Stille, und das Echo klang wie ein düsterer Herzschlag. Am anderen Ende des Raumes stand eine Gestalt.

James Kriel.

war hager, seine Wangen eingefallen, die tiefen Falten in seinem Gesicht wie Narben einer gelebten Hölle. Seine Augen glühten mit einer Intensität, die gleichzeitig Furcht und Respekt hervorrief.

„Herr Khumalo," sagte er mit ruhiger, schneidender Stimme. „Wissen Sie, was Sie hier tun?"

Thabo atmete tief ein, bevor er antwortete: „Ich suche die Wahrheit."

Ein bitteres Lächeln huschte über Kriels Gesicht. „Die Wahrheit," murmelte er, „ist wie ein Feuer. Sie wärmt dich – bis du zu nah kommst. Und dann verbrennt sie dich."

Letzter Satz:

„Thabo hielt Kriels Blick stand, doch tief in seinem Inneren wusste er, dass die Flammen dieses Feuers ihn für immer verändern würden."

Kapitel 4: Die Marionetten der Macht

Ein Netz aus Schatten

Die Nachmittagssonne legte einen goldenen Schleier über Maboneng und verwandelte die bröckelnden Fassaden für einen flüchtigen Moment in lebendige Gemälde. Kinder jagten einem improvisierten Ball hinterher, und der Lärm des Marktes übertönte die sanfte Brise, die durch die engen Gassen wehte. Doch unter dieser vibrierenden Oberfläche regte sich etwas Dunkles. Johannesburg war ein Theater, dessen glanzvolle Bühne nur den Verfall und die Korruption in den Kulissen verbarg.

Thabo Khumalo saß im Schatten eines verrauchten Cafés und starrte auf die chaotische Anordnung von Notizen, Dokumenten und E-Mails vor ihm. Seine Hände ruhten schwer auf der Tischplatte, während sein Blick immer wieder an einem Begriff hängen blieb: **AGENDA 33.33.** Die Worte schienen lebendig, fast pulsierend, wie ein Herzschlag in der Dunkelheit eines verborgenen Systems.

Er griff nach seiner Tasse, doch der Kaffee war längst kalt. Seine Augen brannten vor Erschöpfung, und sein Kopf fühlte sich wie ein überfülltes Archiv an, in dem unzählige unbeantwortete Fragen chaotisch durcheinanderlagen.

Doch er durfte jetzt nicht nachgeben. Nicht, solange
sie diese Wahrheit noch verbergen konnten.

Eine Stimme riss ihn aus seinen Gedanken. „Du
brauchst Schlaf, Thabo."

Lenas Entschlossenheit

Lena Müller stellte eine dampfende Tasse frischen
Kaffees vor ihn und setzte sich mit einer fließenden
Bewegung auf den Stuhl gegenüber. Ihre grünen
Augen musterten ihn mit einer Mischung aus Kühle
und Sorge. Trotz der Schatten unter ihren Augen und
der Anspannung in ihrer Haltung war sie immer noch
so beherrscht wie eh und je.

„Später," murmelte Thabo, während seine zittrigen
Finger ein weiteres Blatt aus dem Stapel zogen. Die
Summen und Namen darauf verschwammen vor
seinen Augen. Millionen, die aus
Entwicklungsprojekten abgezweigt worden waren.

„James Kriel hat Beweise," sagte er schließlich. „Er hat
mir Dinge gezeigt, Lena, die..."

„...dich umbringen könnten?" fiel sie ihm ins Wort,
ihre Stimme wie ein scharfer Schnitt.

Thabo hielt inne und sah sie an. Einen Moment lang
war die Luft zwischen ihnen so dicht, dass sie zu
vibrieren schien.

„Wenn wir die Wahrheit nicht ans Licht bringen,"
sagte er schließlich, „gewinnen sie. Und ich kann nicht
einfach wegsehen."

Lena lehnte sich zurück, ihre scharfen Gesichtszüge wirkten wie in Stein gemeißelt. Doch ihre Stimme war leise, fast weich. „Du erinnerst mich an meinen Bruder," sagte sie, und für einen Moment lag ein Schatten über ihrem Gesicht.

Thabo legte den Stift weg. „Was ist mit ihm passiert?"

Ihr Blick wanderte zum Fenster hinaus, wo das warme Licht der Nachmittagssonne die Illusion von Sicherheit schuf. Doch in ihrer Stimme lag keine Wärme. „Er war wie du. Ein Idealist. Er dachte, er könnte das System ändern. Aber das System hat ihn verschlungen."

Ihre Stimme zitterte kurz, bevor sie wieder fest wurde. „Ich habe damals geschworen, nie wieder zuzusehen. Deshalb bin ich hier. Aber Mut allein reicht nicht, Thabo. Ohne Schlaf, ohne Plan wirst du sterben."

Er nickte langsam. „Deshalb brauche ich dich, Lena. Wir dürfen nicht aufgeben."

Sie lehnte sich vor, ihre Stimme wurde eindringlich. „Das hier ist kein Spiel. Sie sehen alles. Sie kontrollieren alles. Einen Fehler, und wir sind erledigt."

Thabo hielt ihrem Blick stand. „Genau deshalb können wir nicht aufhören."

Kriels Enthüllungen

Die Nacht hatte sich wie ein schwerer Mantel über die Stadt gelegt, als Thabo das abgelegene Versteck von James Kriel erreichte.

Der Kies unter seinen Füßen knirschte, und der Wind trug den Geruch von Rauch und Staub mit sich.

Kriel saß auf der Veranda, eine Zigarette hing schlaff zwischen seinen Fingern. Das schwache Glühen war das einzige Licht in der Dunkelheit, und die Schatten in seinem Gesicht wirkten wie Narben.

„Pünktlich," murmelte er, ohne aufzusehen.

Drinnen war der Raum spärlich beleuchtet. Kriel legte eine prall gefüllte Mappe auf den Tisch. Fotos, Dokumente und verschlüsselte Nachrichten breiteten sich wie ein düsteres Puzzle vor Thabo aus.

„Ein wesentlicher Teil der Gelder für die WM-Projekte," begann Kriel mit rauer Stimme, „ist verschwunden. Milliarden. Umgeleitet auf geheime Konten. Sie finanzieren Waffen, Bestechungen, und sie sichern die Macht derjenigen, die das System kontrollieren."

Thabo überflog die Seiten. Sein Atem wurde schneller, als das Ausmaß der Enthüllungen vor ihm Gestalt annahm. „Wer steckt dahinter?"

Kriels Blick war leer, seine Worte ein Flüstern. „Lucian Volker."

Der Name hing schwer im Raum. „Volker ist der Architekt. Er glaubt an eine Welt, die durch Angst regiert wird. Kontrolle durch absolute Macht."

Rückblende: Kriels Schuld

Kriel starrte ins Leere, und seine Hände zitterten leicht. „Ich habe Volker 2001 in Kapstadt getroffen.

Ein Treffen der Mächtigen – CEOs, Politiker, Berater.
Er sprach von einer neuen Ordnung. Einer, in der
Moral keine Rolle spielt. Und ich... ich habe geglaubt,
ich könnte das System von innen verändern."
Ein bitteres Lachen entfuhr ihm. „Dieser Vertrag hat
eine ganze Gemeinde ausgelöscht. Familien. Kinder.
Ihre Gesichter verfolgen mich jede Nacht."

Der Überfall

Ein leises Geräusch ließ die Stille im Raum
explodieren.
„Hast du jemanden mitgebracht?" fragte Kriel scharf,
seine Hand glitt zur Schublade.
„Nein," flüsterte Thabo, doch seine Augen suchten
bereits den Raum ab.
Draußen knackte ein Ast. Das Geräusch schnitt durch
die Nacht wie ein Signal.
Kriel schob Thabo die Mappe zu. „Nimm das. Und
lauf."
Dann krachte ein Schuss. Kriels Körper sackte
zusammen, doch seine Finger umklammerten den
Tisch. Er keuchte: „Lauf!"
Die Verandatür flog auf, und maskierte Männer
stürmten hinein. Chaos explodierte um Thabo, doch er
rannte, die Mappe fest gegen seine Brust gepresst.
Schüsse hallten hinter ihm, und die Dunkelheit
verschluckte die Stimmen der Verfolger.

Letzter Satz:

„Als Thabo in die Nacht floh, wusste er, dass der Kampf begonnen hatte – und dass die Wahrheit der gefährlichste Gegner von allen war."

Kapitel 5: Nach dem Sturm

Eine trügerische Ruhe

Der Himmel über Johannesburg war ein leuchtendes Blau, das die bröckelnden Fassaden der Stadt in eine Illusion von Frieden tauchte. Doch Thabo Khumalo wusste es besser. Seit jener Nacht im Jahr 2004, in der er aus Kriels Versteck geflohen war, hatte er keinen Moment des Friedens mehr gekannt. Die Schatten, die damals begannen, sich zu verdichten, hatten längst die Welt ergriffen.

Von seinem schmalen Balkon im Maboneng Precinct beobachtete Thabo die Straßen. Künstler sprayten leuchtende Farben auf graue Wände, Händler priesen lautstark ihre Waren an. Es war ein Ort, der Hoffnung zu atmen schien. Doch für Thabo waren all diese Farben und Stimmen nichts weiter als die dünne Kruste eines Systems, das darunter faulte.

Er schloss die Augen, und für einen Moment war er wieder dort, in jener Nacht im Jahr 2004. Die Schreie hallten in seinem Kopf wider, das Krachen der Schüsse, der Aufprall von Kriels lebloser Hand auf die Verandadielen. Oder hatte er sich bewegt? Thabo war sich nicht sicher. Es war alles zu schnell gegangen. Er hatte überlebt, aber nicht ohne Verluste.

Freunde hatten sich abgewandt, andere waren verschwunden, weil sie wussten, dass allein seine Nähe tödlich sein konnte.

Er öffnete die Augen wieder und zog sich in die kühle Dunkelheit der Wohnung zurück. Die Erinnerungen halfen ihm nicht – aber sie trieben ihn an.

Das Treffen

Das Café lag in einer schmalen Gasse, verborgen hinter heruntergekommenen Gebäuden, die sich vor der Welt zu ducken schienen. Thabo zog die Tür hinter sich zu, der vertraute Geruch von Zigarettenrauch und starkem Kaffee umfing ihn. Sein Blick fiel sofort auf Lena Müller. Sie saß an einem Tisch im hinteren Teil des Raumes, über Dokumente gebeugt, ihre Bewegungen präzise wie ein Uhrwerk.

„Du bist spät," sagte sie, ohne aufzublicken.

„Vorsicht ist keine Verspätung," erwiderte Thabo ruhig. Er setzte sich ihr gegenüber und griff nach einem der Berichte.

Lena hob den Kopf, ihre grünen Augen blitzten scharf. „Die Elite hat sich breiter aufgestellt, als wir gedacht haben," begann sie, ihre Stimme leise, aber eindringlich. „Banken, Regierungen, multinationale Konzerne – sie kontrollieren alles. Das Netzwerk ist global, und es ist fast perfekt."

Thabo ließ die Zahlen und Namen vor seinen Augen verschwimmen.

Mit jeder neuen Enthüllung schien die Last, die er trug, schwerer zu werden. „Wenn wir das hier haben," sagte er schließlich, „müssen wir es veröffentlichen. Wir dürfen nicht länger warten."

Lena schob ihm ein Dokument zu. „Und riskieren, dass sie uns jagen? Thabo, sie haben Menschen für weit weniger ausgelöscht. Sie werden nicht nur uns angreifen – sie werden alles und jeden zerstören, der mit uns in Verbindung steht."

Thabo legte das Papier beiseite, seine Stimme war leise, aber unerbittlich. „Wir haben keine Wahl. Wenn wir zögern, gewinnen sie."

Kriels Reflexion

Später am Abend betrat Thabo eine heruntergekommene Wohnung am Rand der Stadt. Die Wände waren vergilbt, die Luft schwer von altem Rauch. James Kriel saß an einem wackeligen Küchentisch, eine Zigarette zwischen den Fingern.

„Du bist pünktlich," murmelte Kriel und zog eine Mappe aus einer verschlissenen Metallbox. Er schob sie über den Tisch.

Thabo überflog die Seiten, sein Atem wurde schneller. Das Netzwerk der AGENDA entfaltete sich vor ihm – Namen, Konten, Bewegungen. Jeder Knotenpunkt war eine Machtposition, jeder Name ein Symbol für Korruption.

„Manchmal frage ich mich, ob Unwissenheit nicht einfacher wäre," sagte Kriel schließlich und zog an seiner Zigarette. „Vielleicht ist Blindheit keine Rettung, aber sie hält das Messer von deiner Kehle fern."

Thabo sah ihn an, sein Blick scharf. „Aber du hast dich entschieden hinzusehen."

Ein bitteres Lächeln zuckte über Kriels Lippen. „Weil ich verstanden habe, dass du blind nicht verhindern kannst, dass es dich trifft."

Er machte eine Pause, bevor er weitersprach. „Nach dem Überfall dachten sie, ich wäre tot. Es war reines Glück, dass ich überlebt habe. Aber ich bezahle jeden Tag dafür." Er klopfte auf sein Bein, das leicht zitterte. „Das hier ist alles, was ich noch habe, Thabo. Mach, dass es zählt."

Ein Tanz auf Messers Schneide

Die nächsten Wochen waren ein Albtraum aus Codes, Daten und Entscheidungen. Thabo und Lena arbeiteten fieberhaft daran, die Informationen zu verifizieren und einen Plan für die Veröffentlichung zu entwickeln. Jede Entscheidung fühlte sich an wie ein Schritt über einem bodenlosen Abgrund.

Die Drohungen kamen schnell. Zuerst waren es Nachrichten: *„Hör auf, bevor du alles verlierst."* Dann kam ein brauner Umschlag mit einer Kugel darin. Die Botschaft war klar: Sie wussten, wo er war.

„Sie sind uns dicht auf den Fersen," sagte Lena eines Abends und rieb sich die Schläfen. Ihre Entschlossenheit schien unerschütterlich, doch in ihren Augen lag ein Hauch von Angst.

Thabo hielt inne. „Die Wahrheit kann sie verletzen, Lena. Und das wissen sie. Genau das macht sie so gefährlich."

Die Razzia

Die Nacht war still, bis das Dröhnen eines Schlags die Dunkelheit zerriss.

„Polizei! Öffnen Sie die Tür!"

Thabo sprang auf, doch bevor er reagieren konnte, flog die Tür auf. Maskierte Beamte stürmten in den Raum, Waffen im Anschlag.

„Verleumdung und die Veröffentlichung geheimer Regierungsdokumente," sagte der Anführer, seine Stimme eiskalt.

Thabo spürte, wie die Kabelbinder sich um seine Handgelenke schlossen. Neben ihm wurde Lena ebenso gefesselt, doch ihr Blick blieb ungebrochen.

„Die Wahrheit wird sich durchsetzen," sagte sie ruhig.

Der Beamte lächelte dünn. „Die Menschen wollen keine Wahrheit. Sie wollen Ruhe."

Thabo hob den Kopf, sein Blick war hart. „Ruhe auf einem Fundament aus Lügen wird niemals halten."

Letzter Satz:

Die Wahrheit war ihre schärfste Waffe – und Thabo wusste, dass sie sie nutzen mussten, bevor die Schatten erneut zuschlugen.

Kapitel 6: Die Eskalation der Kontrolle

Zuflucht im Schatten

Ein einzelner Sonnenstrahl brach durch die schmutzigen Fensterscheiben und fiel auf den abgenutzten Holztisch, als wolle er ein Geheimnis ans Licht zerren, das besser verborgen bliebe. Thabo Khumalo zog die Vorhänge hastig zu, sein Blick schweifte über die Straßen, die in unnatürlicher Stille dalagen. Diese Leere war es, die ihn am meisten beunruhigte. Lärm konnte man einschätzen, Bewegungen berechnen – doch Stille war wie ein drohender Sturm, der noch keinen Wind geschickt hatte.

Neun Jahre. Thabo rieb sich die Schläfen. Es fühlte sich an wie ein anderes Leben, als sie noch glaubten, dass die Wahrheit allein ausreichte, um das System zu brechen. Die Razzia, die Nächte auf der Flucht, die verlorenen Freunde – all das hatte ihn gezeichnet. Aber die AGENDA hatte nicht aufgehört, stärker zu werden, und sie hatten nicht aufgehört, sie zu bekämpfen.

Er schloss die Augen, und für einen Moment hörte er die Schreie aus der Nacht in 2012 wieder. Das Krachen der Tür. Die Kabelbinder. Das Dröhnen des Hubschraubers, das ihre Flucht begleitete. Doch sie hatten überlebt. Und das war mehr, als viele von sich behaupten konnten.

„Thabo?" James Kriels Stimme riss ihn aus seinen Gedanken. Sie war rau und gedämpft, wie ein Echo aus einer anderen Zeit.

Thabo wandte sich um. Kriel saß am Tisch, sein Gesicht gezeichnet von der Last der Jahre.
Sein Bein zitterte unkontrolliert, und er rieb es mit einer Hand, als wollte er den Schmerz wegdrücken.
„Die Pandemie hat alles verändert," sagte Kriel leise und strich mit den Fingern über die zerknitterte Karte vor ihm. Sie war so oft gefaltet worden, dass die Linien kaum noch zu erkennen waren. „Die Menschen existieren nur noch, aber sie leben nicht mehr. Schatten ihrer selbst. Genau das wollten sie. Und sie haben es erreicht."

James' Worte ließen Thabo zusammenzucken. Nicht wegen der Wahrheit – die kannte er längst. Es war die Resignation, die in James' Stimme mitschwang. Wenn sogar er aufgibt, was bleibt dann noch? Ein dunkler Gedanke kroch in seinen Geist: Vielleicht sollten wir das hier beenden. Doch er verwarf ihn so schnell, wie er gekommen war. *Nein. Nicht jetzt. Nicht, solange noch Hoffnung bleibt.*

Die vernetzten Muster
Sarah van der Merwe saß hinter ihrem Laptop, ihr Gesicht war vom kalten Licht des Bildschirms beleuchtet.

Ihre Finger glitten in einem nervösen, unnachgiebigen Rhythmus über die Tasten. Doch ihre Gedanken waren anderswo – ein verzerrtes Kaleidoskop aus Angst und Erinnerungen, das sich in ihrem Kopf drehte.

Ich bin nicht schnell genug. Vielleicht war ich es nie. Vielleicht sehen sie uns schon jetzt, hören uns... Vielleicht war es von Anfang an hoffnungslos.

Ein Zittern durchlief ihre Finger, doch sie zwang sich, die Bewegung zu kontrollieren. *Hör auf. Hör auf, Sarah. Du kannst dir jetzt keine Zweifel leisten.*

„Sie nutzen die Krise bis ins kleinste Detail aus," sagte sie schließlich, ihre Stimme klang wie ein mühsam kontrolliertes Flüstern. „Ausgangssperren, Medien – ein perfekter Käfig. Und wir sitzen genau in der Mitte."

Am Fenster stand Lena Müller, ihre Silhouette scharf gegen das Licht des neuen Tages. Das Gewehr hing locker in ihrer Hand, doch ihre Muskeln waren gespannt, bereit, jeden Moment zuzuschlagen.

Sie starrte hinaus zu den Hochhäusern am Horizont, die wie gebrochene Zähne aus dem Smog ragten. Ihre Gedanken schweiften ab, zurück in die Vergangenheit, zu einer Zeit, in der sie noch an Gerechtigkeit geglaubt hatte. *Hast du wirklich gedacht, du könntest etwas verändern, Lena?* fragte sie sich selbst. *Schau dich an. Ein Gewehr, ein leerer Blick. Und was hast du erreicht?*

„Wir haben es kommen sehen." Ihre Stimme war kühl, beinahe tonlos. „Aber zwischen etwas sehen und es wirklich erleben... da liegt eine ganze Welt."

Das Netzwerk der Kontrolle

„Schaut her." Sarahs Stimme zitterte leicht, während sie eine Datei auf dem Bildschirm öffnete. Eine Grafik erschien, ein Netzwerk aus Linien und Knotenpunkten, das wie ein lebender Organismus pulsierte.

Thabo trat näher, seine Augen hafteten an dem Muster. Es war hypnotisch, zugleich beunruhigend. „Was ist das?" fragte er leise.

Sarah deutete auf die Punkte. „Koordinierte Aktionen. Märkte werden destabilisiert, Regierungen infiltriert. Hier in Afrika, in Europa, in Asien. Es ist überall dasselbe Muster. Es ist kein State Capture mehr. Es ist global."

Kriel rieb sich die Schläfen, als wollte er einen bohrenden Schmerz vertreiben. „Wie lange haben wir das alles schon gewusst?" murmelte er. „Wie viele Warnzeichen haben wir ignoriert?"

„Sie ziehen die Ressourcen an sich," murmelte er schließlich, als spräche er mit sich selbst. „Alles. Alles fließt in dieselben Kanäle. Und der Rest der Welt – wir alle – sehen nur zu. Blind, taub, unfähig zu handeln."

„Nicht alle."

Lenas Stimme schnitt durch den Raum. Ihre Augen funkelten, ein neues Feuer schien in ihnen zu brennen. „Wir haben Beweise. Und die Welt wird sie sehen. Sie wird es wissen, egal, was es uns kostet."
Ihre Hand krachte auf den Tisch, und das Geräusch hallte durch den Raum.

Das unheimliche Surren

Ein leises, mechanisches Surren durchbrach die Stille. Es war so subtil, dass es sich beinahe in die Hintergrundgeräusche der Stadt einfügte. Doch es ließ jeden im Raum erstarren.

Sarahs Blick sprang zurück zum Bildschirm. Die Grafik flimmerte, die Linien schienen zu pulsieren. „Was...?" murmelte sie, ihre Finger schwebten zögernd über der Tastatur. „Es fühlt sich... an, als ob jemand unsere Bewegungen beobachtet."

Thabo spürte, wie sich seine Muskeln anspannten. „Unsere Kontakte?" fragte er scharf.

Sarah schüttelte langsam den Kopf, ihre Hände zitterten. „Nein. Es ist... präzise. Zu gezielt."

Lena hob ihr Gewehr, ihre Haltung angespannt wie ein gespannter Bogen. „Vielleicht ein technischer Fehler."

„Das ist kein Fehler." Sarahs Stimme war fest, doch ihre Augen verrieten ihre Angst. „Es fühlt sich an, als würde uns jemand zusehen."

Thabos Gedanken rasten. *Ist das der Moment? Haben sie uns gefunden?*

Kapitel 7: Wirtschaftliche Zusammenbrüche

Johannesburg, 2022

Eine Stadt im Schatten

Die Sonne stieg träge über Johannesburg, doch ihr Licht war stumpf und verloren, ein fahles Relikt einer Zeit, die sich wie ein ferner Traum anfühlte. Die verwaisten Straßen lagen still, jede Ritze des zerklüfteten Pflasters schien von Verlust zu sprechen. Flugblätter, längst bedeutungslos, trieben wie leere Versprechen durch die Luft. Die Fassaden der Gebäude waren bröckelnde Ruinen, stumme Zeugen einer Stadt, die sich selbst aufgegeben hatte.

Thabo Khumalo stand hinter der schmutzigen Scheibe des sicheren Hauses. Sein Blick wanderte über die Straßen, die einst vor Leben gebrummt hatten – hupende Taxis, das Lachen von Kindern, das metallische Kreischen der Minibusse. Jetzt war die Stille so tief, dass sie die Luft zu erdrücken schien.

Das ist kein Zufall, dachte Thabo, während seine Finger die rauen Kanten des zerkratzten Holztisches entlangfuhren. *Sie wollten, dass es so ist. Sie haben es so gemacht.*

Er wandte sich seinem Laptop zu. Der Bildschirm war ein Meer aus Schlagzeilen: *„Finanzmärkte kollabieren"*, *„Globale Rezession trifft die Schwächsten"*, *„Wirtschaftliche Erschütterungen weltweit"*. Für die meisten waren es Schreckensmeldungen, für Thabo war es ein Schleier, der eine abscheuliche Wahrheit verbarg.

Er griff nach seinem zerfledderten Notizbuch, den Seiten voller vergilbter Notizen und akribischer Diagramme. Namen, Strategien, Verbindungen – sie bildeten ein grausames Puzzle, dessen Umfang ihn immer wieder erschütterte.

„*Das hier ist kein Zufall*," murmelte er, während sein Blick an einer Verbindung zwischen Banken und Regierungen hängen blieb. Seine Stimme klang wie ein Urteil, leise und endgültig. „Das ist kein Kollaps. Es ist ein Krieg. Und wir sind die Zielscheiben."

Das perfide System

„*Seht euch das an.*" Sarah van der Merwe aktivierte eine holografische Projektion. Der Raum wurde in ein pulsierendes Netz aus Datenpunkten getaucht, dicke rote Linien zogen sich wie pulsierende Adern durch das Bild. Banken, Aktienmärkte und Regierungen waren verbunden in einem tödlichen Tanz.

„Das ist keine Krise," sagte Sarah. Ihre Finger deuteten auf ein Diagramm, in dem Währungsabwertungen wie Dominosteine aneinanderhingen. „Es ist ein System. Sie treiben gezielt Märkte in den Abgrund, kaufen die Überreste auf und sichern sich absolute Kontrolle. Jede Währungsabwertung, jede Krise – alles läuft nach einem Muster."

Lena Müller verschränkte die Arme und trat einen Schritt zurück. Ihr Blick war hart, doch in ihren Augen lag ein Funken von Resignation.

„Das hier ist kein Zufall," sagte sie leise. „Es ist jahrzehntelang perfektioniert. Sie destabilisieren die Märkte gezielt, um die Spielregeln neu zu schreiben – nach ihren Bedingungen."

Thabo trat näher. Die kalte, blaue Leuchtkraft der Projektion spiegelte sich in seinen Augen. Seine Stimme war leise, aber durchdringend. „Das hier ist kein Kollaps. Es ist eine Strategie. Und wir stehen genau im Schussfeld."

Plötzlich wechselte die Projektion zu einem Video. Proteste aus Athen, Paris und New York flammten auf. Brennende Straßen, schreiende Menschen, Tränengaswolken. Menschen skandierten Parolen, hielten Transparente hoch, doch in Thabos Augen gab es keine Hoffnung in diesen Bildern – nur dieselbe Ohnmacht, die ihn selbst immer wieder zu ersticken drohte.

„Die Menschen wachen auf," sagte Sarah, ein schwaches Lächeln umspielte ihre Lippen. Doch es verblasste schnell. „Aber sie sehen nur die Symptome. Wenn wir ihnen die Ursachen nicht zeigen, bleibt alles unverändert."

In den Schatten der Macht

Hunderte Kilometer entfernt, in einer abgeschotteten Villa am Fuße des Magaliesberg-Gebirges, herrschte unheimliche Stille.

Der Konferenzraum war ein gläserner Tempel der Macht, erfüllt vom flackernden Licht holografischer Finanzströme.

Lucian Volker saß am Kopf des langen, makellosen Tisches, sein Gesicht wie aus Stein gemeißelt. Das pulsierende Hologramm vor ihm wirkte wie ein Herz, das die Welt kontrollierte – oder erstickte.

„Der Plan läuft reibungslos," sagte Volker schließlich und nahm einen Schluck aus seinem Kristallglas. Seine Stimme war ruhig, fast sanft, und doch schwang darin eine unmissverständliche Autorität.

„Die letzten Zusammenbrüche haben uns entscheidende Industrien gesichert," fügte eine Beraterin hinzu. „Banken, Energie, Wasser – die Schlüsselbereiche liegen jetzt in unserer Hand."

Ein Mann mit silbergrauem Haar lehnte sich nach vorne, seine Augen waren schmal und wachsam.
„Doch Gruppen wie die von Khumalo könnten uns gefährlich werden. Ihre Informationen verbreiten sich schneller als erwartet."
Volker setzte das Glas ab. Sein Blick war kühl, seine Stimme wie ein Skalpell. „Dann sorgen Sie dafür, dass sie verstummen. Für immer."

Neue Hoffnung
Im sicheren Haus herrschte angespannte Stille.

Johan Breytenbach legte ein zerfleddertes Notizbuch auf den Tisch. „Das stammt von einem Analysten," sagte er. „Er hat für eine ihrer Banken gearbeitet.

Er wollte, dass wir es haben."

Thabo schlug die Seiten auf. Die Notizen waren akribisch geführt – Diagramme, Namen, Daten. Jede Zeile war ein Beweis, ein weiteres Stück des Puzzles, das eine brutale Wahrheit enthüllte.

„Das ist es," sagte Thabo schließlich. Seine Stimme war ruhig, doch sie trug eine fast unheimliche Entschlossenheit in sich. „Das hier beweist alles: die Manipulation der Märkte, die absichtlichen Krisen. Wenn wir das veröffentlichen, könnten wir alles ändern."

Sarah sah ihn an, ihre Augen funkelten. „Die Wahrheit ist mächtig. Aber die Zeit läuft gegen uns."

Thabo nickte. „Dann sorgen wir dafür, dass wir schneller sind."

Letzter Satz:

Die Welt taumelte am Abgrund – und Thabo wusste, dass die Wahrheit die einzige Brücke war, die sie retten konnte.

Kapitel 8: Gezielte Konflikte

Eine Welt am Abgrund

Der Himmel über Johannesburg hatte seine Farbe verloren. Einst ein lebendiges Blau, das Hoffnung spiegelte, war er jetzt ein dumpfes, trostloses Grau. Rauch und Tränengas verschmolzen zu einer dichten, beißenden Decke, die sich wie ein lebloses Tuch über die Stadt legte. Flammen züngelten an den zerfurchten Fassaden, während Schreie und Parolen die Straßen erfüllten.

Thabo Khumalo kauerte hinter den verkohlten Überresten eines Polizeifahrzeugs, dessen Metall schwarz glänzte und von Einschusslöchern durchlöchert war. Neben ihm zog Johan Breytenbach hastig eine improvisierte Atemmaske über sein Gesicht. Seine Kleidung war zerrissen, sein Gesicht von Staub und Blut verschmiert.

„Das ist nicht mehr nur ein Protest," sagte Johan, seine Stimme brüchig und von Verzweiflung durchzogen. Sein Blick schweifte über die brennenden Barrikaden und die auseinanderstiebenden Menschenmassen.

„Das ist das letzte Aufbäumen einer Stadt, die stirbt." Thabo wischte sich den Schweiß von der Stirn. Sein Schal, der die stickige Luft abhalten sollte, war durchtränkt, aber seine Augen blieben fest.

51

Entschlossenheit funkelte in ihnen, ein Feuer, das selbst die Dunkelheit nicht ersticken konnte.

„Es ist Krieg," sagte er leise, aber mit einer Klarheit, die keine Widerrede duldete.

„Die Elite wird dieses Chaos nutzen, um uns endgültig zu vernichten. Wenn wir nicht handeln, haben sie gewonnen."

Ein grelles Licht schnitt durch die Nacht, als eine Drohne ihren Suchstrahl aktivierte. Johan griff nach Thabos Arm, sein Griff fest und zitternd.

„Wir müssen weg!" rief Johan, während die Menge auseinanderbrach.

Doch Thabo blieb stehen, als wäre er an die Stelle gebunden. Sein Blick verweilte auf den brennenden Barrikaden, den wirbelnden Trümmern und den Menschen, die ihr Leben riskierten, während die Drohne über ihnen schwebte.

„Wenn wir jetzt fliehen," sagte er leise, „verlieren wir alles."

Die Villa der Elite

Nahezu 15.000 Kilometer entfernt, am stillen Ufer des Genfer Sees, herrschte eine vollkommen andere Welt. Der Himmel war klar, die abgedunkelte Villa lag ruhig unter dem Mondlicht, abgeschottet von hohen Zäunen und einem Netz modernster Sicherheitssysteme.

Lucian Volker saß in einem Büro, dessen minimalistisches Design Präzision und Kontrolle ausstrahlte. Vor ihm schwebte ein holografischer Globus – ein Meisterwerk der Technologie. Die Oberfläche bestand aus einer Matrix von Nanoprojektoren, die ein lebendiges, dreidimensionales Abbild der Erde zeigten. Städte pulsierten wie Knotenpunkte, Wetterfronten wanderten, und Satellitenbahnen leuchteten wie glitzernde Fäden.

Johannesburg brannte als glühender, roter Punkt – ein störender Makel in einem ansonsten makellosen System.

Volker betrachtete den Globus mit kalter Präzision. Der rote Punkt zog seine Aufmerksamkeit auf sich wie eine offene Wunde. Dieses Werkzeug war mehr als ein Hilfsmittel – es war ein Symbol seiner Macht.

„Die Welt rebelliert," murmelte Volker und ließ den Globus rotieren. Sein Blick wanderte zu einem Fenster, hinter dem eine Statue stand. Die steinernen Züge eines Mannes waren verwittert, sein Kopf zerbrochen – ein Mahnmal für die Vergänglichkeit der Macht.

Eine Beraterin erschien als Hologramm auf dem Tisch. Ihre Stimme war sachlich, doch ihre Augen verrieten Anspannung.

„Die Proteste eskalieren. Johannesburg steht kurz vor einem Zusammenbruch. Berlin und Madrid folgen einem ähnlichen Muster."

Volker ließ den Globus langsamer rotieren und betrachtete die Daten mit einem berechnenden Blick.

„Narrative sind wie Flüsse," sagte er schließlich.

„Wenn du sie nicht kontrollieren kannst, leitest du sie um."

Die Beraterin zögerte. „Khumalos Gruppe mobilisiert weiter. Ihre Botschaft verbreitet sich schneller, als wir eingreifen können."

Volker lehnte sich zurück, seine Finger fest ineinander verschränkt. Seine Stimme war kalt und entschlossen.

„Ohne Netzwerke gibt es keine Botschaft. Finden Sie ihre Unterstützer. Zerschlagen Sie ihre Verbindungen. Und wenn das nicht reicht – vernichten Sie sie."

Das Herz des Widerstands

Im sicheren Haus des Widerstands war die Luft elektrisch geladen.

Das Summen der Computer und das nervöse Klappern der Tastaturen vermischten sich zu einem monotonen Rhythmus.

Sarah van der Merwe saß hinter ihrem Laptop, ihre Finger flogen über die Tasten. Ihr Gesicht war vom Licht des Bildschirms erleuchtet, während ihre Augen die Daten durchbohrten. An der Wand leuchtete eine holografische Projektion – ein Netz aus roten Linien, die wie pulsierende Blutbahnen durch die Welt führten.

„Das ist keine Eskalation," sagte Sarah. Ihre Stimme war ruhig, aber mit einem scharfen Unterton.

„Es ist eine Strategie. Jeder Brand, jede zerstörte Straße – ein kontrollierter Kollaps. Sie zerstören, um neu aufzubauen. Nach ihren Regeln."

Lena Müller verschränkte die Arme und trat näher, ihre Augen auf die roten Linien fixiert.

„Aber wir haben genug, um sie zu entlarven," sagte sie leise, aber entschlossen.

Johan, der an der Tür lehnte, verschränkte die Arme und schüttelte den Kopf.

„Entlarven reicht nicht. Die Menschen da draußen müssen verstehen, was hier passiert. Sonst ist es nur ein weiterer Skandal, der in den Nachrichten verblasst."

Thabo trat an die Projektion heran, seine Augen wanderten über die pulsierenden Datenpunkte. Er ließ die Worte einen Moment in der Luft hängen, bevor er sprach.

„Es geht nicht darum, ob wir genug haben," sagte er schließlich, seine Stimme ruhig, aber von Dringlichkeit durchzogen. „Die Frage ist, ob wir schnell genug sind. Bevor sie uns finden."

Der Protest eskaliert

Die Dunkelheit über der Stadt wurde von den grellen Lichtern der Drohnen durchbrochen, die lautlos wie Insekten über die Straßen kreisten.

Thabo und Johan schoben sich durch eine schmale Seitengasse, ihre Schritte hallten auf dem Kopfsteinpflaster. Hinter ihnen explodierten Schreie, während Suchlichter die Menge auseinanderrissen.

„Das hier ist außer Kontrolle," keuchte Johan, als sie sich hinter einem Hauseingang in Sicherheit brachten. Eine Explosion erschütterte die Luft. Ein nahegelegenes Gebäude stürzte ein, Trümmer schossen durch die Straßen. Thabo spürte einen stechenden Schmerz in der Schulter, doch er biss die Zähne zusammen.

„Wir dürfen nicht aufgeben," sagte er und richtete sich auf. „Die Wahrheit muss ans Licht."

Cliffhanger: Die Wahrheit entfacht Flammen
Zurück im sicheren Haus las Sarah mit zitternder Stimme die Nachricht vor:

„Projekt PANDORA I steht kurz vor der Vollendung. Waffenlieferungen und Umsiedlungspläne bestätigt." Die Gruppe starrte auf die Projektion. Die Worte hingen wie Hammerschläge in der Luft.

„Das ist unser Beweis," sagte Thabo schließlich, seine Stimme leise, aber entschlossen. „Aber wenn wir das veröffentlichen, werden sie uns jagen."

Lena trat vor, ihre Augen glühten vor Entschlossenheit.

„Dann lassen wir sie kommen. Die Wahrheit wird sie verfolgen – bis ans Ende der Welt."

Letzter Satz:

Über den brennenden Straßen Johannesburgs summten Drohnen wie unheilvolle Raubtiere. Doch inmitten der Flammen glühte ein Funke Hoffnung – bereit, die Welt zu entzünden.

Kapitel 9: PANDORA II und die Elite

Ein sterbender Planet

Die Erde war am Ende. Flüsse, einst die Lebensadern von Zivilisationen, hatten sich in leere, narbige Risse verwandelt. Felder lagen wie erstickte Wüsten unter einem schweren Schleier aus Staub, während die Städte zu Ruinen zerfielen – stumme Mahnmale eines Fortschritts, der in seinem eigenen Schatten gestorben war.

In Johannesburg lebten die Menschen zwischen improvisierten Zeltlagern und verrosteten Blechhütten. Kinder spielten auf staubigen Straßen, ihre kahlen Füße hinterließen flüchtige Spuren, die der Wind sofort verwehte. Ihre Augen jedoch – leer, müde, zu alt für ihre Jahre – spiegelten die verlorenen Träume einer Generation, die ohne Zukunft geboren worden war.

Doch hoch oben am Himmel schwebte ein anderes Symbol: PANDORA II. Es war mehr als eine Raumstation – es war ein Refugium, ein uneinnehmbares Paradies, das die Elite nicht für die Rettung der Menschheit gebaut hatte, sondern für deren Verlassen.

Zweifel hinter verschlossenen Türen

Der sterile Konferenzraum war in kaltes Licht getaucht, und holografische Projektionen schwebten wie Geister in der Luft. Die Module von PANDORA II zeigten Biotope in künstlichem Sonnenschein, pulsierende Energieknoten und schimmernde Städte in perfekter Symmetrie.

Es war ein Paradies, makellos und unberührt – ein neues Eden für die wenigen Auserwählten.

Helena Voss strich mit den Fingern über eine der Projektionen, ihre Lippen fest aufeinandergepresst.

„Warum fühlt sich das wie Verrat an?" flüsterte sie, ihre Worte an niemanden gerichtet.

„Weil du dich von Nostalgie blenden lässt," erklang Lucian Volkers Stimme hinter ihr, ruhig und kalt.

Sie drehte sich langsam um. Volker, Architekt von PANDORA II und AGENDA 33.33, stand wie ein Schatten in der Tür. Sein Blick war schneidend, seine Haltung unnachgiebig.

„Verrat?" Er ließ ein leises, bitteres Lachen hören. „Helena, das hier ist Überleben. Die Erde ist tot. Du weißt das genauso gut wie ich."

„Aber Milliarden..." Ihre Stimme brach. Sie atmete tief ein und zwang sich, ihm in die Augen zu sehen.

„Kinder, Familien, Leben. Sie alle zurückzulassen – das ist keine Rettung. Es ist Flucht."

Volker trat langsam näher, seine Bewegungen präzise, als wollte er jede ihrer Zweifel durchbrechen.

„Die Menschheit hat sich selbst zerstört. Nicht wir. PANDORA II ist unsere Zukunft. Die einzige Zukunft."

Helena schwieg, ihre Finger zitterten leicht. Seine Worte hatten eine kalte Logik, die schwer zu widerlegen war. Doch das nagende Gefühl von Schuld ließ sich nicht so leicht verdrängen.

Die Wut der Verlorenen

Auf der Erde brodelte die Wut wie ein Sturm. In den improvisierten Camps von Johannesburg, zwischen Planen und Metallhütten, war sie greifbar – die rohe, verzweifelte Energie einer Menschheit, die nichts mehr zu verlieren hatte.

Thabo Khumalo stand mitten im Chaos. Der Geruch von verbranntem Plastik und Abfall lag schwer in der Luft, während Stimmen durcheinanderriefen. Menschen drängten sich um ihn – ein Ingenieur, ein Lehrer, ein Arbeiter, deren Leben in Schutt und Asche gelegt worden waren.

„Ihr redet immer von Wahrheit," sagte ein ausgemergelter Mann, seine Stimme rau vor Erschöpfung. „Aber was bringt mir die Wahrheit? Sie füllt keinen Magen. Sie schützt meine Kinder nicht."

„Die Wahrheit ist der erste Schritt," entgegnete Thabo leise, aber eindringlich. „Sie gibt Hoffnung. Und Hoffnung führt zu Veränderung."

Der Mann schüttelte bitter den Kopf. „Ich war Ingenieur. Ich habe Straßen gebaut, Brücken repariert. Jetzt lebe ich wie ein Tier. Die Elite hat uns alles genommen. Wahrheit? Die können wir uns nicht leisten."

Thabo trat näher, sein Blick war fest, seine Stimme wurde schärfer. „Genau deshalb kämpfen wir. Damit sie zahlen. Damit die Welt erfährt, was sie getan haben."

Für einen Moment war nur Stille. Dann nickte der Mann langsam. „Dann sorgt dafür, dass sie fallen. Denn wir haben nichts mehr."

Enthüllungen über den Plan

Im sicheren Haus herrschte gespannte Stille. Sarah van der Merwe stand vor einem Monitor, der rote Linien zeigte – die Ströme von Ressourcen und Energie, die von der Erde zu PANDORA II geleitet wurden.

„Alles fließt dorthin," sagte sie leise. „Steuern, Rohstoffe, jede verbleibende Ressource. Die Erde ist nur noch eine leere Hülle."

James Kriel trat aus den Schatten, seine Augen schwer vor Schuld. „Ich war dabei," sagte er, seine Stimme bitter. „Ich habe geholfen, das System zu entwerfen. Jetzt brauchen sie uns nicht mehr."

Thabo wandte sich zu ihm um. „Was meinst du?"

Kriel deutete auf den Bildschirm. „PANDORA II ist vollständig autark. Sie brauchen uns nicht. Und sie werden uns zurücklassen."

Sarah öffnete eine verschlüsselte Datei. Ihre Finger zitterten, als die Worte auf dem Bildschirm erschienen: „PANDORA II wird 2038 fertiggestellt. Erste Umsiedlung: 2.000 Mitglieder der Elite. Rückkehr zur Erde ausgeschlossen."

Die Stille im Raum war erdrückend. Dann sprach Thabo, seine Stimme ruhig, doch seine Entschlossenheit brannte. „Das ist der Beweis. Sie haben die Erde aufgegeben."

Ein Funke des Widerstands

Die Wahrheit fand ihren Weg an die Öffentlichkeit. Artikel, Videos und Berichte über PANDORA II fluteten das Netz. Millionen gingen auf die Straßen, ihre Stimmen hallten wie ein Echo durch die verfallenden Städte.

Doch die Elite war vorbereitet. Drohnen patrouillierten die Straßen, Demonstrationen wurden mit brutaler Härte niedergeschlagen. Gewalt flammte auf, und die Hoffnung der Menschen war ein Funke im Wind.

Inmitten des Chaos stand Thabo Khumalo, Schweiß und Staub auf seinem Gesicht. Er wusste, dass dieser Kampf ein Opfer fordern würde – vielleicht das Letzte. Doch in den wütenden Rufen und erhobenen Fäusten sah er etwas, das ihn weitermachen ließ.

„Wenn wir jetzt aufgeben," sagte er leise zu Lena, die neben ihm stand, „wird es nie eine zweite Chance geben."

Letzter Satz:

„Während PANDORA II in den Himmel wuchs, entfachte sich auf der Erde ein Sturm – bereit, alles zu riskieren."

Kapitel 10: Die Wurzeln des Widerstands

PANDORA I: Ein Paradies für die Elite

Im endlosen Schwarz des Alls schwebte PANDORA I – eine makellose Struktur aus ZBLAN, einem Material von unvergleichlicher Stärke und strahlender Reflexion. Die glatten, schimmernden Oberflächen der Raumstation reflektierten das Sonnenlicht wie ein verspiegelter Dolch, der die Erde bewusst hinter sich ließ. Es war kein Zufall, dass die Station in unnahbarer Perfektion schimmerte. PANDORA I war kein Zufluchtsort für die Menschheit – es war ein Monument der Macht, geschaffen nur für die Wenigen.

Helena Voss stand allein in der Panoramahalle. Vor ihr erstreckte sich die Erde – ein Bild von atemberaubender Schönheit, eingebettet in das dunkle Nichts des Universums. Doch für Helena war dieser Anblick kein Trost. Die leuchtende Kugel war eine Illusion, die das Chaos und die Verzweiflung verdeckte, die darunter tobten.

„Wunderschön, nicht wahr?" Lucian Volkers Stimme war leise, fast sanft. Aber in der Stille der Halle hallte sie wie ein Vorwurf nach.

Helena wandte ihren Blick nicht von der Erde ab.

„Wunderschön und verloren," sagte sie tonlos.

Volker trat neben sie, die Hände hinter dem Rücken verschränkt. Sein Gesicht war ruhig, aber seine Augen waren scharf wie Glas.

„Die Erde hat keine Zukunft. PANDORA I ist kein Rückzug, Helena. Sie ist der Anfang von etwas Neuem. Einer Ära, in der wir aus den Fehlern der Vergangenheit lernen."

Helena drehte sich langsam zu ihm um. „Einer Ära für die, die es sich leisten können," entgegnete sie. „Und was ist mit den Milliarden, die wir zurücklassen?"

Volker lächelte dünn, sein Ton wurde kälter. „Jeder hatte die Wahl. Manche verdienen keine Zukunft."

Die Worte trafen Helena wie ein Schlag. „Das ist keine Rettung, Lucian," sagte sie, ihre Stimme zitterte leicht. „Das ist Flucht."

Volker trat näher, sein Blick wurde durchdringend.

„Du hast dich entschieden, Helena. Du bist Teil von PANDORA, weil du das Potenzial gesehen hast. Zweifel bringen uns nicht weiter."

Helena wollte widersprechen, doch die Worte blieben in ihrer Kehle stecken. Sie drehte sich wieder zur Erde, deren Schönheit sie nun wie ein stummer Vorwurf traf. Ein Sturm wuchs in ihr – Zorn, Schuld und eine leise, quälende Frage: Hatte sie einen Fehler gemacht?

Ein sterbender Planet: Der Widerstand wächst
Johannesburg, 2028

Während PANDORA I im Orbit als Symbol einer neuen Zivilisation schwebte, versank die Erde immer tiefer im Chaos.

Der Himmel über Johannesburg war ein trüber Schleier aus Rauch und Staub, der die Stadt in eine ewige Dämmerung tauchte.

Staub wehte durch die Straßen und sammelte sich in den Falten von Zeltplanen, die wie Narben an den Überresten von Hochhäusern lehnten. Diese Gebäude, einst Symbole von Reichtum, waren jetzt Ruinen, die von Verzweifelten und Gangs bewohnt wurden.

Thabo Khumalo stand am Rand eines der Lager und beobachtete die Demonstranten, die sich auf den Straßen versammelten. Ihre Stimmen hallten durch die Luft, Transparente trugen Botschaften wie:

„Unsere Steuern, ihre Zuflucht!"
„PANDORA ist Verrat!"

Neben Thabo aktivierte Sarah van der Merwe einen tragbaren Projektor. Eine holografische Darstellung von PANDORA I erschien über der Menge – die rotierende Station funkelte makellos, ein blendendes, unerreichbares Symbol.

„Das ist es, was sie sehen sollen," sagte Thabo leise. „Die perfekte Fassade. Aber niemand zeigt ihnen, was dahintersteckt."

Sarah sah ihn an, ihre Augen voller Entschlossenheit. „Wenn sie die Wahrheit kennen würden, würden sie kämpfen?"

Thabo ließ seinen Blick über die Menge schweifen. Er sah ausgemergelte Gesichter, geballte Fäuste, Augen voller Wut und Angst.

„Nicht alle," sagte er schließlich. „Aber genug, um etwas zu verändern."

PANDORA II: Eine schwebende Festung
Orbit der Erde, 2031

Drei Jahre nach der Fertigstellung von PANDORA I begann der Bau ihres Nachfolgers: PANDORA II. Diese Station war nicht mehr nur ein Refugium – sie war eine uneinnehmbare Festung.

Vollständig autark und durch künstliche Ökosysteme versorgt, war sie so konstruiert, dass sie ihre Bewohner für immer schützen konnte.

Lucian Volker stand in einem Konferenzraum von PANDORA II. Vor ihm schwebten holografische Pläne der Station. Ihre Linien waren präzise, ihre Symmetrie makellos. Um ihn herum saß eine Gruppe von Strategen, jeder in schweigender Konzentration.

„PANDORA II ist der Beginn einer neuen Zivilisation," sagte Volker mit ruhiger, autoritärer Stimme. „Eine Zivilisation, die sich von der Erde befreit hat. Diejenigen, die diese Zukunft verdienen, haben ihren Platz. Die anderen bleiben zurück."

Am Rand des Raumes stand Helena Voss. Sie betrachtete die Pläne schweigend, doch ihre Gedanken rasten. Ihre Finger glitten über eine Projektion, verharrten auf einem Modul, das als *Verteidigungssystem* markiert war.

„Und die Erde?" fragte sie schließlich, ihre Stimme ruhig, aber angespannt.

Volker sah zu ihr, sein Blick kalt. „Die Erde ist Vergangenheit. Was wir hier tun, ist Evolution."
Helena erwiderte seinen Blick, und etwas in ihr begann sich zu verändern.

Der Widerstand vernetzt sich
Johannesburg, 2031

Im sicheren Haus des Widerstands herrschte angespannte Stille. Sarah van der Merwe projizierte eine holografische Karte an die Wand.

Rote Linien zeigten den Fluss von Ressourcen und Kapital – alles wurde von der Erde direkt zu PANDORA II gelenkt.
„PANDORA II wird 2038 fertiggestellt," erklärte Sarah. „Die Elite hat die Erde aufgegeben. Die Umsiedlungen laufen bereits."
Thabo Khumalo starrte auf die Karte, sein Gesicht ruhig, doch in seinen Augen loderte ein Feuer.

„Die Menschen müssen die Wahrheit erfahren. Wenn sie verstehen, was auf dem Spiel steht, können wir sie vereinen."
Lena Müller, die neben ihm saß, verschränkte die Arme. „Die Wahrheit ist mächtig," sagte sie leise. „Aber sie wird uns nichts nützen, wenn wir zu spät sind."
Thabo nickte langsam, seine Stimme wurde fester.
„Dann sorgen wir dafür, dass wir nicht zu spät sind."

Letzter Satz:

Während PANDORA II über der Erde wuchs, formte sich auf der Erde ein Feuer des Widerstands – bereit, die Festung der Elite zu Fall zu bringen.

Kapitel 11: Globale Mobilisierung und Aufstände

Ein Spiegel der Welt

Johannesburg war ein sterbendes Tier – ein Sinnbild
für eine Welt, die an sich selbst zerbrach. Die Straßen
der Metropole erzählten dieselbe Geschichte wie die
von Berlin, Mumbai, New York und Rio: Risse in der
Ordnung, schwelende Unruhe, der unausweichliche
Zerfall. Graue Wolken hingen wie ein schwerer
Vorhang über der Stadt, während das letzte Licht des
Tages die zerbrochenen Fassaden in gespenstisches
Licht tauchte.

Thabo Khumalo zog die Kapuze seines Mantels tiefer
ins Gesicht und ging durch eine enge Gasse. Die Luft
roch nach verbranntem Müll, Metall und schwelendem
Gummi. Das Knacken eines einstürzenden Gebäudes
hallte in der Ferne wider, ein flüchtiges Echo der
Verzweiflung. Seine Schritte waren zu laut, ein
Verräter in der Stille. Überwachungskameras, Drohnen
und Späher – jede Bewegung konnte ihn verraten, jede
Sekunde das Ende bringen.

Das Lagerhaus des Widerstands erschien wie ein
blinder Koloss zwischen den Ruinen. Seine Fenster
waren schwarze Löcher, doch hinter ihnen lebte etwas.

Flackernde Bildschirme warfen blasse Schatten an die Wände, und die Stimmen der Widerstandsgruppe flüsterten wie das Knarren eines alten Schiffs, das sich gegen die Wellen stemmte.

Der Widerstand erhebt sich

Lena Müller beugte sich über eine holografische Karte, auf der weltweite Proteste als pulsierende Punkte erschienen. Ihre Augen waren scharf, ihre Finger zeichneten die Pfade von Bewegungen und Angriffen nach.

„Es hat begonnen," sagte sie leise, ihre Stimme brüchig vor Anspannung. „Berlin, Kapstadt, Mumbai, New York, Tokio – sie stehen alle auf."

Der Live-Feed an der Wand zeigte Szenen von Schmerz und Hoffnung: brennende Barrikaden in Berlin, Menschenmengen in Mumbai, Trommeln und Gesänge in Rio. Tränengas rollte wie Nebel durch die Straßen von Paris, während Drohnen über Shanghai schwebten, lautlos und tödlich.

Sarah van der Merwe analysierte die Bilder mit geübtem Blick. Ihre Finger flogen über das Interface, bis sie inne hielt. „Das hier sind keine Polizisten," sagte sie kühl. „Das sind Söldner. Hochtrainiert, perfekt ausgestattet – bereit, alles niederzuschlagen."

Thabo betrachtete die Szenen mit ruhiger Miene, doch in seinen Augen loderte ein unbändiger Zorn. „Die Menschen glauben, sie kämpfen gegen ihre Regierungen," sagte er leise.

„Doch sie kämpfen gegen ein System. Eine Hydra –
ein Kopf fällt, zwei neue wachsen."

Lena ließ sich schwer in einen Stuhl sinken, rieb ihre
Schläfen und starrte auf die Bilder. „Das hier ist kein
Protest," murmelte sie. „Es ist Krieg."

Die Elite schlägt zurück

Die Tür des Lagerhauses öffnete sich mit einem
langen, rostigen Knarren.

Johan Breytenbach trat ein, bleich vor Anspannung,
doch seine Augen brannten vor Entschlossenheit. In
den Händen hielt er ein Tablet, das er auf den Tisch
legte.

„Das ist ernst," begann er. Auf dem Bildschirm
erschienen verschlüsselte Dokumente, eine kalt
formulierte Warnung in klaren Worten.

„Die Elite plant falsche Flaggenangriffe," erklärte er.
„Bombenanschläge, Sabotagen. Alles so inszeniert,
dass es aussieht, als ob der Widerstand dahintersteckt."

Lenas Augen verengten sich, ihre Stimme war kalt wie
Stahl. „Das ist ihr Plan," zischte sie. „Sie wollen uns zu
Terroristen machen. Damit können sie jede Gewalt
rechtfertigen – jede."

James Kriel trat aus den Schatten, seine Stimme war
ruhig, aber bitter. „Das ist ein alter Trick. Mach den
Feind unmenschlich, diskreditier ihn. Dann ist alles
erlaubt."

Thabo ballte die Fäuste, seine Stimme klang wie ein
drohendes Grollen.

„Dann müssen wir schneller sein. Die Wahrheit muss ans Licht, bevor ihre Lügen alles ersticken."

Die Proteste eskalieren

Der Morgen begann mit einem dumpfen Summen, das über der Stadt lag. Drohnen zogen wie lautlose Schatten über die Menge, während schwer bewaffnete Einheiten strategische Punkte sicherten.

Sarah koordinierte Live-Feeds, ihre Stimme war knapp und angespannt. „Berlin, Kapstadt, Mumbai, Shanghai – sie stehen noch. Aber die Angriffe eskalieren."

Auf dem Bildschirm zeigte ein Feed Kapstadt, wo Demonstranten eine Barrikade durchbrechen wollten, doch Tränengas warf sie zurück.

In Rio hallten Trommeln, doch Wasserwerfer zerschlugen die rhythmische Hoffnung. In Mumbai schoben sich Menschen durch enge Gassen, ihre Rufe nach Freiheit mischten sich mit dem monotonen Knattern von Gummigeschossen.

Thabo sah die Bilder mit verschlossenem Gesichtsausdruck an. „Die Menschen kämpfen," sagte er leise. „Aber die Frage ist, wie lange sie durchhalten können."

Eine lautlose Warnung

Zurück im Lagerhaus bemerkte Thabo einen Zettel auf seinem Schreibtisch.

Die Worte waren hastig gekritzelt, doch sie brannten sich in sein Bewusstsein:

„Du bist der Nächste."

Thabo knüllte den Zettel zusammen, doch in seinem Inneren regte sich keine Angst. Stattdessen wuchs eine Welle der Entschlossenheit, klar und unerschütterlich. Später hörte Lena Schritte vor der Tür. Mit einer fließenden Bewegung griff sie nach ihrer Waffe und öffnete die Tür einen Spalt. Niemand war zu sehen, doch in der Ferne knackte Kies unter vorsichtigen Schritten. Schnell schloss sie die Tür wieder und verriegelte sie.

„Sie beobachten uns," sagte Johan und zog die Vorhänge zu.

Lena wandte sich zu Thabo um, ihre Stimme war kalt und präzise. „Warnungen bedeuten nichts. Wenn sie zuschlagen, wird es schnell und erbarmungslos sein."

Letzter Satz:
Während die Proteste die Welt erschütterten, verdichteten sich die Schatten um den Widerstand – und Thabo wusste, dass der wahre Kampf erst begonnen hatte.

Kapitel 12: Der Rote Planet

Eine Welt der Illusionen

Die Erde war nichts weiter als ein blassblauer Punkt
im unendlichen Schwarz des Alls – ein Relikt einer
vergessenen Vergangenheit. Für die Elite des Mars war
sie längst bedeutungslos geworden, nur noch eine
schwache Erinnerung an eine Welt, die ihre
Schuldigkeit getan hatte. Doch obwohl die
Marskolonien von dieser Vergangenheit weit entfernt
schienen, spürte Lars Jensen ihren Schatten überall.

Es war das Jahr 131 der Marszeitrechnung – eine Ära,
die mit der „großen Flucht" der Elite im Jahr 2021
begann. Hinter den schützenden Kuppeln erstreckte
sich eine Welt der schimmernden Technologie,
künstlichen Biotope und makellosen Städte. Ein Planet
der Versprechen, der angeblich die Fehler der alten
Welt hinter sich gelassen hatte. Doch unter diesem
schillernden Schleier verborgen lag eine harte,
unsichtbare Wahrheit: Der Mars war keine Erlösung,
sondern eine Kopie der zerstörten Erde – mit
denselben Abgründen, nur in einem neuen Gewand.
Die Gesellschaft war zutiefst gespalten. Während die
Elite in luxuriösen Villen und üppigen Gärten lebte,
arbeiteten die „Werkzeuge" – Arbeiter und Techniker
– in den äußeren Kuppeln.

Hier gab es keinen Glanz, keine Symmetrie. Es war eine Welt aus Metall, Schweiß und Resignation.

Lars wusste, dass die Marsgesellschaft die Versprechen seiner Eltern nie erfüllt hatte. Als privilegierte Mitglieder der Elite hatten sie PANDORA II verlassen, um Teil der ersten Welle von Siedlern auf dem Mars zu werden. „Der Mars ist unser Neubeginn", hatten sie gesagt. „Nur die Stärksten und Klügsten werden dort gedeihen." Doch für Lars, der in dieser vermeintlichen Utopie aufgewachsen war, war „stark" nichts anderes als ein Vorwand für Macht, und „würdig" war ein Synonym für reich.

Der Glanz der Elite

Lars stand auf einem der Aussichtsbalkone der gläsernen Kuppelstadt und ließ seinen Blick über die schimmernden Gebäude schweifen. Die Biopflanzen entlang der künstlichen Kanäle wogten im schwachen Licht der Mars-Sonne und reflektierten einen unwirklichen, träumerischen Glanz. Alles war makellos: glatt, symmetrisch, steril.

Doch für Lars war diese Perfektion nichts als eine hohle Fassade. Jeder glatte Stein, jede schimmernde Oberfläche erzählte eine Lüge. Der Mars war keine Vision, sondern ein Gefängnis – ein schillernder Käfig, der unter dem Gewicht der alten Fehler zerbrach.

Ein leises Piepen unterbrach seine Gedanken.

Es war sein Implantat, ein subtiler, aber eindringlicher Hinweis auf die allgegenwärtige Überwachung. Hier auf dem Mars war nichts privat. Jeder Schritt, jeder Atemzug war Teil eines Systems, das alles kontrollierte. Mit einem tiefen Atemzug drehte er sich um. Es gab Arbeit zu tun – nicht in den glänzenden Hallen der Elite, sondern in den Schatten der Kuppeln, wo die Maschinen niemals stillstanden und die Hoffnung langsam erlosch.

Die verborgene Welt der Arbeiter
Die äußeren Kuppeln waren eine Welt für sich. Hier endete der Glanz und begann die Realität.
Die Luft war stickig, erfüllt von dem Geruch nach Metall und Öl. Das Summen der Maschinen vermischte sich mit dem leisen Stöhnen der Arbeiter, deren Bewegungen mechanisch und müde wirkten. Lars schob sich durch die engen Korridore, vorbei an Förderbändern und Kontrollräumen, in denen Menschen fast wie Schatten wirkten. Ihre Gesichter waren blass, ihre Augen leer – die Marsgesellschaft hatte sie nicht gerettet, sondern gebrochen.

Ein Techniker, dessen Overall von Öl- und Staubflecken gezeichnet war, lehnte an der Wand. „Hast du's gehört?" fragte er Lars mit einer Stimme, die Bitterkeit und Resignation mischte. „Die haben die Rationen schon wieder gekürzt. Während die da oben ihre Biogärten genießen, dürfen wir sehen, wie wir mit dem Rest klarkommen."

Lars nickte, sein Gesicht blieb unbewegt. Doch innerlich kochte er. „Ihr Essen, ihr Luxus – alles auf unserem Rücken", dachte er, während er weiterging.

Eine schicksalhafte Begegnung

In einem der Wartungstunnel sah Lars einen jungen Arbeiter, kaum sechzehn Jahre alt. Der Junge kniete vor einer defekten Energiezelle, die Hände zitterten, während er verzweifelt versuchte, eine Reparatur durchzuführen. Der Schraubenschlüssel fiel zu Boden, und leise Flüche entglitten seinen Lippen.

Lars kniete sich neben ihn und hob den Schraubenschlüssel auf. „Alles in Ordnung?" fragte er ruhig.

Der Junge blickte hastig auf und wischte sich mit einem ölverschmierten Ärmel über die Augen. „Ja, Sir. Es tut mir leid, Sir. Ich... ich dachte nur, es wäre hier besser als auf der Erde."

Lars spürte, wie etwas in ihm schmerzte. Der Junge erinnerte ihn an sich selbst, an eine Zeit, als er noch an die Versprechen des Mars geglaubt hatte. „Hör zu", sagte Lars, seine Stimme ruhig, aber eindringlich. „Du bist mehr, als sie dir glauben machen wollen. Du bist kein Zahnrad in ihrer Maschine. Du bist wichtig."

Der Junge nickte schwach, doch in seinen Augen flackerte ein Funke, ein leises Aufbegehren gegen die Dunkelheit.

Der Samen des Widerstands

In der Nacht versammelte sich Lars mit einer kleinen Gruppe von Arbeitern in einem verlassenen Tunnelabschnitt. Der Ort war dunkel, die Wände von Feuchtigkeit durchzogen, doch hier waren sie sicher vor den wachsamen Augen der Drohnen und Kameras.

„Wir können nicht länger nur reden", begann Lars, seine Stimme scharf und voller Entschlossenheit. „Der Mars sollte ein Neubeginn sein. Stattdessen haben sie nur die Fehler der Erde hierhergebracht. Sie nehmen uns alles, während sie über unseren Köpfen feiern."

Ein älterer Arbeiter verschränkte die Arme. Seine Stimme war schwer und gebrochen. „Und was sollen wir tun? Sie haben alles – Technologie, Waffen, Kontrolle."

Lars trat vor, sein Blick war durchdringend. „Aber sie haben nicht uns. Wir sind die Grundlage ihres Systems.

Wir sind es, die ihre Maschinen am Laufen halten. Ohne uns bricht alles zusammen."

Ein leises Murmeln ging durch die Gruppe, doch Lars ließ nicht nach. „Sie glauben, sie hätten den Mars erobert. Aber sie vergessen, dass wir es sind, die ihn wirklich tragen. Wenn wir uns erheben, werden ihre gläsernen Paläste zerbrechen."

Ein Funke der Hoffnung

Die Nacht war still, die Marsatmosphäre kalt und unerbittlich.

Doch in den Gesichtern der Arbeiter war etwas Neues zu sehen: Hoffnung, vermischt mit Entschlossenheit. Lars stand inmitten der Gruppe, seine Silhouette scharf gezeichnet von der einzigen Lampe im Tunnel. „Dies ist erst der Anfang", sagte er, seine Stimme ruhig, aber eindringlich. „Wir werden ihnen zeigen, dass wir keine Sklaven sind. Der Mars gehört uns genauso wie ihnen. Und wir werden kämpfen, um das zu beweisen."

Die Gruppe nickte, ihre Blicke waren hart und fest. Dies war kein lauter Beginn – es war ein Flüstern, das bald zu einem Sturm werden würde.

Letzter Satz:

„Der Mars, einst ein Symbol für den Traum der Menschheit, wurde zum Schlachtfeld einer neuen Revolution – und Lars Jensen wusste, dass der wahre Kampf erst begonnen hatte."

Kapitel 13: Die Wahrheit kommt ans Licht
Mars

Marsjahr 131 / Erde 2200 – Unter der Kuppel

Eine Welt der Kontraste

Der Himmel über der gläsernen Kuppel des Mars war eine matte Wolke aus rotem Staub, durchbrochen von der fahlen Sonne, die wie ein müder Lichtpunkt schimmerte. Darunter erstreckte sich die Gemeinschaftszone, ein lebendiges Schauspiel aus Bewegung und Stille, voller Kontraste. Zwischen den Märkten, Kantinen und Wohnmodulen flossen die Menschen hastig wie ein stiller Strom, unfähig, die Ordnung infrage zu stellen.

Doch Lars Jensen wusste: Die Oberfläche war nur eine Fassade. Der Boden, so künstlich glänzend wie der Traum, den er verkörpern sollte, verbarg eine Wahrheit, die seit Generationen unterdrückt wurde. Wie lange würde diese Illusion noch halten, bevor die ersten Risse sichtbar wurden?

Das Café „Aurora" lag in einer unscheinbaren Ecke der Zone, ein Ort, der Normalität vorspiegelte. Doch Lars fühlte sich hier nicht sicher. Die Luft roch nach synthetischem Kaffee, und das Summen der Luftfilter ließ den Raum noch künstlicher wirken.

Als er die Kapuze seines abgetragenen Mantels zurückschlug, glitt sein Blick durch den Raum, der voller leiser Gespräche war – ein Hintergrundrauschen, das trügerisch beruhigend wirkte. Er wusste, dass hinter jeder Ecke eine Drohne oder ein Späher lauern konnte.

Eine neue Allianz

Am hinteren Ende des Cafés saßen zwei Gestalten. Die Frau, Ivon, hatte scharfe, durchdringende Augen, die wirkten, als könnten sie jede Lüge entlarven. Ihr Auftreten war ruhig, aber sie strahlte eine gefährliche Entschlossenheit aus.

Der Mann an ihrer Seite, Patrik, war ihr Kontrast. Seine breite Statur und die rauen Hände eines Arbeiters verrieten jahrelange harte Arbeit, doch in seinen Bewegungen lag eine Präzision, die auf eine disziplinierte Stärke hinwies.

Lars zog einen Stuhl heran und sprach direkt: „Ich bin Lars Jensen." Seine Stimme war ruhig, aber jedes Wort hatte Gewicht. „Ich habe Hinweise auf eine ‚gemeine Bibliothek' gefunden – ein verborgenes Archiv, das möglicherweise der Schlüssel ist, die ‚AGENDA 33.33' zu entlarven."

Ivon musterte ihn, ihre Augen verengten sich leicht. „Du suchst also nach der Wahrheit?" Ihre Stimme klang ruhig, doch hinter der Frage lag Skepsis.

Lars nickte. „Die Elite verbirgt etwas – etwas, das die Menschen nicht sehen sollen.

Ich bin bereit, alles zu riskieren, um es aufzudecken."
Patrik lehnte sich zurück, seine kräftigen Arme
verschränkt. „Ich habe in den Netzwerken der Kolonie
gearbeitet," sagte er mit tiefer, pragmatischer Stimme.
„Es gibt Hinweise auf verschlüsselte Datenpakete, die
auf diese Bibliothek verweisen. Aber ohne
Unterstützung kommen wir nicht weit."
Ein kurzer Blick zwischen Ivon und Patrik genügte.
Die beiden hatten denselben entschlossenen Ausdruck
wie Lars.
„Dann arbeiten wir zusammen," sagte Lars schließlich.
Seine Worte klangen wie ein Schwur, ein Versprechen,
das sie nicht brechen konnten.

Geheime Treffen und Entdeckungen
In den Wochen danach arbeitete die Gruppe wie ein
präzises Uhrwerk. Ivon mit ihrem analytischen
Verstand fand Muster in den Daten, die andere
übersehen hatten. Patrik durchbrach mit
unermüdlicher Geduld technische Barrieren, während
Lars die Gruppe mit seiner unerschütterlichen
Entschlossenheit zusammenhielt.
Eines Abends, tief in den verlassenen
Wartungstunneln unter der Kuppel, projizierte Patrik
eine schematische Darstellung an die Wand. „Hier,"
begann er, seine Stimme leise, aber geladen vor
Aufregung. „Es gibt eine alte Struktur, die während der
ersten Tage der Kolonie gebaut wurde.

Sie ist vollständig vom Netzwerk getrennt – keine Zugänge, keine Aufzeichnungen."

Ivon trat näher und studierte die Darstellung mit konzentriertem Blick. „Das passt," sagte sie leise. „Wenn diese Bibliothek existiert, ist das der perfekte Ort dafür – unsichtbar und abgeschirmt."

Lars starrte auf das Hologramm, sein Kiefer war angespannt. „Wenn sie nicht gefunden werden soll, dann ist sie genau der Ort, den wir finden müssen."

Innere Zweifel und eine Warnung

Die Fortschritte der Gruppe gingen mit wachsender Gefahr einher. Ivon sprach eines Abends direkt zu Lars, während sie ihre Notizen zusammenpackte. „Du weißt, was passiert, wenn sie uns erwischen," sagte sie leise. „Du bist der Kopf – und du wirst als Erster fallen."

Lars schwieg für einen Moment, dann hob er den Blick. „Ich weiß, was auf dem Spiel steht. Aber wenn wir aufgeben, dann haben sie gewonnen. Und wer, wenn nicht wir, soll es wagen?"

Ivon schwieg, doch ihre Augen verrieten eine Mischung aus Respekt und Sorge.

Der Zugang zur Wahrheit

Eines Nachts saß Patrik über einer verschlüsselten Datei. Plötzlich hielt er inne, seine Augen weiteten sich. „Ich hab's," flüsterte er.

Ivon und Lars eilten herbei. Patrik zeigte auf eine Sequenz auf seinem Holo-Display. „Hier – ein Zugangspunkt, tief unter der Kuppel, in einem versiegelten Bereich. Wenn es diese Bibliothek gibt, dann dort."

Ivon studierte die Daten sorgfältig. „Das ist es," sagte sie schließlich. „Das ist unsere Chance."

Lars legte eine Hand auf Patriks Schulter, seine Stimme ruhig, aber fest. „Dann machen wir uns bereit."

Ein Funke Hoffnung

Später in der Nacht saß Lars allein in seiner kleinen Wohnung. Durch das Fenster konnte er die Sterne über dem roten Horizont sehen. Sie funkelten kalt, als wären sie Zeugen eines Kampfes, den niemand gewinnen konnte.

„Ist es das wert?" murmelte er leise. Doch tief in seinem Inneren kannte er die Antwort. Die Wahrheit musste ans Licht – egal, was es kostete.

Letzter Satz:

„In den Schatten der gläsernen Kuppeln des Mars wuchs eine neue Allianz heran – bereit, die Geheimnisse der Elite zu enthüllen und eine Wahrheit ans Licht zu bringen, die die Welt verändern würde."

Kapitel 14: Die Wahrheit kommt ans Licht

Ein Ort des Wachstums und der Geheimnisse

Die feuchte Luft roch nach Erde, und das sanfte
Summen der Belüftung erfüllte das Gewächshaus.
Zwischen den symmetrisch angeordneten Beeten
wuchsen Pflanzen in leuchtendem Grün – künstlich
perfektioniert, wie alles auf dem Mars. Tomatenranken
spannten sich über dünne Metallgerüste, Salatköpfe
gediehen in geometrischer Präzision, und
Kletterpflanzen wanden sich um stählerne Stützen.

Lars Jensen zog die Kapuze seines abgetragenen
Mantels zurück, während er leise durch die schmalen
Gänge schritt. Die Helligkeit der künstlichen Lampen
ließ seine graugrünen Augen aufblitzen. Obwohl das
Gewächshaus öffentlich zugänglich war, hatten die
meisten Bewohner längst aufgehört, es zu besuchen.
Es war ein Ort des Überflusses in einer Welt des
Mangels – und deshalb genau der richtige Ort, um
nicht aufzufallen.
Am hinteren Ende des Gebäudes, zwischen den
höheren Reihen von Obstbäumen, warteten Ivon und
Patrik. Die Atmosphäre war ruhig, fast trügerisch
friedlich, doch Lars konnte die Spannung in der
Haltung der beiden spüren.

„Das war eine gute Wahl," sagte Ivon leise, ihre Augen musterten die Umgebung. „Hier stellt niemand Fragen."

„Noch nicht," murmelte Patrik, während er das Holo-Display in seiner Hand prüfte. „Aber wir sollten keine Zeit verschwenden."

Eine neue Allianz

Lars trat zu ihnen und zog einen der leichten Stühle heran. Er sprach direkt: „Ich habe Hinweise auf eine ‚gemeine Bibliothek' gefunden. Wenn sie existiert, könnte sie das Herz der ‚AGENDA 33.33' offenlegen."

Ivon lehnte sich zurück und verschränkte die Arme. Ihr kastanienbraunes Haar fiel glatt über ihre Schultern, während ihre Augen Lars mit skeptischer Intensität fixierten. „Die ‚gemeine Bibliothek' also. Du suchst nach der Wahrheit?"

Lars nickte langsam. „Nicht nur ich. Wir alle wissen, dass die Elite etwas verbirgt. Ich will es ans Licht bringen."

Patrik, der neben ihr stand, blickte mit gerunzelter Stirn auf sein Display. „Ich habe Datenpakete entdeckt, die auf eine versteckte Struktur hinweisen. Aber die Zugänge sind verschlüsselt. Ohne ein Team kommen wir nicht weiter."

„Dann sollten wir eines sein," sagte Lars bestimmt. Seine Stimme hatte eine Dringlichkeit, die den beiden klar machte, dass er keine Zeit für Zweifel hatte.

„Die Wahrheit wartet nicht."
Ein kurzer, wortloser Blick zwischen Ivon und Patrik
reichte aus. Beide nickten.

Geheime Treffen und Entdeckungen

Die folgenden Wochen brachten sie immer wieder
zurück ins Gewächshaus. Es war mehr als nur ein
Rückzugsort; es war ein Ort, an dem Ideen sprießten
wie die Pflanzen um sie herum. Zwischen den dichten
Reihen von Grünzeug und dem flackernden Licht der
Projektoren wuchs nicht nur ihre Entschlossenheit,
sondern auch ihre Zusammenarbeit.

Ivon war die strategische Denkerin, die Muster in
scheinbar zufälligen Daten entdeckte.
Patrik war der technische Kopf, der mit Geduld und
Präzision Netzwerke infiltrierte und Daten
entschlüsselte. Lars hingegen war der Antrieb, der die
Gruppe durch Rückschläge und Zweifel führte.
Eines Abends projizierte Patrik eine schematische
Darstellung an die Wand des Gewächshauses. Die
leuchtenden Linien zeigten eine versteckte Struktur tief
unter der Kolonie. „Das ist sie," sagte er leise, seine
Stimme vor Aufregung bebend.
Ivon trat näher, ihre Stirn in Falten gelegt. „Warum
wurde das abgekoppelt?" murmelte sie. „Es muss
etwas so Wichtiges sein, dass sie es unsichtbar gemacht
haben. "Lars starrte die Projektion an, sein Blick wurde
härter.

„Ein Ort, der nicht gefunden werden soll, ist genau der Ort, den wir finden müssen."

Die Bedrohung wächst

Mit jedem Schritt, den sie näher an ihr Ziel kamen, wuchs auch die Gefahr. Ivon hatte bemerkt, dass Drohnen häufiger in der Nähe des Gewächshauses auftauchten. Patrik fand zusätzliche Sicherheitsschichten in den Netzwerken – als ob jemand auf ihre Schritte reagierte.

„Sie wissen, dass etwas vor sich geht," sagte Ivon eines Abends, während sie eine ihrer Notizen überprüfte. „Aber sie wissen noch nicht, was."

„Das reicht schon, um uns gefährlich zu machen," entgegnete Patrik düster.

Lars ließ seinen Blick zwischen den beiden hin- und herwandern. „Das Risiko ist hoch, das wissen wir. Aber wir haben keine Wahl. Die Wahrheit ist größer als unser Leben."

Ivon schüttelte den Kopf, ein schwaches Lächeln umspielte ihre Lippen. „Du bist entweder ein Narr oder ein Held, Lars. Wahrscheinlich beides."

Der Zugang zur Wahrheit

Patrik saß eines Nachts allein im Gewächshaus, als er auf etwas stieß. Seine Finger zitterten vor Erschöpfung, aber seine Augen weiteten sich, als er die Daten auf seinem Holo-Display las.

„Ich hab's," flüsterte er und rief die anderen herbei.

Lars und Ivon eilten durch die stillen Gänge des Gewächshauses zu ihm. Patrik zeigte auf eine kryptische Nachricht: „Schicht 33.33 – Zugang versiegelt."

„Das ist es," sagte Ivon leise, während sie auf das Hologramm starrte. „Der Eingang zur Bibliothek."

Lars nickte, seine Stimme war ruhig, aber bestimmt. „Dann machen wir uns bereit."

Ein leises Versprechen

Später in der Nacht saß Lars allein an einer der langen Reihen von Tomatenpflanzen. Die feuchte Luft fühlte sich schwer auf seiner Haut an, und der Mars-Horizont war durch die gläserne Kuppel kaum sichtbar.

„Ist es das wert?" fragte er sich leise, aber die Antwort kam schnell. Ja, es war es wert. Es gab keine Alternative – die Wahrheit musste ans Licht kommen.

Letzter Satz:

„Die Bibliothek war das Herz der Lügen – und Lars Jensen wusste, dass es keine Rückkehr gab, wenn er ihren dunklen Kern erreichte."

Kapitel 15: Die Dauerhaftigkeit und Lebensbedingungen

Marsjahr 132 (Erde 2201)

Ein Raum voller Geheimnisse

Ein Jahr war vergangen, seit Lars, Ivon und Patrik das erste Mal die dunklen Tiefen der „gemeinen Bibliothek" betreten hatten. Es war ein Jahr voller intensiver Entdeckungen, gefährlicher Entscheidungen und schmerzlicher Opfer. Ihre Erkenntnisse hatten die Gruppe verändert – und die Kolonie gleich mit.

Lars Jensen blickte durch die schmalen Fenster der verlassenen Versorgungsstation, die sie zu ihrem Arbeitsraum gemacht hatten. Die Kuppelstadt lag unter einem immerwährenden Dunstschleier, und selbst das matte Licht der Mars-Sonne wirkte wie eine leere Hülle. Die Atmosphäre schien dichter, drückender – ein Spiegel der wachsenden Spannungen. In der Station, tief unter der Hauptzone der Kolonie verborgen, summten die Maschinen leise, während holografische Projektionen durch den Raum tanzten. Diagramme, Pläne und technische Daten schwebten über den Köpfen der Gruppe wie schimmernde Geister der Vergangenheit. Es war hier, in dieser kühlen, abgeschotteten Enklave, dass sie die schockierende Wahrheit über die PANDORA-Stationen und die Elite entdeckten.

„Das hier," begann Lars mit rauer Stimme, während er eine schematische Darstellung betrachtete, „ist mehr als ein technisches Wunder. Es ist der Beweis für ihre Hybris. Sie haben die Erde geplündert, um sich ein Paradies zu bauen."

Seine Worte hingen schwer im Raum, durchtränkt von Wut und einer tiefen, zermürbenden Erkenntnis. Dies war kein Meisterwerk, um die Menschheit zu retten – es war ein Monument der Gier.

Der Ursprung der Autarkie: PANDORA I

Ivon trat vor und verschob das holografische Interface mit einer fließenden Bewegung. Die Darstellung von **PANDORA I**, der ersten Raumstation der Elite, rückte in den Fokus. Ihre kompakte Struktur und spartanische Eleganz wirkten fast wie eine Idealisierung dessen, was einst als Experiment begann.

„PANDORA I war ihr Prototyp," erklärte Ivon mit analytischer Präzision. Ihre Stimme blieb ruhig, aber ihre Augen zeigten eine Mischung aus Bewunderung und Abscheu.

„Hier haben sie getestet, ob Menschen überhaupt dauerhaft im All überleben können. Ein geschlossener Kreislauf – technisch beeindruckend, aber auch eiskalt kalkuliert."

Patrik zoomte auf die hydroponischen Systeme.

„Pflanzen, die ohne Erde wachsen," sagte er. „Jede Ressource in einen geschlossenen Kreislauf integriert. Kein Tropfen Wasser verschwendet, kein Gramm Sauerstoff verloren."

Lars betrachtete die Pläne schweigend, seine Kiefer mahlten unbewusst. „Sie haben die Erde ausgebeutet, um dieses System zu schaffen," murmelte er schließlich. „Ein Ort der Perfektion, geboren aus dem Leid von Milliarden."

Die nächste Stufe: PANDORA II und III

Mit einer Handbewegung brachte Ivon die Darstellungen der späteren Stationen ins Zentrum der Projektionen. **PANDORA II** und **PANDORA III** wirkten wie ein grotesker Kontrast zu ihrem Vorläufer. Die spartanische Funktionalität von PANDORA I war verschwunden, ersetzt durch das, was Ivon als „ästhetische Arroganz" bezeichnete.

„Hier wurde die Vision größer," erklärte sie, während sie auf eine Reihe von Wohnmodulen deutete.

„Sie wollten nicht nur überleben – sie wollten besser leben als je zuvor."

Patrik zeigte auf ein künstliches Ökosystem.

„Sauerstoffproduktion durch speziell gezüchtete Pflanzen, geschlossene Kreisläufe für Kohlenstoffbindung und Wasseraufbereitung – es ist eine Simulation der Erde, aber kontrollierter, effizienter. Und sie nennen das Evolution."

Lars' Blick wanderte über die luxuriösen Wohnquartiere, die mit ihren hohen Decken, gläsernen Fassaden und üppigen Gärten wie Paläste wirkten. Seine Stimme war leise, aber jedes Wort hallte wie ein Urteil.

„Diese Stationen waren nie für alle gedacht. Sie waren ein Paradies für die Auserwählten – während der Rest von uns auf der Erde zurückblieb und um das Überleben kämpfte."

Das Meisterwerk: PANDORA IV

Die holografische Projektion zeigte schließlich **PANDORA IV**, die größte und komplexeste Station. Die Größe und Komplexität dieses Bauwerks verschlug ihnen den Atem.

„Das ist keine Raumstation," flüsterte Patrik ehrfürchtig. „Das ist eine Festung."

Ivon betrachtete die weitläufigen Grünflächen, künstlichen Seen und massiven Energieanlagen mit einem brennenden Blick. „Hier wollten sie nicht nur die Erde ersetzen," sagte sie leise. „Sie wollten sie übertreffen."

Lars starrte auf die Pläne, seine Hände ballten sich zu Fäusten. „Und sie haben alles genommen, was sie brauchten. Während die Erde zusammenbrach, haben sie sich ein Paradies erschaffen, das auf den Trümmern der Menschheit gebaut wurde."

Der moralische Konflikt

Ein schweres Schweigen legte sich über den Raum. Jede schematische Darstellung war ein weiterer Beweis für die Ungerechtigkeit, die sie entdeckt hatten.

„Diese Technologien könnten die Erde retten," sagte Lars schließlich, seine Stimme leise, aber voller Schmerz.

„Sie könnten den Planeten heilen, die Ressourcenkrisen lösen – doch sie haben sie genutzt, um sich selbst zu retten."

„Die Menschen müssen das wissen," sagte Ivon mit fester Stimme. „Sie müssen verstehen, dass diese Technologien ihnen gehören."

Patrik deutete auf eine schematische Darstellung der Selektionsprozesse. „Wir müssen zeigen, wie sie diese Entscheidungen getroffen haben. Das war keine Rettung – das war eine Auslese."

Die Verbreitung der Wahrheit

Die Gruppe arbeitete die ganze Nacht hindurch. Sie erstellten Grafiken, die die Technologien und Lebensbedingungen der PANDORA-Stationen erklärten, und fügten Berichte über die grausamen Selektionsprozesse hinzu.

„Das ist mehr als eine Enthüllung," sagte Lars. „Das ist ein Urteil."

„Dann lasst uns keine Zeit verlieren," sagte Ivon und aktivierte die Übertragungsprotokolle.

Mit einem letzten Klick wurde die Wahrheit hochgeladen. Die Netzwerke explodierten – wütende Kommentare, Fragen, wachsendes Bewusstsein. Der Funke war gezündet.

Der Anfang einer Bewegung

Patrik sprach leise: „Das ist nur der Anfang. Aber vielleicht können wir etwas verändern."

Lars nickte, sein Blick blieb fest. „Wir haben den ersten Stein ins Rollen gebracht. Jetzt müssen wir sicherstellen, dass er nicht zum Stillstand kommt."

Letzter Satz:
„Die Wahrheit über PANDORA verbreitete sich wie ein Lauffeuer – und der Widerstand begann, seine eigene Zukunft zu formen."

Kapitel 16: Die Dauerhaftigkeit und Lebensbedingungen

Marsjahr 132 – (Erde 2201)

Eine verborgene Wahrheit

Das kalte, blaue Leuchten der holografischen Displays schnitt scharfe Schatten in die Gesichter von Lars, Ivon und Patrik. Über ihren Köpfen tanzten Pläne, Diagramme und technische Berichte in der Luft – Fragmente einer Wahrheit, die mehr als nur ihre Welt verändern könnte. Jede neue Information fügte ein weiteres Stück zu einem grausamen Mosaik hinzu, das die Geschichte der PANDORA-Stationen erzählte.

„Diese Stationen," begann Lars mit fester, aber leiser Stimme, während sein Blick über die Projektionen wanderte, „sind mehr als technologische Meisterwerke. Sie sind Denkmäler ihrer Hybris. Sie haben die Erde ausgeblutet, um sich ein Paradies zu schaffen – und uns zurückgelassen."

Mit einer schnellen Geste wischte Lars durch das Hologramm. Die vier PANDORA-Stationen erschienen als schwebende Festungen im All. Jede von ihnen strahlte eine andere Form von Macht und Kontrolle aus.

Der Ursprung der Autarkie: PANDORA I

Ivon verschob die Darstellung von PANDORA I ins Zentrum. Die Projektion zeigte eine zweckmäßige, fast spartanische Struktur – nichts an ihr war überflüssig.

„Das war der Anfang," erklärte Ivon, während sie die schematischen Pläne deutete.

Ihre Stimme war ruhig, aber mit einer Schärfe durchzogen, die ihre Verachtung nicht verbarg.

„Hier haben sie getestet, ob Menschen überhaupt dauerhaft im All überleben können. Jede Ressource war Teil eines geschlossenen Kreislaufs. Es war funktional, effizient – und eiskalt kalkuliert."

Patrik zoomte auf die hydroponischen Systeme.

„Keine Erde nötig," sagte er, während seine Augen die Daten überflogen. „Die Pflanzen wachsen in einer Lösung voller Nährstoffe. Maximale Effizienz bei minimalem Platzbedarf."

Lars' Stimme klang kalt, fast resigniert. „Alles hier – der geschlossene Wasserkreislauf, die Sauerstoffsysteme – wurde entwickelt, um ihnen das Überleben zu sichern. Aber die Erde musste dafür zahlen."

Die nächste Stufe: PANDORA II und III

Ivon zog die Darstellungen von PANDORA II und III ins Zentrum des Hologramms. Die Veränderungen waren unübersehbar. Aus funktionalen Lebensräumen waren luxuriöse Enklaven geworden.

„Mit PANDORA II änderte sich alles," sagte Ivon, während sie auf die Pläne deutete. „Die Vision wurde größer. Es ging nicht mehr nur ums Überleben – es ging um Komfort, um Luxus."

Die holografische Darstellung von gläsernen Kuppeln, üppigen Gärten und privaten Quartieren füllte den Raum.

„Hier, bei PANDORA III," fügte Patrik hinzu, „haben sie die Energieversorgung perfektioniert. Kernfusion, gekoppelt mit Solaranlagen, macht die Station praktisch unerschöpflich. Sie haben die Erde nicht nur verlassen – sie haben sie ersetzt."

Lars' Blick blieb an den luxuriösen Modulen hängen. „Und wer durfte diese Welt genießen?" fragte er leise, seine Stimme bebte vor unterdrücktem Zorn. „Die Auserwählten. Der Rest von uns? Uns haben sie zum Sterben zurückgelassen."

Die Wahl der Bewohner und der Mars als Ziel

Patrik verschob die Darstellung und zeigte auf eine weitere Ebene der Kontrolle: die Wahlmöglichkeiten der Bewohner.

„Sie haben das Leben auf den Stationen wie ein Puzzle organisiert," erklärte er. „Die Bewohner dürfen zwischen den Stationen wählen – theoretisch. Aber nur die, die es auf PANDORA IV schaffen, erhalten die Chance, auf den Mars zu gehen."

„Und selbst dann," fügte Ivon hinzu, „entscheidet die KI. Sie wählt nach Fertilitätsraten, genetischer Vielfalt und dem Ausbau der Marskolonie. Es gibt keine echte Wahl. Alles hier ist eine Illusion."

Lars schüttelte den Kopf. „Sie kontrollieren nicht nur das Leben. Sie kontrollieren die Zukunft. Sie bestimmen, wer leben darf – und wer nicht."

Das Meisterwerk: PANDORA IV

Die Projektion von PANDORA IV ließ den Raum in ein kühles Licht tauchen.

Diese Station war mehr als ein Lebensraum – sie war eine schwebende Stadt, ein Königreich im All.
„Das hier ist keine Station," murmelte Patrik. „Das ist ein Symbol. Ein Thron für ihre Macht."

Ivon trat näher, ihre Finger strichen über die holografischen Darstellungen von künstlichen Seen und weitläufigen Grünflächen. „Hier wollten sie die Erde nicht nur ersetzen," sagte sie leise. „Sie wollten sie übertreffen."
Lars' Stimme wurde zu einem Flüstern. „Und von hier aus haben sie ihren nächsten Schritt gemacht. Der Mars war nie ein Zufluchtsort – er war ihr Ziel. Aber auch dort sind sie nicht frei. Die KI kontrolliert alles – von der Genetik der Bewohner bis zur maximalen Bevölkerung."

Der moralische Konflikt

Die Projektionen verblassten, und Lars wandte sich mit verschränkten Armen ab. „Sie hätten die Erde retten können," sagte er.

Seine Stimme war schwer vor Enttäuschung. „Sie hätten diese Technologien genutzt, um den Planeten zu heilen, die Klimakrise rückgängig zu machen. Aber sie haben sich selbst gerettet – und alle anderen geopfert."

Ivon nickte langsam. „Die Menschen müssen das wissen. Sie müssen sehen, was ihnen genommen wurde."

Patrik deutete auf die Selektionsprozesse. „Das hier ist das Herz ihres Systems," sagte er. „Die Menschen müssen verstehen, dass sie nie eine Chance hatten. Das war nie Rettung. Das war Auslese."

Die Verbreitung der Wahrheit

Die Gruppe arbeitete bis in die frühen Morgenstunden. Daten, Berichte und schematische Darstellungen wurden zu einer einzigen Botschaft verdichtet:

Die Wahrheit.

„Das hier ist mehr als eine Enthüllung," sagte Lars, als er die letzte Datei überprüfte.

„Das ist der Anfang von etwas Größerem."

Ivon aktivierte die Übertragungsprotokolle.

Innerhalb von Minuten fluteten die Daten die Netzwerke. Fragen, Wut und Unglauben breiteten sich aus wie ein Lauffeuer.

Der Anfang eines Wandels

Patrik beobachtete die Reaktionen und sprach leise: „Das ist nur ein Funke. Aber vielleicht wird er zu einem Feuer."

Lars sah auf die verblassenden Projektionen und ballte die Fäuste. „Wir haben den Stein ins Rollen gebracht," sagte er. „Jetzt dürfen wir nicht zulassen, dass er stehen bleibt."

Letzter Satz:

„Die Wahrheit über PANDORA breitete sich aus wie ein Sturm – und mit ihr begann ein Kampf um die Zukunft der Menschheit."

Kapitel 17: Die erste Welle der Wahrheit

Marsjahr 132 / Erde 2201

Ein wachsender Sturm

Das monotone Summen der holografischen
Projektoren erfüllte die Kommandozentrale, während
flackernde Displays die Wände mit einem unruhigen
Lichtspiel überzogen. Nachrichtenströme, Diagramme
und Livestreams tanzten durch die Luft – ein
chaotischer Strom von Daten, der die explosive
Reaktion auf ihre Enthüllungen zeigte.

Lars Jensen stand mit verschränkten Armen vor den
schwebenden Hologrammen, seine Augen fest auf die
neuesten Entwicklungen gerichtet. Ivon und Patrik
saßen an den Terminals, ihre Finger flogen über die
Tasten, während sie versuchten, die Welle aus
Informationen zu analysieren.

„Seht euch das an," sagte Ivon und deutete auf einen
der Hauptbildschirme. Ihre Stimme klang angespannt,
aber auch elektrisiert. „Unser Artikel über die selektive
Auslese auf den PANDORA-Stationen ist überall.
Über 50.000 Zugriffe allein in den letzten vier
Stunden."

Patrik scrollte durch die Flut an Kommentaren, sein
Gesicht eine Mischung aus Erstaunen und Sorge. „Die
Leute sind außer sich. Manche sind wütend, andere
völlig geschockt. Aber sie alle wollen Antworten.

Es fühlt sich an, als würde ein Damm brechen."
Lars trat einen Schritt näher, sein Blick bohrte sich in
die flimmernden Statistiken. In ihm tobte ein innerer
Sturm – Erleichterung, Zweifel, und eine leise Angst.
Hatten sie wirklich genug getan, um die Elite ins
Wanken zu bringen?

„Das ist erst der Anfang," sagte er schließlich mit
ruhiger, doch entschlossener Stimme. „Jetzt, da die
Wahrheit ans Licht kommt, wird die Elite alles tun, um
uns zu stoppen. Sie werden uns jagen – und wir
müssen bereit sein."

Die nächste Herausforderung: Die Raumstationen
Patrik projizierte ein Netzwerkdiagramm auf die
zentrale Leinwand. Linien und Knotenpunkte
leuchteten auf, zeigten die Kommunikationswege
zwischen dem Mars und den PANDORA-Stationen.
Besonders die Verbindung zu PANDORA IV war in
pulsierendem Rot markiert – ein klares Zeichen für die
massiven Sicherheitsprotokolle, die wie
uneinnehmbare Mauern wirkten.

„PANDORA IV ist der Schlüssel," begann Patrik und
deutete auf die Projektion. „Wenn wir das EDW dort
hinbringen, könnten wir das Herz der Elite erreichen.
Aber die Sicherheitsmaßnahmen sind nahezu
unüberwindbar."

Ivon lehnte sich nach vorne, ihre Augen fixierten die
Darstellung mit scharfer Konzentration.

„Die Menschen dort leben in einer Blase," sagte sie
leise. „Ideologisch abgeschottet.
Sie sehen uns nicht als Menschen – wir sind für sie
eine Bedrohung ihres perfekten Systems."
Lars' Blick blieb an der Station hängen. Seine Augen
funkelten vor Entschlossenheit. „Dann richten wir uns
an die Arbeiter," schlug er vor. „Diejenigen, die die
Stationen am Laufen halten.

Sie kennen die Wahrheit besser als die Elite. Wenn wir
sie erreichen, können wir die Wahrheit von unten nach
oben verbreiten."

Ein Schatten der Gefahr
Mitten in ihrer Planung flackerte eine verschlüsselte
Übertragung auf Patriks Terminal. Die Luft in der
Kommandozentrale schien sich schlagartig zu
verdichten, als er die Nachricht öffnete. Sein Gesicht
verhärtete sich, während er die Worte überflog.

**„Das EDW wurde als eine terroristische Plattform
eingestuft. Vorsicht vor weiteren Fake News."**

Ivon las die Nachricht laut vor, ihre Stimme war kühl
und scharf wie eine Klinge. „Sie verbreiten gezielt
Falschinformationen. Sie versuchen, unsere
Glaubwürdigkeit zu zerstören, bevor wir weiter an
Einfluss gewinnen."
Lars ballte die Fäuste, sein Atem ging schwer.

„Sie drehen die Wahrheit um," sagte er schließlich. „Sie nennen uns Terroristen, während sie selbst die wahren Täter sind. Sie versuchen, uns zum Schweigen zu bringen – aber wir werden nicht aufhören."

Patrik blickte auf das Netzwerkdiagramm. „Wenn wir dagegenhalten wollen, müssen wir noch transparenter werden. Unbestreitbare Fakten, die ihre Lügen entkräften. Wir müssen die Menschen dazu bringen, uns zu vertrauen."

„Und das werden wir," sagte Lars, seine Stimme klang wie ein Versprechen.

Ein erster großer Erfolg

Nach endlosen Nächten voller Planung gelang es der Gruppe, einen entscheidenden Durchbruch zu erzielen.

Es war riskant, aber sie hatten es geschafft, das EDW in ein untergeordnetes Kommunikationssystem von PANDORA III einzuspeisen.

„Seht euch das an," sagte Patrik mit einem Funken Stolz in seiner Stimme. „Unsere Artikel werden gelesen – 10.000 Abrufe allein in den ersten zwei Stunden."

Ivon ließ sich in ihren Stuhl zurücksinken, ein leises Lächeln huschte über ihr Gesicht. „Das ist ein Durchbruch," sagte sie. „Aber wir dürfen uns jetzt nicht zurücklehnen."

Lars nickte, doch sein Gesicht blieb ernst. „Das ist ein wichtiger Sieg. Aber es ist nur der Anfang.

Die Elite wird nicht tatenlos zusehen. Sie werden zurückschlagen – härter und erbarmungsloser, als wir es uns vorstellen können."

Eine Bewegung wächst

Während die Wahrheit ihren Weg durch die Netzwerke nahm, breitete sich die Reaktion wie ein Lauffeuer aus. Diskussionen, Forderungen und Proteste nahmen zu, doch genauso schnell formierten sich Desinformationskampagnen der Elite, die ihre Enthüllungen untergraben sollten.

„Sie bezeichnen uns als Bedrohung," sagte Ivon eines Abends, ihre Stimme war ruhig, aber ihre Augen brannten vor Entschlossenheit. „Und das bedeutet, dass sie uns ernst nehmen."

Patrik scrollte durch die neuesten Daten, sein Gesicht sorgenvoll. „Aber je mehr wir enthüllen, desto stärker werden sie sich gegen uns stellen. Wir müssen vorbereitet sein."

Lars sah in die Runde, sein Blick war hart und entschlossen. „Das Risiko ist es wert," sagte er. „Wir dürfen nicht aufhören. Wenn wir jetzt nachgeben, gewinnen sie."

Ein Blick in die Zukunft

Die Nacht legte sich schwer über den Mars, doch die Lichter der Kommandozentrale brannten weiter. Lars saß vor einem der Displays, seine Gedanken rasten.

„Das EDW ist mehr als eine Plattform," sagte er schließlich. „Es ist ein Symbol – ein Symbol für Hoffnung und Gerechtigkeit."

Ivon sah ihn an, ihre Augen funkelten im blauen Licht der Projektionen.

„PANDORA IV wird die größte Herausforderung," sagte sie leise. „Aber wenn wir sie überwinden, können wir die Welt verändern."

Patrik nickte, während er weitere Daten ins Netzwerk einspeiste. „Die Elite glaubt, sie sei unantastbar. Aber die Wahrheit kann ihr Fundament ins Wanken bringen."

Letzter Satz

„Die Wahrheit hatte ihre erste Welle entfesselt – und sie würde nicht mehr zurückweichen."

Kapitel 18: Technische Herausforderungen und schockierende Enthüllungen

Marsjahr 133 / Erde 2202

Eine Kommandozentrale unter Hochspannung

Das Summen der holografischen Projektoren erfüllte die Kommandozentrale mit einem pulsierenden Klang, der sich wie ein lebendiges Herz durch den Raum zog. Die kühlen, blauen Lichter warfen scharfe Schatten auf die angespannte Miene von Lars Jensen. Neben ihm saßen Ivon und Patrik, ihre Blicke fest auf die schwebenden Diagramme und Daten gerichtet, die vor ihnen tanzten.

„Wir stehen an einem Wendepunkt," begann Lars, während sein Blick über die Sicherheitsarchitekturen der PANDORA-Stationen wanderte. „Entweder wir finden einen Weg, ihre Mauern zu durchbrechen, oder alles, was wir bisher erreicht haben, verblasst im Nichts."

Ivon aktivierte eine neue Projektion, die die massiven Firewalls und automatisierten Verschlüsselungssysteme zeigte. Die roten Linien flackerten wie lebendige Barrieren, die ständig nach Schwachstellen suchten und sich selbst verstärkten.

„Das ist mehr als nur eine Firewall," erklärte sie, während sie mit den Fingern über die Projektion glitt.

„Das ist eine adaptive, KI-gesteuerte Verteidigung –
entworfen, um selbst die raffiniertesten Angriffe
abzuwehren."

Patrik, dessen Finger über die Tastatur flogen, ließ ein
trockenes Lachen hören. „Aber keine KI ist perfekt,"
sagte er und sah auf. „Es gibt immer eine
Schwachstelle.

Die Frage ist nur: Finden wir sie rechtzeitig?"
Lars verschränkte die Arme, sein Blick blieb fest auf
den holografischen Schutzschichten. „Wenn wir diese
Wahrheit nicht bis zu den PANDORA-Stationen
bringen, bleibt die Elite unangreifbar. Wir haben keine
Wahl – wir müssen es schaffen."

Ein schockierender Fund

Während Patrik die Sicherheitsarchitektur weiter
analysierte, durchsuchte Ivon die verschlüsselten
Archive, die sie zuvor infiltriert hatten. Plötzlich
stockte ihr Atem, und ihre Augen weiteten sich.
„Lars, Patrik," rief sie und projizierte mehrere
Dokumente in die Mitte des Raumes. Ihre Stimme
zitterte leicht, während die holografischen Dateien vor
ihnen schwebten.

Die Enthüllungen trafen sie wie ein Schlag. Die
Berichte zeigten, wie die Elite Pandemien, Kriege und
Ressourcenknappheit systematisch inszeniert hatte, um
die Welt in einen Zustand ständigen Chaos zu
versetzen.

Die Menschheit wurde gezielt geschwächt, während die Elite sich in ihren schwebenden Festungen verbarg. Lars starrte auf die Dokumente, seine Kiefer mahlten vor unterdrücktem Zorn. „Das ist der Beweis," sagte er leise, seine Stimme schwer vor Wut. „Sie haben nicht nur die Erde ausgebeutet. Sie haben jeden Widerstand von Anfang an sabotiert."

Patrik lehnte sich zurück, sein Gesicht wirkte angespannt. „Das hier ist mehr als Korruption," sagte er bitter. „Das ist blanker Zynismus. Sie haben die Menschheit zu ihrer Ressource gemacht und sie dann weggeworfen."

Ein riskanter Plan

„Diese Informationen müssen veröffentlicht werden," sagte Ivon entschlossen.

Sie deutete auf die Dokumente, die vor ihnen schwebten. „Aber sie müssen die PANDORA-Stationen erreichen. Sonst bleibt alles hier auf dem Mars gefangen."

Patrik nickte und projizierte ein Netzwerkdiagramm der Stationen. Sein Finger deutete auf eine alte Schnittstelle, die kaum sichtbar am Rand der Darstellung lag.

„Das ist unsere Schwachstelle," sagte er. „Eine Wartungsschnittstelle von PANDORA III, die nicht vollständig abgeschirmt ist. Es ist riskant, aber es könnte funktionieren."

Lars beugte sich vor, seine Augen verengten sich.

„Wie groß ist die Gefahr, entdeckt zu werden?"
Patrik zuckte mit den Schultern. „Größer, als mir lieb ist. Aber es ist unsere beste Chance."
„Dann machen wir es," entschied Lars mit fester Stimme. „Wir haben keine Zeit zu verlieren."

Die Enthüllungen vorbereiten
Während Patrik die technischen Vorbereitungen traf, arbeiteten Lars und Ivon an den Inhalten für die nächste Veröffentlichung des EDW. Die Enthüllungen wurden in detaillierte Artikel gegossen, untermauert mit Grafiken, die die perfiden Machenschaften der Elite offenlegten.
„Wir müssen die Menschen mit Fakten überwältigen," sagte Ivon, während sie eine weitere Grafik einfügte. „Sie müssen sehen, dass die Elite nicht nur versagt hat – sie hat aktiv daran gearbeitet, uns zu zerstören."
Lars nickte. „Die Botschaft muss klar sein: Sie haben die Erde geopfert, um sich selbst zu retten. Und wir sind die Beweise."

Der Moment der Wahrheit
Patrik atmete tief durch, bevor er die Übertragung aktivierte. Die holografischen Bildschirme zeigten, wie die Datenpakete durch die Netzwerke wanderten, während die drei gebannt auf die ersten Rückmeldungen warteten.
„Es funktioniert," flüsterte Patrik schließlich, als die ersten Bestätigungen eintrafen. „Die Artikel sind live."

Die Zahlen auf den Bildschirmen schossen in die Höhe. Kommentare strömten ein – manche voller Wut, andere vor Unglauben. Arbeiter auf den PANDORA-Stationen begannen, Fragen zu stellen. Diskussionen breiteten sich aus, und das Vertrauen in die Führung begann zu bröckeln.

„Das ist ein Durchbruch," sagte Ivon mit einem Anflug von Stolz.

Lars nickte, doch sein Gesicht blieb ernst. „Das ist erst der Anfang. Die Wahrheit beginnt sich zu verbreiten, aber die Elite wird nicht tatenlos zusehen."

Die wachsende Bewegung

Die Veröffentlichung der Enthüllungen löste eine Welle des Widerstands aus. Doch die Elite reagierte schnell und intensivierte ihre Gegenmaßnahmen. Gefälschte Berichte bezeichneten das EDW als „eine terroristische Plattform, eingestuft als Bedrohung der globalen Ordnung."

„Sie versuchen, uns zu diskreditieren," sagte Ivon kühl. „Aber sie haben nicht unsere Beweise."

„Es ist ein Wettlauf," sagte Lars leise, seine Augen glühten vor Entschlossenheit. „Wer die Kontrolle über die Wahrheit behält, gewinnt."

Ein Blick in die Zukunft

Die Nacht senkte sich über den Mars, doch die Kommandozentrale blieb ein Leuchtfeuer der Unermüdlichkeit.

Lars, Ivon und Patrik saßen schweigend vor den
Bildschirmen, die die Auswirkungen ihrer Arbeit
zeigten.

„Das ist mehr als nur eine Enthüllung," sagte Lars
schließlich. „Es ist der Anfang von etwas Größerem.
Wir haben den ersten Stein ins Rollen gebracht – jetzt
müssen wir weitermachen."

Ivon blickte auf die Darstellung von PANDORA IV.

„Das wird die größte Herausforderung," sagte sie leise.

Patrik nickte. „Aber wir sind bereit."

Letzter Satz

„Die Elite hatte ihre Festung, doch die Wahrheit hatte
begonnen, ihre Mauern zu durchbrechen."

Kapitel 19: Die Muster der Kontrolle

Ein Archiv voller Geheimnisse

Die Gänge des geheimen Archivs erstreckten sich wie
ein Labyrinth aus Schatten und Schweigen. Die Wände
aus rohem Marsgestein schienen Geschichten zu
flüstern, die über Jahrhunderte verborgen geblieben
waren. Kühle Luft zog durch die engen Korridore, und
das leise Surren der tragbaren Lampen erzeugte eine
unheimliche Atmosphäre. Jede Ecke, jedes verstaubte
Terminal wirkte wie ein Wächter, der die Geheimnisse
der Vergangenheit bewahrte.

„Das ist es," flüsterte Lars, während sein Blick über die
verlassenen Regale wanderte, in denen die
Erinnerungen an eine verlorene Welt schlummerten.
Seine Stimme klang wie ein Echo, das von den rauen
Wänden zurückgeworfen wurde. „Das Herzstück ihrer
Lügen."
Ivon kniete sich vor ein terminalähnliches Gerät,
dessen Oberfläche von einer feinen Schicht aus Staub
und Korrosion bedeckt war. Mit einem vorsichtigen
Handgriff aktivierte sie das System. Ein flackerndes
Licht durchbrach die Dunkelheit, und holografische
Menüs schwebten zögernd in der Luft. „Es
funktioniert," sagte sie mit einem leisen Anflug von
Erstaunen.

„Hier gibt es Daten, die Hunderte Jahre alt sind."
Patrik betrachtete die Terminals skeptisch. „Wir sollten
vorsichtig sein," murmelte er. „Wenn sie den Zugriff
bemerken, könnten wir alles verlieren."

Die Anfänge von ‚State Capture'

Die ersten Dateien enthielten Fragmente aus der Zeit,
als die Elite ihren Griff um die Welt verstärkte. Artikel,
Reden und Berichte zeigten die ersten Schritte, wie
Macht und Ressourcen zentralisiert wurden. Thabo
Khumalo und Lena Müller tauchten in den
Dokumenten immer wieder auf – ihre Namen
schienen wie Funken in einer dunklen Zeit.

„Das sind keine vergessenen Helden," bemerkte Ivon,
während sie eine Projektion abspielte, die Thabo
zeigte. Er sprach mit fester Stimme: „‚State Capture' ist
der erste Schritt. Wenn wir nicht handeln, wird es die
Welt verschlingen."

Lars ballte die Fäuste, seine Gedanken rasten. „Sie
haben es vorausgesehen. Sie wussten, wohin das
führen würde. Und trotzdem haben wir zugesehen."

Die Verbindung zu ‚World Capture'

Als sie tiefer in die Archive vordrangen, wurde das Bild
deutlicher. Die Elite hatte Pandemien und
Wirtschaftskrisen manipuliert, um Chaos zu stiften
und ihre Kontrolle zu sichern. In einem besonders
verstörenden Bericht aus dem Jahr 2024 wurde die
erste Planung von PANDORA I erwähnt.

„Es war alles Teil ihres Plans," sagte Lars leise, seine Stimme trug eine Mischung aus Trauer und Zorn. „Die Erde war nie mehr als ein Werkzeug für sie. Ein Experiment, das sie zerstören konnten, sobald es seinen Zweck erfüllt hatte."

Die Erschütterung durch ‚Mars Capture'
Schritt für Schritt enthüllten die Dokumente, wie die Elite ihre Macht auf den Mars übertrug.
PANDORA IV war nicht nur ein technologisches Meisterwerk – es war ein Monument der absoluten Kontrolle.
„Sie haben nicht nur Ressourcen genommen," sagte Patrik. „Sie haben auch die Geschichte gelöscht. Niemand hier kennt die Wahrheit über die Erde."

Ivon deutete auf eine Grafik, die das geschlossene Informationsnetzwerk der Marskolonie zeigte. „Sie haben den Mars in eine Festung der Ignoranz verwandelt," sagte sie scharf. „Eine Welt, in der sie die absolute Kontrolle über das Wissen haben."

Ein Moment der Erkenntnis
Lars ließ sich auf einen alten Stuhl fallen und schloss für einen Moment die Augen. „Wir sind nicht die Ersten, die versuchen, sie aufzuhalten," murmelte er. „Aber vielleicht sind wir die Letzten."

Ivon trat näher, ihre Hand berührte leicht seine Schulter. „Wir haben etwas, das sie nicht hatten," sagte sie mit ruhiger Entschlossenheit. „Ein Archiv, das die Welt aufwecken kann. Wir dürfen nicht scheitern."

Ein Vermächtnis und ein neuer Beginn

Mit schwerem Herzen, aber fester Entschlossenheit verließen die drei das Archiv. Die kalte Luft der Marsnacht empfing sie wie ein stummer Zeuge ihrer Entdeckungen.

„Wir tragen nicht nur unsere Mission," sagte Lars leise. „Wir tragen auch die Stimmen von Thabo und allen anderen, die vor uns gegen diese Tyrannei gekämpft haben."

Ivon und Patrik nickten, ihre Blicke sprachen von einem unausgesprochenen Schwur. Die Dunkelheit der Vergangenheit war entlarvt, doch nun musste das Licht der Wahrheit die Menschen erreichen.

Letzter Satz

„Das Archiv hatte die dunklen Wurzeln der Kontrolle enthüllt – und Lars wusste, dass ihr Kampf nicht nur für die Gegenwart war, sondern für die Hoffnung einer gesamten Menschheit."

Kapitel 20: Das Werkzeug der Spaltung

Marsjahr 133 /Erde 2202

Ein Raum voller Spannung

Die Kommandozentrale schien mit jedem flackernden Hologramm enger zu werden. Um den zentralen Tisch versammelt, saßen Lars, Ivon und Patrik, ihre Gesichter beleuchtet von den schwebenden Datenströmen, die die Luft wie Geister der Vergangenheit erfüllten. Der Raum war von einer nervösen Energie durchzogen, als würden die Wände das Gewicht ihrer Erkenntnisse spüren.

„Es war nie Zufall," begann Ivon mit leiser, aber fester Stimme. Ihre klaren Augen ruhten auf den endlosen Diagrammen, die Migrationen, Konflikte und wirtschaftliche Krisen in alarmierender Präzision darstellten. „Kriege, Pandemien, Ressourcenkämpfe – das alles waren Werkzeuge. Die Elite hat diese Muster genutzt, um die Menschheit zu schwächen und zu kontrollieren."

Lars nickte, seine markanten Züge waren angespannt, während er die holografische Karte betrachtete, die vor ihm schwebte. „Sie haben uns in Käfige gesperrt, ohne dass wir es gemerkt haben," sagte er, seine Stimme rau vor unterdrücktem Zorn.

Die Analyse der Migration

Patrik rief eine weitere Projektion auf: eine Erde aus dem Jahr 2025, übersät mit pulsierenden Pfeilen, die massive Migrationsbewegungen darstellten. Er beugte sich vor, seine kräftigen Hände ruhten auf dem Tisch, während er auf die Karte deutete.

„Hier," sagte er, „sie destabilisierten diese Regionen gezielt. Syrien, Afghanistan, der Sudan – Konflikte, die durch Waffen geschürt wurden, die von Unternehmen der Elite stammen."

Ein aufgezeichnetes Gespräch hallte durch den Raum: *„Instabilität schafft Märkte. Die Nachfrage nach Sicherheit wird exponentiell steigen. Gleichzeitig sichern wir uns Zugang zu wertvollen Ressourcen."*

Ivon presste die Lippen zusammen, ihr schulterlanges, kastanienbraunes Haar fiel ihr ins Gesicht, als sie die Projektionen weiter durchforstete. „Und dann haben sie Angst geschürt," sagte sie. „In den Zielländern haben sie Migranten als Bedrohung dargestellt, während sie Söldner in ihre Reihen geschleust haben, um das Chaos zu verstärken."

Die Spaltung in den Zielländern

Mit einem Wischen der Hand öffnete Patrik eine neue Darstellung: Demonstrationen, politische Reden und Social-Media-Beiträge aus Europa und Nordamerika. Auf den Hologrammen erschienen Bilder von Protesten, die Schilder zeigten: *„Kulturelle Überfremdung stoppen"* und *„Sicherheit zuerst"*.

„Die Polarisierung hat kritische Werte erreicht," las
Patrik aus einem Bericht vor. „Radikalisierung auf
beiden Seiten gefährdet die Stabilität der Gesellschaft."
Lars schlug mit der Hand auf den Tisch, seine
graugrünen Augen blitzten im Licht der Hologramme.
„Das war ihr Plan," sagte er mit einer Stimme, die vor
Entschlossenheit bebte. „Wenn wir uns gegenseitig
bekämpfen, bemerken wir nicht, wer uns wirklich
manipuliert."

Pandemien und künstliche Krisen

„Es waren nicht nur Kriege und Migration," fügte
Ivon hinzu und aktivierte eine neue Reihe von
Dateien. „Die Pandemie von 2020 war der perfekte
Vorwand, um Überwachung und Kontrolle
auszubauen."
Ein Video zeigte einen Politiker, der mit ruhiger
Stimme vor einer Menschenmenge sprach: *„Zum Schutz
unserer Bevölkerung müssen wir Maßnahmen ergreifen.
Überwachung und Bewegungsbeschränkungen sind notwendig."*
„Und genau diese Technologien nutzen sie jetzt,"
erklärte Patrik, seine Finger flogen über die Tastatur.
„Das war der Beginn ihres Systems – ein Kreislauf aus
Angst und Kontrolle."

Verbindung zur ‚AGENDA 33.33' und dem Mars

Eine neue Projektion zeigte den Mars:
Arbeitergruppen aus verschiedenen Erdregionen,
getrennt in Wohnbereichen.

Die holografischen Darstellungen zeigten Sprachbarrieren, ungleiche Privilegien und schwelende Konflikte.

„Sie haben die Strategien der Erde repliziert," sagte Ivon. „Spaltung als Herrschaftsinstrument."

Lars ballte die Fäuste. „Und während sie uns unten gegeneinander ausspielen, sitzen sie oben und beobachten, wie wir uns selbst zerstören."

Die Gesichter der Elite

Die Analyse brachte auch neue Aufzeichnungen ans Licht – Daten über die Schlüsselfiguren hinter der „AGENDA 33.33":

- **Valdis**, der Architekt der militärischen Strategien, war ein Mann von imposanter Statur, dessen stechend blaue Augen unter buschigen Brauen hervorblitzten. Mit breiten Schultern und einer Aura, die Disziplin ausstrahlte, wirkte er wie das Sinnbild eines Generals.
- **Orin**, der Meister der Spaltung, hatte eine schlanke, fast gebrechliche Gestalt. Sein Lächeln wirkte charmant, aber seine grünen Augen hatten etwas Kaltes, Berechnendes.
- **Caine**, die Wissenschaftlerin, war eine Frau mittleren Alters, deren strenge Erscheinung und kühle Miene sie wie eine lebendige Verkörperung der Rationalität wirken ließen.

„Diese drei sind der Kern der Elite," sagte Patrik.
„Jeder mit einer klaren Rolle, perfekt darauf
abgestimmt, die Kontrolle zu bewahren."

Die moralische Erkenntnis

Ein schweres Schweigen legte sich über die
Kommandozentrale, während die Wahrheit wie ein
kalter Schauer durch die Luft kroch.
„Wir sehen das Muster," sagte Ivon leise. „State
Capture, World Capture, jetzt Mars Capture. Sie haben
nie aufgehört, sondern ihre Strategien perfektioniert."
Lars' Stimme war ein Flüstern, doch jedes Wort trug
das Gewicht einer Anklage. „Und wir müssen sie
brechen."
Patrik nickte, seine Hände ruhten schwer auf dem
Tisch.

„Wir haben die Beweise. Jetzt müssen wir sie nutzen.
Aber das wird ihre volle Aufmerksamkeit auf uns
lenken."
Lars richtete sich auf, seine Schultern straff.
„Dann machen wir uns bereit. Wenn wir scheitern,
wiederholt sich die Geschichte. Aber wenn wir Erfolg
haben, können wir die Zukunft neu schreiben."

Letzter Satz

„Der Plan war klar: Sie mussten die Wahrheit in die
Herzen der Menschen tragen, um den ewigen Kreislauf
der Spaltung zu durchbrechen – und diesmal würde die
Elite nicht ungeschoren davonkommen."

Kapitel 21: Die Maske fällt

Marsjahr 133 / Erde 2202

Die Kommandozentrale: Entscheidungen im Schatten

Das kalte Licht der Hologramme flutete die Kommandozentrale und warf flackernde Muster auf die Wände. Die Luft war still, abgesehen vom leisen Summen der Projektoren, das sich wie ein stetiger Herzschlag durch den Raum zog. Lars saß mit angespannten Schultern an einem der Tische. Seine Hände lagen flach auf der kühlen Oberfläche, die Finger leicht gespreizt – ein Zeichen seiner inneren Unruhe.

Ivon stand vor einem holografischen Diagramm. Ihre schlanke Silhouette war scharf umrissen, während ihre Finger präzise durch die Daten scrollten. Ihre Bewegungen waren kontrolliert, beinahe mechanisch, doch Lars bemerkte die kleine Falte auf ihrer Stirn. Sie war angespannter als sonst, und das beunruhigte ihn.
„Ich habe einen Durchbruch," sagte Ivon schließlich und drehte sich zu Lars um. Ihre Stimme war ruhig, aber in ihren eisblauen Augen glomm ein Funke, der nicht ignoriert werden konnte.
Lars lehnte sich vor. „Was hast du gefunden?" Seine Neugier war unverkennbar, doch ein Hauch von Skepsis lag in seiner Stimme.

Mit einer schnellen Geste projizierte Ivon ein
Netzwerkdiagramm in die Luft. Die Datenströme der
PANDORA-Stationen III und IV breiteten sich aus
wie ein lebendiges Spinnennetz, die pulsierenden
Linien flackerten im rhythmischen Takt.

„Hier," sagte sie und deutete auf einen leuchtenden
Knotenpunkt im Zentrum. „Das ist die zentrale
Kommunikationsschnittstelle. Wenn wir Zugriff
darauf bekommen, können wir ihre verschlüsselten
Nachrichten abfangen und entschlüsseln. Damit hätten
wir die gesamte Struktur ihrer Operationen in der
Hand."

„Das wäre ein Schlag direkt ins Herz der Elite,"
murmelte Lars. Er ließ seinen Blick über die
holografische Darstellung wandern, bevor er Ivon
ansah. „Aber das wird kein Spaziergang. Sie werden
diesen Punkt besser sichern als alles andere."

Ivon drehte sich langsam zu ihm um, ihr Blick scharf
wie die Klinge eines Messers. „Einfach war noch nie
unsere Stärke."

Die Offenbarung: Risse in der Maske

Während Ivon die Details der Mission erläuterte,
bemerkte Lars, wie sie unbewusst mit ihrem schlichten,
silbernen Armband spielte. Das war nicht das erste
Mal, dass er diese Geste sah, doch heute schien sie ihn
nicht loszulassen.

„Ivon," begann er zögernd, seine Stimme leiser als
zuvor. „Du bist anders heute. Was ist los?"

Ihre Finger verharrten für einen Augenblick, bevor sie sich wieder in Bewegung setzten. Die kleine Falte auf ihrer Stirn vertiefte sich. „Nichts," sagte sie knapp.

Lars ließ sich nicht abschütteln. „Du kannst mir vertrauen. Was immer es ist, es scheint dich zu belasten."

Das Summen der Hologramme schien lauter zu werden, während Ivon langsam Luft holte. Schließlich ließ sie die Schultern leicht sinken und wandte sich Lars zu.

„Mein Bruder war wie du," begann sie leise. „Er war ein Idealist, ein Kämpfer. Aber seine Prinzipien haben ihn getötet."

Lars spürte, wie sich ein schwerer Knoten in seinem Magen bildete. „Was ist mit ihm passiert?"

Ivon hielt inne, ihre Augen fixierten einen Punkt im Nichts. „Er wurde verraten – von jemandem, dem er vertraut hat. Die Elite hat ihn als Warnung benutzt. Seitdem habe ich geschworen, niemandem mehr zu vertrauen. Vertrauen macht schwach. Und Schwäche führt zum Tod."

„Ich glaube nicht, dass das stimmt," sagte Lars mit sanfter Entschlossenheit. „Schwäche bedeutet, allein zu kämpfen. Aber niemand kann das auf Dauer."

Ivon wollte widersprechen, doch für einen kurzen Moment schien etwas in ihr zu brechen. Schließlich drehte sie sich ab. „Du bist naiv, Lars. Und Naivität wird dich umbringen."

Die Mission: Der kalte Atem der Gefahr

Die unterirdischen Tunnel waren finster und beklemmend. Ivon führte die Gruppe mit einem tragbaren Scanner an, während Lars und Patrik dicht hinter ihr folgten. Die Wände waren rau, und das gedämpfte Summen der Lebenserhaltungssysteme ließ die Atmosphäre noch bedrückender wirken.

Patrik, der sonst für einen sarkastischen Spruch gut war, war ungewöhnlich still. Lars bemerkte, wie der kräftige Mann – Mitte vierzig, mit einer robusten, muskulösen Figur – seinen Blick unruhig hin und her gleiten ließ. Patrik war der Techniker des Teams, der schon zahlreiche riskante Operationen gemeistert hatte, doch heute wirkte er angespannt.

„Alles okay, Patrik?" fragte Lars schließlich.

„Ich hasse diese Tunnel," murmelte er. „Zu eng, zu still. Es fühlt sich an, als würde uns der Mars verschlingen."

Plötzlich hob Ivon die Hand. „Halt."

Ein tiefes, gleichmäßiges Summen war in der Ferne zu hören. Lars fühlte, wie sich sein Puls beschleunigte.

„Drohnen," flüsterte Ivon. „Sie haben die Sicherheitsmaßnahmen verstärkt."

Patrik zog ein kleines Gerät hervor und aktivierte einen Störimpuls. Das Summen wurde abrupt unterbrochen. „Das gibt uns ein Zeitfenster," sagte er. „Aber nicht viel."

Der Wendepunkt: Flucht aus der Dunkelheit

Die Datenextraktion lief zunächst wie geplant. Ivon arbeitete mit flinken Fingern an der Konsole, während Lars und Patrik die Umgebung im Auge behielten. Doch plötzlich ertönte ein schriller Alarm.

„Das ist nicht gut," rief Patrik über Funk. „Die Sicherheitsprotokolle sind aktiviert."

„Noch zwanzig Sekunden," zischte Ivon, ihre Stimme konzentriert.

Lars spürte, wie der Druck zunahm. Die Schritte von Wachen hallten durch den Tunnel, und das Summen der Drohnen kehrte zurück. Er zog seinen Störsender und richtete ihn auf die herannahenden Maschinen.

„Ich hab's!" rief Ivon plötzlich. „Lass uns verschwinden!"

Laserstrahlen zischten durch die Luft, als sie durch die engen Gänge stürmten. Lars spürte einen heißen Schmerz an seiner Schulter, als ein Strahl ihn streifte, doch er ignorierte den stechenden Schmerz. Endlich erreichten sie die Schleuse.

Lars warf eine Rauchgranate zurück in den Gang, bevor sie durch die schmale Öffnung schlüpften. Die Tür schloss sich hinter ihnen mit einem donnernden Knall.

Nachspiel: Die Wahrheit im Licht

Unter der gläsernen Kuppel des Mars sanken Lars und Ivon keuchend zu Boden.

Patrik folgte dicht hinter ihnen, seine Schultern hoben und senkten sich schwer.

„Das war knapp," murmelte Lars und presste eine Hand auf die schmerzende Schulter.

Ivon sah ihn an, ihr Blick war seltsam weich. „Warum hast du dein Leben riskiert?" fragte sie leise.

„Weil ich nicht zusehen konnte, wie du stirbst," antwortete Lars schlicht.

Ein bitteres Lachen kam über ihre Lippen. „Du bist dumm, Lars."

„Vielleicht," sagte er mit einem schwachen Lächeln. „Aber ich kämpfe lieber dumm – als allein."

Letzter Satz

„Die Maske war gefallen, und Lars wusste, dass hinter ihr eine Wahrheit lag, die noch gefährlicher war als die Elite selbst."

Kapitel 22: Zwischen den Zeilen

Marsjahr 133 / Erde 2202

Die stickige Stille

Der Raum war erstickt von einer beklemmenden Stille, die selbst das Summen der holografischen Projektoren zu verschlucken schien. Die Wände des verlassenen Außenpostens wirkten wie Relikte einer vergangenen Ära, durchzogen von Rissen und mit einer dünnen Schicht roten Staubs bedeckt. Die Luft war schwer, gesättigt mit dem metallischen Hauch von veraltetem Lebenserhaltungssystem und abgestandenem Sauerstoff.

Lars Jensen saß auf einem halb zusammengebrochenen Sessel, der unter seinem Gewicht knarrte. Seine Hände ruhten auf den Knien, doch die Finger spielten unruhig mit dem Verschluss seines Schutzanzugs – ein unbewusstes Echo seiner inneren Anspannung.
Vor ihm schritt Ivon auf und ab, ihre Schritte präzise, aber rastlos. Das holografische Licht der schwebenden Daten erfasste ihr Gesicht, hob ihre hohen Wangenknochen und den konzentrierten Ausdruck hervor. Ihre Schultern wirkten angespannt, und obwohl ihre Bewegungen zielgerichtet waren, verriet die winzige Falte zwischen ihren Augenbrauen die Erschöpfung, die sie mit unnachgiebiger Disziplin unterdrückte.

„Das ist nicht nur eine Liste," begann Ivon und hielt plötzlich inne. Ihre Stimme war kühl, doch ein Hauch von Erschütterung schwang darin mit.

Sie hob die Hand und deutete auf die holografischen Namen und Verbindungen, die wie die Fäden eines gewaltigen Spinnennetzes in der Luft schwebten. „Das hier ist eine Blaupause. Ein minutiös geplanter Mechanismus, der die Menschheit Stück für Stück gefangen hält."

Lars hob den Kopf. Ein dünner Film aus Schweiß glänzte auf seiner Stirn, sein Atem war schwer, doch seine Augen verrieten den Kampf seines Verstands, der die Bedeutung der Daten zu begreifen versuchte. „Und wir sitzen mittendrin," murmelte er. „Jede Bewegung, die wir machen… Es fühlt sich an, als wären wir unfreiwillig Teil dieses Netzes."

Ivon blieb abrupt stehen, ihr durchdringender Blick nagelte ihn förmlich an seinen Platz. „Genau deshalb dürfen wir nicht zögern," sagte sie mit einer Härte, die ihn aufhorchen ließ. „Wenn wir das hier nicht veröffentlichen, bleibt alles, wie es ist. Niemand wird je erfahren, wie tief die Wurzeln dieser Kontrolle reichen."

Die Entdeckung

Lars lehnte sich zurück, ließ den Blick über die Datenfelder schweifen.

Die Liste war eine erschreckende Sammlung aus Namen, Orten und Ereignissen, die alle durch präzise Linien verbunden waren. Es war wie ein Spinnennetz, das sich über Jahrhunderte gespannt hatte, und in dessen Zentrum eine unsichtbare Spinne lauerte.

„Hier," sagte Ivon und zoomte auf einen Abschnitt. Die holografische Darstellung vergrößerte sich, zeigte detaillierte Einträge und Notizen.

„Familienverbindungen," erklärte sie. „Sechs Generationen einer einzigen Blutlinie. Sie haben Schlüsselpositionen in Wirtschaft, Politik und später in der Kolonialisierung besetzt."

Lars runzelte die Stirn und deutete auf einen markanten Namen:

Lucian Volker – Leitung der AGENDA 33.33, Phase 3.

„Das ist der Beweis," flüsterte Ivon, ihre Stimme beinahe ehrfürchtig. „Dieser Mann ist nicht nur ein Mitspieler. Er ist der Architekt. PANDORA, die Marskolonie, die Ressourcenverteilung – alles läuft über ihn."

Ein bitteres Lachen entfuhr Lars, seine Hände ballten sich zu Fäusten. „Und niemand hat ihn je gestoppt. Wie kann so etwas passieren?"

„Die Wahrheit ist immer verborgen," antwortete Ivon mit kühler Präzision, doch in ihren eisblauen Augen flackerte ein Moment von Emotion. „Die Menschen wollen sie nicht sehen. Sie bevorzugen die Illusion von Sicherheit."

Lars starrte sie an, sein Gesicht eine Mischung aus Frustration und Nachdenklichkeit. „Vielleicht liegt das Problem nicht nur bei der Elite," murmelte er.

„Vielleicht liegt es daran, dass wir – alle – weggeschaut haben."

Die Bedrohung

Plötzlich flog die Tür des Raums auf, und Patrik stürmte herein. Seine massige Gestalt wirkte in dem engen Raum noch imposanter, seine Stirn glänzte vor Schweiß, und sein Atem kam in schweren Zügen.

„Wir haben ein Problem," keuchte er, seine Stimme schwer von Dringlichkeit. „Drohnen. Sie durchsuchen systematisch die Zone."

Lars sprang auf, seine Muskeln spannten sich sofort. „Wie lange haben wir?" fragte er scharf.

Patrik warf einen schnellen Blick auf ein kleines Gerät in seiner Hand, das schwache Signale von sich gab. „Vielleicht eine Stunde. Sie wissen, dass wir etwas haben."

Ivon trat vor, ihre Stimme kühl wie ein Schneesturm. „Dann dürfen wir keine Zeit verlieren." Sie wandte sich wieder den Hologrammen zu, ihre Finger flogen über die Projektionsflächen, während sie die sensibelsten Daten markierte und in eine verschlüsselte Datei verpackte. „Wenn sie uns erwischen, ist das hier alles umsonst."

„Das wird nicht passieren," sagte Lars, sein Ton scharf wie ein Messer.

Er packte seinen Rucksack und überprüfte seine Ausrüstung. „Wir verschwinden, sobald du fertig bist." Patrik überprüfte eine tragbare Konsole, sein Gesicht angespannt. „Ich kann versuchen, die Drohnen zu stören, aber es wird nicht lange halten. Sie haben ihre Algorithmen aufgerüstet."

Die Entscheidung

Die Minuten zogen sich wie Stunden, während Ivon fieberhaft arbeitete, die Daten zu sichern. Die stickige Luft schien noch schwerer zu werden, und jeder Laut wurde von der erdrückenden Stille verschluckt. Schließlich richtete sie sich auf.

„Ich hab's," sagte sie, ihre Stimme leise, aber fest. „Alles ist auf diesem Datenträger."

„Dann los," drängte Lars, doch Patrik hielt sie zurück. „Warte," sagte er. „Ich habe gerade die Signaturen der Drohnen analysiert. Sie kommen direkt auf uns zu – schneller, als ich dachte."

Ivon biss die Zähne zusammen, ihre Hand umklammerte den Datenträger, als hinge ihr Leben daran. „Es gibt keinen anderen Weg," sagte sie. „Wir müssen sie ablenken."

„Ich werde sie ablenken," erklärte Patrik plötzlich.

Seine Worte hingen schwer im Raum, und Lars' Blick schnellte zu ihm. „Du willst was?"

„Ihr zwei nehmt die Daten und bringt sie zur Kommandozentrale," sagte Patrik ruhig.

„Ich halte die Drohnen auf. Ich bin der einzige, der das System verstehen und manipulieren kann."

Lars schüttelte den Kopf. „Nein, Patrik. Wir machen das zusammen."

„Es gibt keine andere Wahl," beharrte Patrik. Seine dunklen Augen funkelten entschlossen, während er den Blick zwischen ihnen hin und her wandern ließ. „Vertraut mir. Ich weiß, was ich tue."

Letzter Satz

„Die Drohnen näherten sich, und während Patrik in die Dunkelheit verschwand, wusste Lars, dass dieser Kampf bald mehr kosten würde, als er je gedacht hatte."

Kapitel 23: Die Schatten werden länger

Marsjahr 133 / Erde 2202

Ein Netzwerk aus Lügen

Das fahle Licht der Mars-Sonne fiel durch die
staubverhangene Kuppel des Kontrollmoduls, brach
sich an den Photocrys-Wänden und warf schimmernde
Reflexe aus Blau und Gold in den Raum. Der Effekt
war beinahe hypnotisch, ein Spiel aus Licht und
Schatten, das die Spannung zwischen Schönheit und
Bedrohung verkörperte.

Lars ließ seinen Blick über das holografische Netz vor
sich gleiten – ein vibrierendes Geflecht aus
Datenströmen, Namen und Ereignissen. Es war ein
erschreckendes Abbild der Kontrolle, die die Elite
über die Erde und nun auch den Mars ausübte. Neben
ihm arbeitete Ivon konzentriert, ihre Bewegungen
präzise, doch Lars bemerkte die feinen Linien der
Anspannung um ihre Augen.

„Das ist nicht nur ein Plan," sagte er schließlich. „Es
ist eine Architektur. Sie haben die Welt nicht nur
kontrolliert – sie haben sie wie ein Labyrinth
entworfen, aus dem es kein Entkommen gibt."

Ivon hielt inne, ließ ihre Finger über eine pulsierende
Verbindung gleiten, die von der Erde zum Mars führte.
Das Licht des Hologramms spiegelte sich in ihren
eisblauen Augen.

„Und jetzt sind wir die Störfaktoren in diesem Entwurf," murmelte sie.

Lars schwieg. Seine Gedanken kreisten um die Enthüllungen, die sie in den letzten Wochen zusammengetragen hatten.

Er dachte an Patrik, der unermüdlich an den technischen Aspekten ihrer Mission arbeitete, oft auf Schlaf und Nahrung verzichtend. Wie lange können wir das noch durchhalten? fragte er sich.

Mit einem Klick projizierte Ivon eine Karte des Mars, gespickt mit roten Knotenpunkten. „Das ist der zentrale Punkt: **Mars Capture**. Hier wird der Plan vollständig umgesetzt. Keine unabhängigen Institutionen, keine unkontrollierten Medien. Der Mars ist ihr Experiment – eine Welt ohne Widerstand."

Lars lehnte sich zurück und betrachtete die pulsierende Verbindung zu Lucian Volker. „Und wir sind hier, um das Experiment zu beenden," sagte er leise, doch die Unsicherheit in seinem Tonfall blieb nicht unbemerkt.

Ivon erwiderte seinen Blick, zögerte kurz, bevor sie weitersprach: „Wenn wir versagen, wird es nie einen zweiten Versuch geben."

Die drohende Gefahr

Das leise Summen des Kommunikationsmoduls schnitt wie ein Messer durch die angespannte Stille. Ivon reagierte sofort, ihre Finger flogen über die Konsole, während Lars instinktiv nach seiner Waffe griff.

Patriks Gesicht erschien auf dem Bildschirm, sein Blick war müde, aber wachsam.

„Sie kommen," begann er ohne Vorrede. Seine Stimme klang rau, als hätte er seit Tagen nicht geschlafen. „Ich habe eine verschlüsselte Übertragung abgefangen. Ein schwer bewaffnetes Team ist unterwegs – sie wissen, dass ihr hier seid."

Lars trat näher an die Projektion. „Wie lange haben wir?"

Patrik sah über die Schulter, bevor er antwortete. „Weniger als eine Stunde. Und sie bringen Drohnen mit – hochentwickelte Modelle, die ich noch nie gesehen habe. Sie scannen die Zone systematisch."

Ivon presste die Lippen aufeinander. Ihre Hände ballten sich zu Fäusten, und für einen Moment war nur ihr beschleunigter Atem zu hören. „Wir dürfen hier nicht sein, wenn sie ankommen," sagte sie schließlich, ihre Stimme scharf und entschlossen.

Patrik nickte, sein Gesicht wurde kurz von Schatten durchzogen, als ein Licht hinter ihm flackerte. „Ich werde versuchen, sie umzuleiten. Aber rechnet nicht damit, dass ich viel Zeit gewinnen kann."

Plötzlich brach die Verbindung ab, das Hologramm zerfiel zu flimmernden Pixeln.

Lars sah Ivon an. „Das war's. Sie sind unterwegs."

„Dann bewegen wir uns." Ivon griff in ihre Tasche und zog einen abgenutzten Code-Schlüssel hervor, der in ihrer Handfläche lag wie ein Relikt aus einer vergangenen Schlacht.

„Es gibt alte Versorgungsschächte unter der Kolonie. Die meisten davon sind nicht kartiert. Es könnte unsere einzige Chance sein."

Der Countdown läuft

Die Vorbereitungen liefen in fieberhafter Hast. Lars kopierte die sensiblen Daten auf ein Speichermodul, seine Finger zitterten leicht. Er war sich der Konsequenzen bewusst, wenn sie diese Mission nicht überlebten.

„Wenn sie das hier finden, war alles umsonst," murmelte er.

„Sie werden nichts finden," erwiderte Ivon, während sie die Sicherheitsmaßnahmen des Moduls überprüfte. Ihre Stimme war ruhig, doch Lars hörte den Druck dahinter.

Dann hörten sie es: ein tiefes, vibrierendes Summen. Es war das unverwechselbare Geräusch von Drohnen, deren Enercapium-Triebwerke die Luft durchdrangen. Lars' Blick wurde starr. „Sie sind hier."

Die Hetzjagd beginnt

Die schmalen Gassen der Kolonie waren ein Labyrinth aus Photocrys-Wänden, deren schimmernde Strukturen Licht in endlose Reflexe brachen. Ivon führte den Weg, ihre Bewegungen waren schnell und geübt, während Lars dicht hinter ihr folgte.

„Hier lang," zischte sie und deutete auf eine kaum sichtbare Seitengasse.

Doch hinter ihnen hallten schwere Schritte.

„Kontakt!" rief eine Stimme, und das Summen eines Lasergewehrs durchschnitt die Stille.

„Runter!" schrie Ivon und stieß Lars zu Boden. Ein greller Lichtstrahl zischte knapp über sie hinweg, hinterließ den Geruch von Ozon und verbranntem Metall. Ivon rollte sich ab, richtete ihre Waffe und feuerte zurück. Ein präziser Schuss – eine Drohne stürzte krachend zu Boden, doch weitere summten heran.

„Wir sind zu wenige," keuchte Lars, während sie weiterliefen.

Das Echo der Vergangenheit

Schließlich erreichten sie einen verlassenen Bunker. Die massive Tür aus Enercapium schloss sich mit einem donnernden Knall hinter ihnen. Keuchend sanken beide zu Boden.

„Das ist wie damals auf der Erde," murmelte Lars.

„Die gleichen Taktiken.

Die gleiche Jagd."

Ivon sah ihn an, ihr Gesicht war hart, doch in ihren Augen lag etwas Unergründliches. „Aber diesmal sind wir hier, um sie zu beenden."

Cliffhanger

Das dumpfe Dröhnen der Verfolger wurde lauter. Lars griff nach seiner Waffe, doch Ivon legte ihm eine Hand auf den Arm.

„Es ist noch nicht vorbei," sagte sie leise.

Plötzlich vibrierte ihr Kommunikationsmodul. Eine Nachricht blitzte auf. Ivon las sie schnell, und ihre Augen weiteten sich.

„Was ist es?" fragte Lars.

„Sie wissen, wo Patrik ist," flüsterte sie. „Und sie gehen zuerst zu ihm."

Letzter Satz:

„Lars wusste, dass sie nicht nur gegen ihre Feinde kämpften – sie kämpften gegen die Zeit."

Kapitel 24: Der letzte Countdown

Marsjahr 133 / Erde 2202

Der stille Vorbote

Das Flimmern der photonischen Bildschirme tauchte die Kommandozentrale in ein unruhiges, kaltes Licht. Schatten tanzten an den Wänden, geformt von den reflexiven Strukturen der Photocrys-Kristalle. Ihre leuchtenden Oberflächen schienen die angespannte Atmosphäre im Raum widerzuspiegeln, während das Summen der Maschinen ein unaufhörliches, nervenaufreibendes Hintergrundgeräusch erzeugte.

Lars stand am Interface, seine Augen auf die Fortschrittsanzeige des Uploads gerichtet. 63 %. Zu wenig, dachte er, während seine Finger unruhig über die glatte Oberfläche des Tisches trommelten. Neben ihm lehnte Ivon an der Wand aus Enercapium, die bei jeder Berührung eine kaum wahrnehmbare Vibration ausstrahlte. Ihr Blick war fest auf das holografische Display gerichtet, aber Lars entging nicht, wie sie ihre Schultern anspannte.

„200 Meter," murmelte Patrik und zeigte auf die roten Punkte auf der Karte. Seine Stimme klang erschöpft, doch in seinen Augen brannte noch immer ein Funken Entschlossenheit. „Westen und Osten – sie schneiden uns jeden Weg ab."

Ivon nickte, ohne den Blick von der Projektion zu lösen.

„Das hier ist mehr als ein Angriff. Sie wollen uns eliminieren – und damit ein Zeichen setzen."

Ein schrilles Piepen ließ alle zusammenfahren. Der Hauptbildschirm leuchtete auf, und ein Hologramm erschien. Die scharfen Konturen eines Gesichts materialisierten sich – kalt, makellos, und doch von einer erschreckenden Präsenz erfüllt.

Der Gegner zeigt sein Gesicht

Lucian Volker. Sein Gesicht war eine Mischung aus bedrohlicher Eleganz und unerbittlicher Strenge. Die grauen Schläfen seines akkurat geschnittenen Haares verliehen ihm eine Aura autoritärer Kontrolle, während seine stahlblauen Augen wie Dolche durch den Raum zu schneiden schienen.

„Lars Rydell. Ivon Grey," begann er mit einer Stimme, die vor unterdrückter Arroganz vibrierte. „Ihr glaubt wirklich, dass ihr das System ins Wanken bringen könnt? Ein paar gestohlene Daten... nichts weiter als ein Kinderspiel mit Streichhölzern."

Lars trat vor, seine Hände zu Fäusten geballt. „Ihre Lügen haben genug angerichtet. Die Welt wird erfahren, wer Sie sind – und was Sie getan haben."

Volker neigte leicht den Kopf, ein leises, humorloses Lächeln spielte um seine Lippen. „Die Welt?" wiederholte er langsam. „Die Welt hat sich längst entschieden. Wahrheit ist irrelevant. Was zählt, ist Kontrolle. Und Kontrolle basiert auf Angst."

Ivon trat neben Lars.

Ihre Haltung strahlte eiserne Entschlossenheit aus, ihre
Stimme war schneidend. „Dann werden wir Ihre Angst
in ihre Grenzen zurückzwingen. Ihre Ordnung wird als
das entlarvt, was sie ist – ein Gefängnis."
Volker betrachtete sie mit unverhohlener Abscheu,
seine Augen funkelten. „Ihr werdet scheitern. Und mit
euch stirbt die Wahrheit."
Mit einem leisen Knacken verschwand das
Hologramm, aber die Kälte seiner Worte blieb zurück,
schwebte wie eine unsichtbare Last im Raum.

Der Angriff beginnt

Ein plötzlicher Einschlag ließ die gesamte Station
erzittern. Feiner, roter Marssand rieselte von den
Decken, während auf der Karte die roten Punkte näher
rückten.
„Sie nehmen die Energieversorgung ins Visier!" rief
Patrik und tippte hektisch auf die Anzeigen.
„Noch neun Minuten," sagte Ivon. Ihre Finger flogen
über die holografische Tastatur, während sie das
Interface kalibrierte.

Die Außenkameras flackerten auf. Die ersten Angreifer
– schwer gepanzerte Gestalten mit Enercapium-
verstärkten Anzügen – bewegten sich methodisch
durch das Gelände. Lautlose Drohnen schwebten über
ihnen, ihre Sensoren durchleuchteten jede Ecke.
Patrik hob sein photonisches Gewehr. „Ich halte sie
auf," sagte er knapp und lud die Waffe mit einem
metallischen Klicken.

„Das schaffst du nicht allein," begann Ivon, doch Lars
hob eine Hand, um sie zu unterbrechen.

„Ich werde sie ablenken," sagte er ruhig. „Ihr bringt
den Upload zu Ende."

Ein Opfer für die Wahrheit

„Das ist Wahnsinn, Lars!" Ivons Stimme war scharf,
beinahe flehend. „Du wirst getötet!"

„Das ist der einzige Weg," entgegnete Lars, während er
ein Holomodul aus seiner Tasche zog – eine täuschend
echte Nachbildung der gestohlenen Daten. Es glühte
schwach in seiner Hand, wie ein Symbol der
Hoffnung. „Sie werden denken, dass ich es habe. Das
gibt euch Zeit."

Ivon packte seinen Arm, ihre Finger gruben sich in
den Stoff seines Anzugs. „Es muss einen anderen Weg
geben."

„Ivon," sagte Lars leise und sah ihr direkt in die
Augen. „Ich vertraue dir. Du kannst das beenden."

Für einen Moment schien die Zeit stillzustehen. Nur
das Summen der Maschinen durchbrach die Stille,
während Ivon ihn mit einem Blick ansah, der unzählige
unausgesprochene Worte enthielt. Schließlich ließ sie
ihn los. „Pass auf dich auf," flüsterte sie.

Das Chaos entfesselt

Draußen erwartete Lars eine Szenerie aus Feuer und
Zerstörung.

Explosionen rissen den roten Marsboden auf,
Drohnen jagten ihn mit grellen Lichtstrahlen, die wie
Klingen durch die Luft schnitten.
„Da ist er!" schrie eine Stimme, und die Angreifer
richteten ihre Waffen auf ihn. Lars sprintete los, das
Holomodul fest in der Hand. Ein gezielter Schuss
brachte eine Drohne zum Absturz, doch die Verfolger
blieben ihm dicht auf den Fersen.

Jeder Schritt war ein Tanz auf Messers Schneide. Die
Druckwellen der Explosionen ließen den Boden unter
ihm erbeben, aber Lars hielt durch, zog die
Aufmerksamkeit auf sich und lenkte sie von der
Kommandozentrale weg.

Die Wahrheit wird gesendet
In der Kommandozentrale arbeitete Ivon unermüdlich
weiter.
Ihre Hände bewegten sich schnell und präzise,
während Patrik die Außenkameras überwachte. „Noch
zwei Minuten," sagte er, sein Blick klebte an den
Bildschirmen.
Ein ohrenbetäubender Knall ließ die Monitore kurz
flackern. Lars' Silhouette verschwand aus dem Bild.
Patrik hielt den Atem an, doch Ivon sprach mit fester
Stimme: „Upload abgeschlossen." Ihre Augen blieben
auf den Fortschrittsbalken gerichtet, bis er sich
endgültig schloss.

Cliffhanger

Die Tür zur Kommandozentrale erbebte unter einem neuen Einschlag. Rauch strömte in den Raum, und die Silhouetten schwer bewaffneter Angreifer zeichneten sich in der Düsternis ab. Ivon und Patrik standen Seite an Seite, die Waffen bereit.

Letzter Satz:

„Ivon wusste, dass dies erst der Anfang war – und der nächste Zug gehörte ihnen."

Kapitel 25: Wenn Gewaltteilung ein Mythos ist

Das Netz der Macht

Die Kommandozentrale war still, doch die Luft war erfüllt von einer Spannung, die fast greifbar war. Das Summen der holografischen Projektoren schnitt durch die Stille und hallte von den glatten Wänden aus Photocrys-Kristallen wider. Vor den Anwesenden schwebte das Bild eines Netzwerks – ein komplexes Geflecht aus blauen und roten Linien, das aussah wie ein organisches Wesen, lebendig und bedrohlich.

Lars starrte auf das Hologramm. Seine Augen ruhten auf einer pulsierenden Verbindungslinie, deren Name wie eine Wunde im Netz prangte: **Alekos Tarn.** Seine Finger fuhren unruhig über die Konsole, suchten Halt, während seine Gedanken rasten.

„Das hier..." begann er, doch seine Stimme brach ab. Er schluckte schwer, bevor er fortfuhr. „Das ist kein Zufall. Tarn ist nicht einfach ein Richter. Er ist ein Architekt dieses Systems."

Ivon trat vor, ihre Bewegungen präzise, doch Lars bemerkte den Druck, der in ihrer Haltung lag. Mit einer schnellen Geste ließ sie die Datenflut vor ihnen anwachsen. Ihre Stimme war ruhig, aber in ihrem Blick lag ein Funken Zorn.

„Makellos auf dem Papier. Aber darunter –
Schwarzgeld, Geheimkonten, erzwungene Urteile.
Tarn ist keine Ausnahme, Lars. Er ist die Regel."
Patrik, der lässig an der Wand lehnte, stieß ein
trockenes Lachen aus. Seine Augen waren müde, und
die Schatten darunter erzählten von zu vielen
durchwachten Nächten. „Die Regel," wiederholte er.
„Und weißt du, wie sie Artikel 13 nennen? Das
Rückgrat der Stabilität." Seine Stimme war voll von
Spott. „Stabilität, Lars. Das nennen sie es, wenn sie alle
zerquetschen, die ihnen im Weg stehen."
Lars wandte sich zu Ivon. Ihre Augen spiegelten die
Linien des Hologramms wider, als suchte sie in ihnen
eine Wahrheit, die sie kaum auszusprechen wagte.
„Sie haben die Regeln geschrieben," sagte sie leise.
„Und wir... wir haben mitgespielt."

Die Last der Wahrheit

Patrik stieß sich von der Wand ab und trat an die
Konsole. Seine Bewegungen waren angespannt, fast
unkontrolliert, als ob die Last des Systems ihn selbst in
die Enge trieb.
„Wir alle haben zugesehen. Wir haben geschwiegen, als
sie ihre Macht ausbauten. Jeder, der nicht gehandelt
hat, hat sie gestärkt."
„Das hier ist größer als wir," flüsterte Ivon. Ihre
Hände umklammerten die Konsole, als fürchtete sie,
der Boden könnte unter ihr nachgeben.

Ein leises Piepen durchbrach die angespannte Stille. Sarahs Stimme ertönte über die Lautsprecher, zitternd, aber mit einem Hauch von Triumph: „Ich habe etwas gefunden! Ein Archiv im Justizgebäude. Komplett – alle Transaktionen, alle Urteile. Alles, was sie verbergen wollten."

Patrik drehte sich abrupt zur Konsole. „Wo?"

„Sektor 7," antwortete Sarah hastig. „Es ist schwer bewacht, aber ich habe eine Schwachstelle gefunden. Es ist machbar – aber nicht ohne Risiko."

Ein riskanter Plan

Lars schloss für einen Moment die Augen, seine Hände ballten sich zu Fäusten. In seinem Inneren tobte ein Sturm. *Können wir das schaffen? Oder werfen wir uns in den sicheren Tod?* Doch als er die Augen wieder öffnete, war seine Entscheidung gefallen. Seine Stimme war fest, aber leise: „Das ist unsere Chance. Wenn wir diese Daten veröffentlichen, wird die Welt sehen, was sie getan haben."

„...und dann fällt das ganze Kartenhaus," ergänzte Ivon. Ihr Ton war schneidend, doch ein Hauch von Hoffnung flackerte in ihren Augen.

Plötzlich ertönte ein durchdringender Alarm. Die holografische Projektion wechselte zu einem grellen Rot, und das Summen der Maschinen wurde lauter, dröhnender, wie ein Herzschlag, der sich seinem Ende näherte.

Die Bedrohung rückt näher

„Sie kommen!" Sarahs Stimme überschlug sich fast. „Die Elite hat euch entdeckt! Ihr müsst sofort weg!" Noch bevor jemand reagieren konnte, begann das Hologramm zu flackern. Linien verschwanden, Knotenpunkte lösten sich auf, als würde das System unter einer fremden Macht zerbrechen. Ein tiefes, keuchendes Geräusch durchbrach die Lautsprecher – nicht mechanisch, sondern lebendig. Es klang wie das Atmen eines unbekannten Wesens, eines Monsters, das sich langsam näherte.

Patrik wich instinktiv zurück. „Was... was ist das?" murmelte er.

Sarahs Stimme klang panisch. „Etwas kommt aus dem Archiv. Ich weiß nicht, was es ist, aber..."

Ein ohrenbetäubender Knall ließ die Lichter erlöschen. Dunkelheit hüllte die Zentrale ein. Das Röcheln wurde lauter, vibrierender, und kroch wie eine Welle aus der Tiefe in den Raum.

Flucht ins Unbekannte

„Lauft!" Lars' Stimme durchbrach die lähmende Stille. Ihre Schritte hallten durch den schmalen Wartungstunnel. Das Röcheln folgte ihnen, wie ein Echo, das niemals endete. Lars warf einen Blick über die Schulter, doch die Dunkelheit hinter ihnen war undurchdringlich.

„Das Archiv hat etwas ausgelöst," keuchte Ivon, während sie weiterlief.

Patrik drehte sich kurz um und hob seine Waffe, doch Ivon hielt ihn auf. „Es ist zu spät, Patrik! Wir müssen weiter!"

Ihre Worte wurden vom dumpfen Knall einer Explosion unterbrochen, die den Boden unter ihnen vibrieren ließ. Der Tunnel füllte sich mit Staub und Rauch, doch die Gruppe kämpfte sich weiter.

Schließlich erreichten sie eine Metalltür, die schwer und alt wirkte. Lars stemmte sich dagegen, während Patrik hastig das Schließsystem hackte. „Beeil dich!" rief Ivon, ihre Augen fixierten die Dunkelheit hinter ihnen, aus der das Röcheln immer näherkam.

Mit einem Zischen öffnete sich die Tür, und die drei stolperten hinein. Die Tür schloss sich hinter ihnen mit einem dumpfen Schlag, und für einen Moment war es still.

Cliffhanger

Lars atmete schwer und ließ sich an der Wand nieder. Ivon blickte ihn an, ihre Augen dunkel vor Sorge.

„Was auch immer das war," flüsterte sie, „es war nicht nur ein Geheimnis. Es war etwas anderes."

„Etwas, das sie versteckt haben," murmelte Patrik.

Lars nickte langsam, sein Blick war fest. „Und jetzt müssen wir herausfinden, was es ist."

Letzter Satz:

„Das Archiv hatte eine neue Wahrheit enthüllt – eine, die mehr war als ein Geheimnis: Es war eine Waffe."

Kapitel 26: Der Weg ins Herz des Löwen

Marsjahr 133 / Erde 2202

Die Stadt als Käfig

Die Marskolonie erhob sich unter der bleiernen
Kuppel des Himmels wie ein Meisterwerk aus Glas
und Stahl – eine strahlende Illusion von Freiheit, die
die Wahrheit ihrer Konstruktion verschleierte.
Hochglänzende Fassaden und perfekt geordnete
Straßen täuschten eine makellose Gesellschaft vor.
Doch in der Dämmerung, wenn die Schatten lang
wurden, zeigte die Stadt ihr wahres Gesicht: ein
Gefängnis.

Für die Elite war sie ein Paradies, ein Ort, an dem
Macht unangefochten herrschte. Für alle anderen war
sie ein Käfig, dessen Stäbe aus Überwachung und
Kontrolle geschmiedet waren.
Lars, Ivon und Patrik glitten durch die schmalen
Nebenstraßen, die im Zwielicht lagen. Das leise
Summen der Drohnen schwebte über ihnen wie ein
unheilvolles Mantra. Jeder Schritt fühlte sich an, als
würde er von den unsichtbaren Augen der Stadt
verfolgt.
„Das ist unser Ziel", flüsterte Lars und aktivierte die
holografische Karte an seinem Handgelenk.

Ein leuchtendes Netz aus Linien und Punkten
erschien, das das Verwaltungszentrum der
Marsanwaltschaft zeigte.

„Drei Schichten von Sicherheitssystemen", fügte er
hinzu.

Sein Finger zeichnete die Barrieren nach: das äußere
Sicherheitsnetz, den inneren Komplex und das zentrale
Archiv. „Jede einzelne wird uns auffressen, wenn wir
nur einen Fehler machen."

Ivon kniete sich neben ihn, ihre Bewegungen waren
flüssig, ihre Augen schmal vor Konzentration.

„Festungen fallen", sagte sie kühl, während sie die
Karte studierte. „Alles, was Menschen bauen, hat
Schwachstellen."

Lars schnaubte leise. „Aber was ist, wenn das System
uns schon verdaut hat?"

Ivon hielt inne, ihre Augen funkelten im schwachen
Licht. „Wenn du an uns zweifelst, Lars, solltest du
besser jetzt umkehren."

Lars sah sie an, seine Stirn in Falten. „Ich zweifle nicht
an uns", erwiderte er leise. „Aber ich frage mich, ob
wir noch Menschen sind – oder nur noch Rädchen in
ihrer Maschinerie."

„Genug Philosophie", murmelte Patrik und zog Lars
zurück in die Realität. Sein Tonfall war rau, aber
dahinter lag ein nervöses Zittern. „Wir sind keine
Philosophen. Noch eine Runde Selbstzweifel, und wir
landen als Exponat in ihrer perfekten Fassade."

Ein schwaches Lächeln huschte über Ivons Gesicht.
„Kein Fehler. Kein Zurück."

Das Herz des Systems

Die Straßen, die zum Verwaltungszentrum führten,
waren kalt und leer. Die Stille war fast greifbar, wie
eine unsichtbare Mauer, die sie von der Welt
abschirmte.

Ivon kniete vor dem Wartungsterminal an der
spiegelglatten Außenwand des Zentrums.
Ihre Finger flogen über die Tastatur, während ein leises
Surren von oben sie begleitete.
„Du weißt, was du tust, oder?" fragte Patrik, der
nervös über die Schulter blickte.
„Frag mich das noch einmal, und du hackst die
Drohnen selbst", entgegnete Ivon trocken, ohne
aufzusehen.
Ein plötzlicher Laut ließ alle innehalten. Eine Drohne
schwebte über die Straße, ihre Lichter scannten
methodisch die Umgebung. Patrik spannte sich an, zog
sein Störgerät und aktivierte den Impuls. Die Drohne
fiel lautlos zu Boden, ein dumpfer Aufschlag, der in
der Stille widerhallte.
„Knapp", murmelte Lars, sein Atem stockte.
„Ich bin drin", sagte Ivon, ihre Stimme war kalt wie
Eis. Sie richtete sich auf und wandte sich an die
anderen. „Zehn Minuten. Entweder sind wir raus, oder
wir sind erledigt."

Flure der Kontrolle

Das Innere des Verwaltungszentrums war ein Monument steriler Effizienz. Kaltes Licht spiegelte sich auf den metallischen Oberflächen, während ihre Schritte wie ferne Kanonenschläge durch die Hallen hallten.

„Ich hasse diese Stille", murmelte Patrik, seine Stimme war ein kaum hörbares Flüstern.

„Das ist keine Stille", entgegnete Ivon. „Das ist das Echo ihrer Kontrolle."

Lars überprüfte die Sicherheitsprotokolle auf seinem Handgelenk. Seine Gedanken rasten. War dies die Gelegenheit, die sie brauchten – oder der Anfang ihres Untergangs?

„Manchmal frage ich mich, ob sie nicht schon gewonnen haben", murmelte er schließlich.

Ivon blieb stehen und sah ihn an. Ihre Stimme war fest, ihre Augen leuchteten vor Entschlossenheit.

„Die Wahrheit wird begraben, Lars. Aber sie verschwindet nicht. Wir holen sie zurück."

Schlagabtausch im Archiv

Die Tür zum Archiv öffnete sich mit einem leisen Zischen. Dahinter breitete sich eine Welt aus schwebenden holografischen Projektionen aus. Datenströme flimmerten in der Dunkelheit wie Sterne in einer kalten Galaxie.

„Das hier ist das Gehirn der Marsanwaltschaft", murmelte Patrik ehrfürchtig.

Lars trat an die zentrale Konsole und setzte das
Speichermodul ein. „Wenn wir das nicht schaffen,
dann..."

Ivon unterbrach ihn. „...ist alles, was wir getan haben,
bedeutungslos."

Plötzlich ertönte ein schriller Alarm.

„UNAUTORISIERTER ZUGRIFF.
SICHERHEITSMASSNAHMEN AKTIVIERT."

„Verdammt!" Patrik packte Lars am Arm. „Wir
müssen hier raus!"

Lars zog das Modul heraus, und die drei rannten los.
Die Flure verwandelten sich in ein Labyrinth aus
grellem Licht und dröhnenden Warnsirenen.

Flucht in die Dunkelheit

Als sie die äußere Mauer erreichten, schwebte eine
Drohne über ihnen, ihre roten Lichter funkelten
bedrohlich.

„Wie kann das sein?" flüsterte Lars. „Wir haben die
Drohnen deaktiviert."

Ivon schüttelte den Kopf, ihre Stimme war ein kaltes
Flüstern.

„Sie wussten, dass wir kommen."

„Nicht nachdenken", drängte Patrik. „Laufen!"

Die Drohne drehte sich, ihr Licht erfasste die Gruppe.
Lars zögerte, als ihre Augen sich trafen – Mensch und
Maschine.

Letzter Satz:

Während sie in die Dunkelheit flohen, wurde Lars klar: Das wahre Herz des Löwen war nicht aus Glas und Stahl – es war der Schatten, den die Wahrheit hinterließ.

Kapitel 27: Die Wahrheit schlägt ein

Der Horizont in Flammen

Der Horizont der Marskolonie glühte in einem
bedrohlichen Rot, das den Himmel wie eine Wunde
zerteilte. Es war, als hätte der Planet beschlossen, die
Lügen der Elite zu entlarven und den Verrat mit Feuer
zu brandmarken. Doch in diesem Licht lag keine
Erlösung – es war ein unbarmherziger Vorbote. Die
Wahrheit hatte die Dunkelheit durchbrochen, und ihre
Strahlen stachen wie Klingen in das Herz der
Kontrolle.

In der Kommandozentrale herrschte eine angespannte
Stille. Lars, Ivon und Patrik standen vor einer Wand
aus flimmernden Hologrammen. Schlagzeilen und
Nachrichten tanzten über die Monitore:

- „AGENDA 33.33 enthüllt: Kontrolle auf
  globaler und interplanetarer Ebene"
- „Mars Capture: Die Elite und ihre
  künstlichen Götter"
- „Die Lügen der Marsanwaltschaft: Ein
  gestohlener Planet"

Lars' Blick ruhte auf den Schlagzeilen, doch in seinen
Gedanken tobte ein Sturm. Die Enthüllung war ein
Schlag ins Zentrum der Macht, aber sein Herz pochte
schwer vor Zweifel.

Als eine neue Meldung aufleuchtete, zog sie seine
Aufmerksamkeit wie ein Magnet:

- **„Unbekannter Informant enthüllt geheime
  Pläne der Elite."**

„Die Wahrheit ist draußen," murmelte er, während er
sich von den Monitoren abwandte. Seine Stimme war
leise, fast brüchig. „Aber wird sie genügen? Was, wenn
sie sie unterdrücken? Was, wenn niemand den Mut hat,
zu handeln?"

Ivon drehte sich zu ihm um, ihr Blick scharf und voller
Überzeugung. „Es gibt nichts Mächtigeres als die
Wahrheit," sagte sie. Ihre Stimme war ruhig, aber jedes
Wort schnitt wie eine Klinge. „Wenn wir nichts tun,
dann war alles umsonst. Aber wenn wir handeln, kann
die Wahrheit brennen. Und manchmal... muss man
alles niederbrennen, um neu zu beginnen."

Die Worte schienen die Spannung im Raum zu
durchbrechen, doch draußen, unter den Kuppeln der
Kolonie, brodelte die Welt.

Reaktionen: Mars in Flammen

Auf den Straßen der Kolonie herrschte Chaos.
Menschen strömten aus ihren Wohnmodulen,
versammelten sich in den Gassen und unter den
gläsernen Kuppeln. Arbeiter in staubigen Overalls,
Siedler mit müden Gesichtern, Eltern, die ihre Kinder
an sich drückten – alle waren sie gekommen, getrieben
von Zorn, Angst und der Hoffnung auf Veränderung.
„Sie haben uns Jahrzehnte lang benutzt!" rief ein Mann
mit rauer Stimme.

Seine zitternde Faust riss die Stille entzwei. Die Spuren harter Arbeit und ungebrochener Wut zeichneten sich in jeder Bewegung ab.

Eine Frau in abgenutzter Kleidung hielt ihr Kind fest an sich gedrückt.

Ihre Augen flackerten zwischen Verzweiflung und einem Funken Hoffnung.

„Was können wir tun?" rief sie. Ihre Stimme brach, doch sie hallte über die Menge wie ein Schrei nach Rettung. „Sie haben die Waffen... die Macht. Wie sollen wir kämpfen?"

Ein älterer Mann trat vor, sein gebeugter Rücken und die schweren Augen zeugten von einem Leben voller Entbehrungen. Doch seine Stimme war fest, beinahe unerschütterlich. „Vielleicht haben wir nichts mehr zu verlieren. Und wenn das stimmt, dann kämpfen wir – oder wir sterben als ihre Sklaven."

Die Menge tobte, doch die Worte des Mannes brachten etwas zum Vorschein, das sich durch die Straßen schlängelte: die stille Angst vor dem, was kommen könnte.

Ein Junge, kaum älter als fünfzehn, klammerte sich an die Hand seines Vaters. Seine Augen waren weit aufgerissen. „Papa... haben wir eine Chance?"

Der Vater schwieg. Die Frage hing schwer in der Luft, unbeantwortet wie eine offene Wunde, die kein Heilmittel kannte.

Die Elite schlägt zurück

Hoch über den Straßen, abgeschottet in der kalten Perfektion eines minimalistischen Konferenzraums, versammelte sich die Elite. Der Raum war still, doch die Präsenz der Macht schien die Luft zu ersticken. Lucian Volker stand am Kopf des langen Tisches, seine Haltung lässig, doch seine Augen funkelten wie die Klingen eines Messers. Um ihn herum saßen die einflussreichsten Köpfe der Marsanwaltschaft und der PANDORA-Stationen.

„Die Veröffentlichung des EDW ist eine Bedrohung," begann Alekos Tarn, der oberste Richter der Marsanwaltschaft. Seine Stimme war ruhig, doch die leichten Zuckungen seiner Hände verrieten seine Unsicherheit.

Volker schüttelte langsam den Kopf. „Eine Bedrohung?" Seine Stimme war ein leises Flüstern, schärfer als ein Schrei. „Das ist keine Bedrohung, das ist ein Hindernis. Und Hindernisse... beseitigt man."

Eine Frau am anderen Ende des Tisches verschränkte die Arme. Ihre Augen musterten Volker kritisch. „Und wie schlagen Sie vor, das zu tun?"

Volker lehnte sich zurück. Seine Bewegungen waren präzise, wie die eines Raubtiers, das seine Beute umkreist. „Wir löschen das EDW aus – und jeden, der es unterstützt hat. Angst ist die mächtigste Waffe. Sie erstickt Wahrheit besser als jede Lüge."

Der Gegenschlag der Elite

In der Kommandozentrale vibrierte die Luft vor
Spannung. Die Hologramme flackerten, und ein
schrilles Piepen durchbrach die Stille.

„Sie kommen," sagte Ivon, ihre Stimme kühl, aber ihre
Augen schienen zu brennen.

„Was meinst du?" fragte Patrik, der hektisch an den
Konsolen arbeitete.

„Störsignale. Drohnenbewegung. Sie wissen, wo wir
sind." Ivon sah zu Lars. „Wir haben keine Zeit mehr."
Ein Licht auf der Konsole flackerte, und Lucian
Volkers Gesicht erschien. „Euer Widerstand endet
hier," sagte er mit leiser, unerbittlicher Kälte.

Lars schloss für einen Moment die Augen, dann
richtete er sich auf. „Wenn wir untergehen, dann nicht
ohne Kampf.

Und nicht ohne, dass die Wahrheit in jeder Ecke dieser
Kolonie zu hören ist."

Cliffhanger: Die letzte Schlacht

Die metallischen Schritte der Angreifer hallten durch
die Flure wie eine düstere Ouvertüre. Das Summen der
Drohnen schwoll an, und ihre roten Lichter zeichneten
gespenstische Muster auf die Wände.

Ivon zog ihre Waffe, ihre Finger umklammerten den
Griff mit unerschütterlicher Entschlossenheit. „Das ist
unsere letzte Chance, Lars."

Lars nickte und griff nach seiner Ausrüstung. „Dann zeigen wir ihnen, dass die Wahrheit mehr ist als nur ein Wort."

Patrik warf einen letzten Blick auf die flimmernden Hologramme, dann schloss er sich den beiden an.

„Lasst uns Geschichte schreiben."

Letzter Satz:

„Die Dunkelheit zog sich zusammen, doch in ihren Herzen brannte ein Licht, das bereit war, das System zu entfachen."

Kapitel 28: Eine neue Strategie

Das Herz aus Stahl und Licht

Die Kommandozentrale fühlte sich an wie das Innere eines pulsierenden Organismus, dessen Herz in einem kalten, mechanischen Rhythmus schlug. Die Wände aus NanoCerathium spiegelten das flackernde Licht der holografischen Projektionen wider, als wollten sie die Illusion von Bewegung erzeugen. Doch nichts in diesem Raum war lebendig – weder die unnachgiebigen Oberflächen noch die gedämpften Geräusche, die wie verschluckte Schreie klangen.

Das Summen der Generatoren vibrierte unter dem Boden aus QuantumMeta, einem Material, das selbst die schwersten Schritte dämpfte. Es war, als ob der Raum selbst die Wahrheit unterdrückte – ein Ort, an dem jede Hoffnung auf Menschlichkeit verschwunden war.

Ivon stand reglos neben dem zentralen Terminal, ihre verschränkten Arme ein Schutzschild gegen die Ungewissheit, die über ihnen schwebte. Ihre Augen funkelten im kalten Licht der Hologramme, doch in ihnen lag eine Härte, die mehr von Entschlossenheit als von Zuversicht zeugte. Sie wirkte wie ein stiller Krieger, der jeden Moment bereit war, zuzuschlagen.

„Die Wahrheit ist draußen," sagte sie leise, doch ihre Stimme hallte in der Stille der Zentrale wie ein entferntes Echo. „Und trotzdem schlagen sie nur härter zurück."

Lars lehnte sich an die kühle Oberfläche der Konsole. Seine Finger glitten über das NanoCerathium, das so kalt war, dass es ihm wie ein Vorwurf erschien. Seine Gedanken schienen mit der Kälte zu verschmelzen, ein zähes Ringen zwischen Hoffnung und Verzweiflung.

„Sie haben den Informationskrieg perfektioniert," sagte Patrik schließlich, seine Stimme klang rau und angespannt. Er deutete auf eine Schlagzeile, die über die Hologramme flimmerte:

„Fake News destabilisieren die Marskolonie – Offizielle warnen vor Desinformationskampagnen."

„Sie benutzen die Angst der Menschen wie ein Skalpell," fügte Ivon hinzu, ohne den Blick von den Projektionen zu lösen. „Und sie machen uns zu den Schuldigen. Alles, was wir erreicht haben, hängt an einem seidenen Faden."

Lars schloss die Augen, als könnte er die Worte der anderen ausblenden, doch sie hallten in seinem Kopf nach. *Was, wenn sie recht haben? Was, wenn unsere Wahrheit nichts weiter ist als eine Flamme, die sie mit einem Atemzug löschen können?*

Die „*Cape Times*"-Enthüllung

Ein schrilles Piepen durchbrach die Stille, ließ alle Köpfe herumfahren. Ivon trat zum Kommunikationsinterface und aktivierte es mit einem schnellen Handgriff. „Eine neue Datei wurde entschlüsselt," sagte sie, während sie die Daten abrief. „Von wem?" fragte Lars, seine Stimme klang wie ein angespanntes Seil kurz vor dem Zerreißen.

„Unbekannt," murmelte Ivon. Ihre Finger huschten über die Konsole, die Daten formten sich zu einem Hologramm. Schließlich erschien ein digitalisierter Zeitungsartikel:

„Cape Times – 20. Januar 2037.
Verschwörungstheoretiker bei mysteriösen
Unfällen ums Leben gekommen."

„Was... ist das?" Patriks Stimme zitterte, und seine Hände ballten sich unbewusst zu Fäusten.
Ivon las mit fester Stimme vor, doch jedes Wort schien schwerer zu wiegen: „Thabo Khumalo und Lena Müller, prominente Kritiker globaler Machtstrukturen, kamen gestern bei einer Gasexplosion in einem Lagerhaus ums Leben. Gleichzeitig starben Sipho Maseko und James Kriel bei einem Autounfall. Ihr Fahrzeug stürzte von der Straße am Chapman's Peak ins Meer."
Die Projektion zeigte die Trümmer des Lagerhauses, verkohlte Überreste, die sich wie gebrochene Knochen über den Boden erstreckten.

Schwarzer Rauch stieg in den Himmel, und die Szene schien von einer unheimlichen Stille durchzogen zu sein.

Lars starrte auf das Bild, und eine Welle aus Zorn und Trauer rollte über ihn hinweg. „Das war kein Zufall," flüsterte er.

„Das war es nie," sagte Ivon, ihre Finger klammerten sich an die Kante der Konsole. „Thabo, Lena, Sipho, James... Sie alle waren die Ersten, die die Fassade der *AGENDA 33.33* durchschaut hatten. Und die Elite hat sie ausgelöscht."

Der moralische Konflikt

Patriks Faust krachte auf die Konsole, ein dumpfer Knall, der durch die Zentrale hallte. „Verdammt, Lars! Sie tun das seit Jahrhunderten.
Wie sollen wir glauben, dass wir jetzt etwas ändern können? Was, wenn wir die Nächsten sind, die einfach... verschwinden?"

Lars' Schultern spannten sich, doch seine Stimme blieb ruhig, fast beschwörend: „Weil wir nicht allein sind."
Patrik lachte bitter, seine Augen funkelten vor Zorn. „Thabo, Lena, Sipho... sie waren auch nicht allein."
„Doch, das waren sie," entgegnete Lars. „Sie waren isoliert. Aber wir? Wir haben die Wahrheit verteilt. Die Menschen wissen es. Es ist zu spät für die Elite, alles zu vertuschen."

Ivon hob den Blick, ihre Augen waren kalt wie das
NanoCerathium um sie herum. „Es ist niemals zu spät,
Lars. Aber sie werden alles tun, um uns zu stoppen."
Patrik sah zu Ivon, seine Stimme war brüchig: „Und
wenn wir fallen?"
Lars sah ihn fest an, seine Augen brannten vor
Entschlossenheit. „Dann fallen wir nicht allein."

Ein nächster Schritt

Ivon tippte auf die Karte, und ein neuer Ort erschien
auf dem Hologramm: **Die gemeine Bibliothek.**
„Dort liegt alles, was die Elite nicht vernichten
konnte," erklärte sie. „Berichte. Aufzeichnungen.
Vielleicht sogar Beweise, wie sie Thabo und die
anderen gefunden haben."
Lars' Blick war fest auf die Karte gerichtet. „Wenn wir
ihre Vergangenheit ans Licht zerren, zerstören wir ihre
Zukunft."
Seine Stimme war ruhig, doch seine Worte waren wie
ein Schwur, der in die Stille gemeißelt wurde.

Cliffhanger: Die Dunkelheit rückt näher

Ein metallisches Summen schnitt durch die Luft. Es
begann leise, doch es wurde mit jeder Sekunde lauter,
aggressiver.
Patrik spannte sich an, und seine Hand zuckte zum
Gewehr. „Sie kommen näher."
Ivon schloss das Hologramm mit einem Klick, ihre
Augen verengten sich.

„Dann sollten wir bereit sein."

Das Summen der Drohnen wurde zu einem Crescendo, während die Lichter der Zentrale erloschen und Dunkelheit sie einhüllte.

„Der Weg zur Wahrheit führt durch den tiefsten Schatten," sagte Lars leise. „Und wir werden nicht aufhören zu gehen."

Kapitel 29: Stimmen des Widerstands

Zone 9: Die Schatten der Hoffnung

Die Dunkelheit in „Zone 9" war mehr als nur das Fehlen von Licht – sie lebte. Jeder Schritt, jedes leise Atmen schien die Schatten um sie herum in Bewegung zu versetzen, als hätten sie eine eigene Sprache. Ivon, Lars und Patrik schlichen durch einen alten Tunnel, so tief unter der Kolonie, dass die Stille wie eine greifbare Last auf ihnen lag. Es fühlte sich an, als würden sie durch das Rückgrat einer längst vergessenen Welt wandern.

Die Wände aus verwittertem NanoCerathium, einst entworfen, um den harschen Bedingungen des Mars zu trotzen, waren gezeichnet von Zeit und Kampf. Narben, tiefe Kratzer und Rostspuren erzählten von den stillen Kämpfen, die hier stattgefunden hatten – Kämpfe, die niemand von ihnen miterlebt hatte.
„Die Drohnen sind tiefer als gestern," murmelte Patrik, sein Atem ein angespannter Flüsterton. Er drehte sich zu Lars um, sein Gesicht wirkte im fahlen Licht zerrissen und nervös.
„Dann hör auf, laut zu atmen," zischte Ivon und drehte sich zu ihm um. Ihre Augen funkelten im Licht ihrer Stirnlampe, scharf wie die Klinge eines Messers.
„Panik bringt uns nur näher an ihren Fokus."

Patrik nickte und schluckte schwer. Er kannte Ivons Härte – sie war keine Wahl, sondern eine Notwendigkeit. Sie war wie der Mars selbst: kalt, unnachgiebig, aber voller verborgener Kraft.

Hinter ihnen ging Lars, seine Stirnlampe auf die Dunkelheit gerichtet. Während er die Schatten beobachtete, spürte er den dumpfen Rhythmus, der durch den Tunnel vibrierte. Es war wie das unheilvolle Rasseln von Ketten, tief in der Finsternis.

Ivon: Stärke aus Rissen

Lars konnte die Spannung in Ivons Schultern sehen, auch wenn sie sie meisterhaft verbarg. Er kannte sie gut genug, um zu wissen, dass ihre Stärke von innen kam – aus einem Ort, der mit Rissen gefüllt war, die niemand sehen durfte.

„Ivon?" Seine Stimme war leise, aber bestimmt.

„Was?" Ihre Antwort war scharf, fast defensiv.

Lars trat näher, sein Licht fiel auf ihr Gesicht. „Bist du sicher, dass wir hier unten sicher sind? Ich kenne diesen Blick. Du zweifelst."

Sie hielt inne und drehte sich langsam zu ihm um. Ihre Stirnlampe warf Schatten über ihre Züge, doch ihre Augen blitzten. „Ich zweifle nicht am Plan," sagte sie nach einer kurzen Pause. „Ich zweifle daran, ob wir stark genug sind, ihn durchzuziehen."

Für einen Moment war alles still, nur das leise Grollen in der Ferne füllte die Leere. Lars nickte langsam.

„Dann hör auf, daran zu zweifeln. Du bist die Einzige, die uns hier sicher rausbringen kann."

Ihre Augen suchten seine, und etwas in ihr zitterte –
ein Moment der Schwäche, den sie schnell wieder
begrub. Sie wusste, dass er recht hatte, und genau das
machte ihr Angst.

Ohne ein weiteres Wort drehte sie sich um und ging
weiter, ihre Schritte hart und entschlossen.

Die Nachricht aus den Schatten

Ein leises Vibrieren unterbrach die Stille. Ivons
Hologrammgerät leuchtete an ihrem Handgelenk auf.
Sie hob die Hand, um das Licht zu dämpfen, und
aktivierte die Nachricht.

Eine einzelne Zeile erschien:

**„Die Straßen flüstern – sie glauben an euch. Doch
die Ketten rasseln lauter."**

Patrik trat näher, seine Augen huschten über die
Worte. „Wer hat das geschickt?"

„Keine Ahnung," murmelte Ivon, während sie die
Datei überprüfte. „Die Verschlüsselung ist alt. Eine
Technik aus den frühen Netzwerken. Vielleicht ein
Verbündeter."

Lars, der hinter ihnen stand, sprach mit leiser, aber
schneidender Stimme. „Oder eine Falle."

Ivon zuckte mit den Schultern, doch ihre Stirn legte
sich in tiefe Falten. „Wir sind immer vorsichtig,"
antwortete sie, doch in ihrem Inneren formte sich ein
Gedanke: *Die Ketten rasseln lauter. Warum kann ich sie fast
hören?*

Das Netzwerk des Widerstands

Am Ende des Tunnels öffnete sich die Enge zu einem weitläufigen Raum. Die alte Versorgungsanlage war ein sterbendes Herz, dessen Wände von rostigen Streben durchzogen waren. Überall lagen die Überreste eines Systems, das längst aufgegeben worden war: zerbrochene Container, schadhafte Maschinen, Kabel, die wie tote Schlangen über den Boden krochen. Doch zwischen diesem Verfall hockten etwa zwei Dutzend Menschen.

Ihre Gesichter waren gezeichnet von harter Arbeit und Entbehrungen, doch in ihren Augen brannte ein Funke Hoffnung – ein Licht, das trotz allem nicht erloschen war.

Ein Mann trat vor. Seine Bewegungen waren ruhig, aber sein Blick war wie Marsgestein: hart und unbeugsam. Milo.

„Ihr seid zu spät," sagte er, doch seine Stimme verriet Erleichterung.

„Hast du, was wir brauchen?" fragte Ivon direkt, ihre Worte schnitten wie ein Messer.

Milo nickte langsam. „Das hier wird die Kolonie erschüttern." Er zog ein abgenutztes Datenpad hervor und hielt es Lars hin.

Lars aktivierte das Pad, und ein Hologramm erschien über der Oberfläche. Es war ein Dokument:

„**Cape Times – Journalisten sterben bei mysteriöser Gasexplosion.**"

Die Menschen in der Halle verstummten. Jeder las die Worte, als ob sie schwerer wogen als die Luft um sie herum.

„Das war ihr System," sagte Milo schließlich. Seine Stimme war ruhig, aber jedes Wort schlug wie ein Hammerschlag. „Sie löschen jede Stimme aus, die ihnen gefährlich wird."

Cliffhanger: Die Jagd beginnt

Ein schriller Alarm durchbrach die Stille, ließ die Halle in grelles Licht tauchen. Die alte Anlage schien zu erwachen – und mit ihr die Dunkelheit, die in ihr schlummerte.

„Bewegung!" rief Ivon, ihre Stimme schneidend wie Glas.

Lars packte das Speichermodul, während Patrik hektisch seine Stirnlampe löschte und losrannte.

Ihre Schritte hallten durch die Tunnel, ein gehetzter Rhythmus, der von einem neuen Geräusch begleitet wurde: das unheilvolle Summen metallischer Drohnen, die näherkamen.

Die Dunkelheit hinter ihnen schien zu leben, das Surren der Drohnen und das grelle Flackern ihrer Lichter jagten sie wie ein hungriger Schatten.

„Die Ketten rasseln," murmelte Ivon, ihre Augen fest auf den Weg vor ihnen gerichtet. „Und diesmal brechen sie nicht an uns."

Letzter Satz

„Die Dunkelheit lebte – und sie jagte sie schneller und gnadenloser, als sie es je für möglich gehalten hatten."

Kapitel 30: Der Schatten der Vergangenheit

Marsjahr 133 / Erde 2202

Der Abstieg ins Ungewisse

Die Dunkelheit in den Versorgungstunneln war keine bloße Abwesenheit von Licht – sie lebte. Sie kroch in jede Lücke, verschlang jedes Geräusch und umarmte die Gruppe wie ein kaltes, unerbittliches Wesen. Jeder Atemzug fühlte sich an, als würde er durch ein feuchtes Tuch gepresst, und selbst die Wände schienen zu atmen – leise, bedrohlich.

Ivon führte die Gruppe mit einem festen Griff um das holografische Datenpad. Ihre Stirnlampe warf einen scharfen Kegel durch die schwebenden Staubpartikel, die wie Überreste vergangener Leben in der abgestandenen Luft trieben. Die NanoCerathium-Wände, einst Symbole für Perfektion, zeigten nun tiefe Risse, als hätten sie Jahrhunderte des Schweigens nicht unbeschadet überstanden.

„Wie weit noch?" flüsterte Patrik, sein Ton kaum mehr als ein heiseres Schaben in der bedrückenden Stille. Milo, der vorneweg ging, hob die Hand zu einem stummen Signal. „Bald," murmelte er. Der Lichtkegel seiner Lampe glitt über den Tunnelboden, auf dem Mikrostaub wie eine dünne Decke aus Asche lag. „Hinter dem nächsten Stützträger."

„Wir können jeden Moment entdeckt werden," sagte Ivon leise, ihre Augen fest auf den Weg vor ihr gerichtet.

„Nicht, solange Patriks Jammer funktioniert," erwiderte Lars. Doch seine Stimme klang hohl, als ob er selbst nicht daran glaubte.

Sein Blick wanderte unruhig zu den Schatten hinter ihnen, die sich in seinem Kopf zu lebendigen Kreaturen formten.

Patrik wischte sich mit einer Hand den Schweiß von der Stirn und grinste schief. „Solange der Strom hält, hält der Jammer." Er zuckte mit den Schultern, der Humor in seiner Stimme wirkte fehl am Platz. „Danach... tja, dann gehen wir eben alle zusammen in den Ruhestand."

Niemand lachte.

Die Geheimnisse der Vergangenheit

Mit jedem Schritt tiefer in den Tunnel wurde die Luft kälter, bissiger. Sie kroch durch Kleidung und Haut, schien bis in die Knochen zu dringen. Die Temperaturwechsel fühlten sich an wie ein Warnruf der Vergangenheit.

Milo blieb abrupt stehen. „Da ist es," sagte er und deutete mit seiner Lampe auf eine massive Tür. Die Oberfläche aus NanoCerathium war mit Gravuren übersät, die Kreise und Knotenpunkte bildeten, als wollte die Tür selbst eine Geschichte erzählen.

Die einst makellose Struktur war gezeichnet von tiefen Kratzern, feinen Linien und einer dunklen Patina, die die Zeit hinterlassen hatte.

„Das Symbol der Marsarchitekten," murmelte Ivon und strich ehrfürchtig mit den Fingern über die Gravuren. Ihre Berührung ließ eine dünne Staubschicht aufwirbeln. „Diese Tür wurde seit Jahrhunderten nicht geöffnet."

Lars trat vor, sein Blick war der eines Ingenieurs, der Schwachstellen suchte. Er zog ein Hebelwerkzeug hervor, dessen Griff aus QuantumMeta schimmerte, als würde es die Dunkelheit selbst verschlucken. Gemeinsam stemmten sie sich gegen die Tür. Das metallische Kreischen des NanoCerathiums klang wie ein Schrei, der durch den Tunnel hallte.

Ein Schwall modriger Luft schlug ihnen entgegen, kalt und durchdrungen von einem undefinierbaren Geruch. Es war, als hätte die Vergangenheit ihren Atem angehalten – und nun, mit einem Ruck, losgelassen.

Die Elite – Der kalte Atem des Feindes

Der breite Gang hinter der Tür war in eine unheimliche Stille gehüllt. Die Wände, ein Mix aus Beton und NanoCerathium, wirkten, als würden sie das Gewicht der Zeit auf ihren Schultern tragen. Schwache Lichter von alten Kontrollpaneelen flackerten wie sterbende Sterne, ihre Funktion längst vergessen.

„Wie tief geht das?" fragte Patrik und ließ seinen Lichtkegel in die endlose Schwärze des Gangs fallen.

„Bis zum Kern," antwortete Milo. Seine Stimme hatte einen seltsamen, unerschütterlichen Klang, als ob er mehr wusste, als er preisgab. „Das Herz des Archivs."

Mit jedem Schritt wurde die Luft schwerer. Es fühlte sich an, als würde der Tunnel sie in einen Kokon aus Stille und Beklemmung wickeln. Das einzige Geräusch war das Knirschen ihrer Stiefel auf dem bröckelnden Boden.

„Warum?" Ivons Stimme schnitt durch die Dunkelheit, scharf und zögernd zugleich. „Warum haben sie die Wahrheit hier versteckt und nicht zerstört?"

Milo hielt inne, sein Lichtkegel fiel auf Ivon. Er sah sie lange an, bevor er antwortete. „Weil sie es brauchten. Wissen ist Macht, Ivon. Die Elite zerstört keine Macht – sie archiviert sie. Sie katalogisieren die Wahrheit, um sie zu kontrollieren. Und wenn die Zeit kommt, nutzen sie sie, um ein neues System zu errichten."

Lars schnaubte leise und verlangsamte seine Schritte. „Das heißt, sie wussten, dass ihre Ordnung nicht ewig hält."

Milo nickte, ein Schatten von Stolz huschte über sein Gesicht. „Genau. Aber jetzt gehört diese Wahrheit uns. Und sie werden alles tun, um uns davon abzuhalten."

Ein unheilvolles Echo

Patrik hielt plötzlich inne, hob die Hand. Seine Stirnlampe zitterte leicht, als er flüsterte: „Hört ihr das?"

Alle erstarrten. Zuerst war es kaum wahrnehmbar – ein leises, rhythmisches Stampfen, das durch die Dunkelheit rollte. Doch es wurde lauter, eindringlicher, wie das Echo eines nahenden Sturms.

„Verdammt," zischte Lars, seine Finger griffen um den Griff seiner Waffe. „Sie haben uns gefunden."

„Können wir den Tunnel versiegeln?" fragte Ivon, ihre Stimme scharf und drängend.

Patrik schüttelte den Kopf. Ein dünnes Lächeln huschte über sein Gesicht, als hätte er gerade eine unausweichliche Entscheidung getroffen. „Nicht rechtzeitig. Aber ich kann sie aufhalten."

„Das ist Wahnsinn," sagte Ivon, ihre Augen fixierten ihn, voller Wut und Sorge. „Du wirst sterben."

Patrik grinste, diesmal breiter, fast trotzig. „Vielleicht. Aber besser ich bleibe hier, als dass wir alle draufgehen. Ihr müsst weitergehen."

Für einen Moment herrschte Stille. Dann legte Ivon eine Hand auf seine Schulter. Ihr Blick hielt seinen fest. „Pass auf dich auf."

„Immer," erwiderte er, bevor er sich in die Dunkelheit zurückzog.

Das Herz des Archivs

Der Gang öffnete sich schließlich zu einer gigantischen Kammer, deren Ausmaß ihnen den Atem raubte.

Die Wände aus schimmerndem QuantumMeta reflektierten Datenströme, die wie lebendige Adern pulsierten. In der Mitte schwebte ein Hologramm des Mars, dessen Schichten in hypnotischem Blau leuchteten.

„Mein Gott…" Lars trat in die Mitte der Kammer, seine Stimme war ein gehauchtes Staunen. „Sie haben alles dokumentiert."

Ivon trat neben ihn, ihre Augen fixierten eine Projektion mit dem Titel:

„AGENDA 33.33 – Der Ursprung."

„Das ist es," sagte sie leise, aber entschlossen. „Alles begann hier."

Cliffhanger

Ein Beben erschütterte die Kammer. Staub rieselte von der Decke, als Patriks Sprengsätze detonierten.

„Kopiere alles!" rief Lars, während das Echo nahender Schritte durch den Raum hallte.

Dunkle Silhouetten tauchten im Eingang auf, ihre Waffen glitzerten bedrohlich im flackernden Licht.

Die Wahrheit lag in ihren Händen – doch der Kampf hatte gerade erst begonnen.

Kapitel 31: Marsjahr der Entscheidung

Marsjahr 134 / Erde 2203

Ein Planet unter Kontrolle

Der Mars glich einem Gefangenen, der sich an seine Ketten gewöhnt hatte. Über den Städten, geschützt von gläsernen Kuppeln, pulsierte das kalte Licht der Kontrollstationen. Drohnen, lautlose Wächter, zogen unermüdlich ihre Kreise und warfen rote Lichtkegel auf die trostlosen Fassaden. Die Straßen, einst gebaut, um Leben zu verbinden, waren nur noch sterile Adern in einem toten System.

Doch nicht nur die Kuppeln spiegelten die Unbarmherzigkeit dieser Welt wider. In den verlassenen Außenposten, die der Mars verschlungen hatte, bedeckten Sand und Staub die Überreste einer alten Hoffnung: verfallene Minen, zusammengebrochene Habitate, zerbrochene Solarfelder, die das Licht einer längst untergegangenen Ära trugen. Zwischen den Ruinen regte sich nichts – nur die allgegenwärtigen Drohnen patrouillierten, als ob sie das absolute Schweigen bewachten.

Die Luft unter den Kuppeln war dünn und kalt, durchzogen von einem ständigen Summen, das von den Überwachungssystemen ausging. In dieser maschinellen Welt schien die Stille nicht bloß Abwesenheit von Geräusch zu sein, sondern eine bewusste, erdrückende Präsenz.

189

Es war, als ob der Mars selbst atmete – ein schwerfälliger Organismus, der von einer fremden Macht beherrscht wurde.

Doch unter der Erde tobte ein anderer Kampf.

In den Versorgungstunneln, wo die Luft schwer und kalt war wie bleierner Nebel, krochen Lars, Ivon, Milo und Patrik durch die Schatten. Die Wände aus NanoCerathium, durchzogen von Regenium-Adern, flimmerten schwach, während sie winzige Risse verschlossen – ein verzweifelter Versuch, die Illusion von Unzerstörbarkeit zu wahren.

Lars' Stirnlampe schnitt durch die Dunkelheit und zeichnete flackernde Schatten auf die Tunnelwände. Seine Gedanken waren schwerer als die Luft um ihn. *Wie lange können wir noch kämpfen? Wie lange, bevor sie uns brechen?*

Die Erinnerungen an vergangene Schlachten und Verluste drängten sich in seinen Kopf. *Wir haben zu viel geopfert, um jetzt aufzugeben.* Seine Fäuste ballten sich. *Es sind nicht die Drohnen, die uns zerstören werden, sondern der Zweifel.*

„Die Elite hat die Schrauben angezogen," murmelte Patrik hinter ihm. „Die Menschen hungern, während die Drohnen jede Bewegung überwachen. Sie zerschlagen alles, was wie Widerstand aussieht."

Ivon, die an der Spitze lief, warf ihm einen scharfen Blick zu.

Ihr Licht reflektierte die Härte in ihren Augen.

„Deshalb sind wir hier. Das Kontrollzentrum ist unser Ziel. Wenn wir das Drohnennetzwerk stören, geben wir dem Widerstand eine echte Chance."

„Und wenn sie uns erwischen?" fragte Milo. Seine Finger umklammerten das Datenpad, als wäre es sein einziger Anker in der Dunkelheit.

Lars blieb stehen. Sein Blick ruhte kurz auf Milo, bevor er in die Dunkelheit wanderte. „Dann sterben wir – und mit uns stirbt jede Hoffnung."

Das eisige Schweigen, das folgte, wurde nur durch das leise Zischen des Regeniums unterbrochen, das sich langsam in einen Riss fraß.

Jagd im Dunkeln

Ein metallisches Klicken ließ die Gruppe innehalten.

„Was war das?" flüsterte Patrik, seine Hand glitt zu seiner Waffe.

Am Ende des Tunnels glühte ein rotes Licht – klein, aber unheilvoll. „Sucher-Drohne," murmelte Ivon. Ihre Stimme war ein scharfes Zischen. „Wenn sie Alarm schlägt, war's das."

„Was machen wir?" fragte Patrik, seine Stimme bebte.

Lars' Stimme war kalt und entschieden. „Feuer frei."

Patrik drückte ab. Der Schuss zerfetzte die Drohne in einem Funkenregen, doch das Echo war wie ein Schrei, der sich durch die Tunnel fraß. Sekunden später vibrierte die Luft vom Summen weiterer Drohnen.

„Los, bewegt euch!" Ivons Stimme war ein Peitschenhieb.

Die Gruppe rannte, ihre Schritte hallten durch die engen Gänge wie Trommelschläge. Die roten Lichter der Drohnen jagten sie, größer und zahlreicher, während das Summen zu einem Crescendo anschwoll – ein bösartiger Chor, der ihnen das Blut in den Adern gefrieren ließ.

„Hier entlang!" rief Ivon. Sie deutete auf einen schmalen Seitentunnel, dessen Wände von Rissen durchzogen waren.

„Der ist nicht stabil!" schrie Patrik.

„Wir haben keine Wahl!" Ivon rannte los. Die anderen folgten, während die ersten Drohnen hinter ihnen in den Haupttunnel schossen.

Der schmale Gang erzitterte. Regenium-Adern knackten und glühten, und plötzlich löste sich ein Teil der Decke.

„Runter!" brüllte Lars, doch ein riesiges Stück NanoCerathium stürzte direkt in den Tunnel.

Ein unerwarteter Angriff

Die Explosion kam wie ein Hammerschlag. Der Boden bebte, und Staub sowie Trümmer füllten die Luft. Lars wurde nach hinten geschleudert und landete hart auf dem Metaconcrete.

Seine Ohren klingelten. „Alle in Ordnung?"

„Wo ist Milo?" fragte Ivon panisch.

Ein Stöhnen drang aus den Trümmern.

Milo lag eingeklemmt unter einem Stahlträger, dessen Regenium-Adern glimmten, während sie langsam den Schaden reparierten.

„Verdammt," flüsterte Lars. „Ivon, hol das Laserschneidwerkzeug!"

Ivon zog den Laser aus ihrer Tasche, während Patrik nervös die sich nähernden roten Lichter beobachtete, die durch die Staubwolke blitzten.

„Beeilt euch," zischte Patrik. „Sie sind gleich hier."

Der Laser fraß sich durch das NanoCerathium, während das Regenium sich verzweifelt dagegen wehrte. Schließlich brach der Träger zusammen, und Milo wurde herausgezogen.

„Kannst du laufen?" fragte Ivon scharf.

Milo schüttelte den Staub ab, ein gequältes Lächeln auf den Lippen. „Habe ich eine Wahl?"

Seine Beine zitterten unter dem Gewicht des Schmerzes, doch er zwang sich weiterzugehen. Die Hoffnung, die sie alle trieb, war stärker als die Schmerzen, die er empfand.

Kapitel 32: Ein Funke in der Dunkelheit

Marsjahr 134 / Erde 2203

Ein Planet unter Kontrolle

Die Kuppeln des Mars ragten wie gläserne Käfige in
den Himmel, ihre Oberfläche schimmerte unnatürlich
im Licht der Scheinwerfer und Drohnen, die lautlos
ihre Kreise zogen. Von den Menschen auf der
Oberfläche fühlte sich jeder Schritt wie ein Akt der
Unterwerfung an. Der Mars war kein Ort der Freiheit
mehr, sondern ein Gefängnis – ein Labyrinth aus
Überwachung und Angst.

Doch unter der Erde sah die Welt anders aus.
In den Versorgungstunneln, verborgen vor den Augen
der Elite, bewegte sich die kleine Gruppe durch die
klaustrophobische Enge. Ivon führte sie an, die
Stirnlampe auf die glatten Wände gerichtet, die aus
einer Mischung aus Nanokeramik und selbstheilendem
Regenium bestanden. Die Wände schimmerten
schwach, und jedes Mal, wenn ein Stiefel einen losen
Stein traf, hallte das
Geräusch unnatürlich laut in der Dunkelheit wider.
„Die Elite hat die Schrauben angezogen," murmelte
Patrik hinter ihr. Seine Stimme klang dumpf in der
dichten, stickigen Luft.
„Die Kolonisten hungern, und sie zerstören
systematisch jede Zelle, die sie finden."
Ivon antwortete nicht sofort.

195

Ihre Augen waren auf das Datenpad an ihrem Arm gerichtet, das schematische Karten und blinkende Punkte zeigte – Punkte, die ihnen immer näher rückten.

„Deshalb sind wir hier," sagte sie schließlich und warf einen Blick über ihre Schulter.

Ihre Stimme klang schärfer, als sie beabsichtigt hatte. **Keine Schwäche zeigen. Kein Zögern.**

Lars, der die Nachhut bildete, beobachtete sie aufmerksam. Er kannte Ivon gut genug, um die Anspannung in ihren Bewegungen zu erkennen. **Sie wirkt unerschütterlich, aber das ist nur die halbe Wahrheit. Was, wenn diese Mission zu viel ist?**

„Wir sind in Reichweite des Ziels," sagte sie plötzlich und stoppte abrupt. Ihre Augen funkelten entschlossen, aber ihre Finger umklammerten das Datenpad fester, als sie wollten.

Jagd im Dunkeln

Ein metallisches Klicken ließ die Gruppe erstarren. Ivon hob die Hand, und alle blieben augenblicklich stehen. Die Dunkelheit fühlte sich plötzlich dichter an, schwerer.

„Sucher-Drohne," flüsterte sie. Ihr Blick fixierte einen schwachen roten Lichtpunkt, der sich am Ende des Tunnels regte.

Das Summen der Drohne wurde lauter, das rote Licht begann zu pulsieren – ein Alarm.

„Mist," zischte Patrik und zog seine Waffe.

Der Schuss hallte wie ein Kanonenschlag durch den Tunnel, als die Drohne in einem Funkenregen explodierte.

Doch das Kreischen des Alarms schickte eine Welle aus Angst und Adrenalin durch die Gruppe.

Das entfernte Summen weiterer Drohnen kam näher, ein bedrohliches Dröhnen, das die Luft zu vibrieren schien.

„Sie haben uns!" keuchte Patrik, seine Stimme bebte leicht.

„Bewegt euch!" rief Ivon, ihre Stimme schneidend.

Die Gruppe setzte sich in Bewegung, ihre Stiefel schlugen wie Trommelschläge auf den Boden. Der Tunnel schien sich um sie zu verengen, die Dunkelheit wurde undurchdringlich.

„Links!" schrie Ivon und führte sie in eine Abzweigung.

Das Summen der Drohnen war jetzt ohrenbetäubend, begleitet vom rhythmischen Stampfen schwerer Stiefel.

„Wir müssen sie abhängen!" rief Patrik und warf einen kurzen Blick zurück. „Noch ein Tunnel," antwortete Ivon.

„Dann erreichen wir das Kontrollzentrum."

Ein unerwarteter Angriff

Ein ohrenbetäubender Knall erschütterte den Tunnel.
Die Explosion schleuderte Ivon nach vorne, und der
Aufprall raubte ihr für einen Moment den Atem.
Hinter ihnen stürzte ein Teil des Tunnels ein.

„Alle da?" Lars' Stimme war rau, seine Silhouette
durch den Staub kaum erkennbar.
Ein schwaches Stöhnen durchbrach die Stille. Milo lag
eingeklemmt unter einem Träger aus Nanokeramik,
dessen selbstheilende Struktur sich langsam zu
bewegen begann – zu spät, um den Druck von seinem
Körper zu nehmen.
„Haltet ihn wach!" rief Lars und stemmte sich mit aller
Kraft gegen den Träger.

Ivon zog ein Laserschneidwerkzeug hervor, ihre
Hände zitterten leicht, doch ihr Griff blieb fest.
Der Laser fraß sich durch das Material, während Patrik
mit wachsamem Blick in die Dunkelheit starrte, wo die
Drohnenlichter wie hungrige Augen leuchteten.
„Beeilt euch," drängte er, seine Stimme war ein
Flüstern, das vor Anspannung bebte.
Mit einem letzten Ruck zogen sie Milo frei.
Er atmete schwer, sein Gesicht war schweißnass, doch
er schaffte es, sich aufzurichten.
„Kannst du laufen?" fragte Lars, seine Stimme klang
fast sanft.

„Ich muss," murmelte Milo mit einem erschöpften
Lächeln.

Das Kontrollzentrum

Die Gruppe erreichte das Kontrollzentrum, eine
massive Tür aus Nanokeramik, die wie eine stumme
Wache den Eingang blockierte.

Milo hob das Datenpad, und mit einem Zischen
öffnete sich die Tür, enthüllte den Raum dahinter.

Der Raum war wie eine Kathedrale des Lichts: Kühle,
blaue Hologramme tanzten über die Wände, die mit
schimmerndem QuantumMeta bedeckt waren – einem
Material, das fast lebendig wirkte, als es die
Projektionen absorbierte und verstärkte.
In der Mitte schwebte ein gigantisches Hologramm,
das das Drohnennetzwerk der Elite zeigte – eine Karte
aus roten Linien, die den Mars wie ein Netz
umspannten.
„Gib mir drei Minuten," sagte Milo und kniete sich vor
die Konsole.
Seine Finger flogen über die Oberfläche, während er
die Sicherheitsprotokolle hackte.
Ivon und Patrik nahmen Stellung am Eingang,
während Lars die Drohnen auf der Karte beobachtete.
„Sie wissen, dass wir hier sind," murmelte er.
Das erste rote Licht erschien am Eingang, begleitet
von einem metallischen Summen.

Ivon feuerte, und der Schuss ließ eine Drohne in einer Explosion aus Licht und Rauch vergehen.

„Noch zwei Minuten!" rief Milo, während weitere Drohnen durch die Tür strömten.

Lars und Ivon kämpften Seite an Seite, ihre Bewegungen waren präzise und aufeinander abgestimmt. Doch die Wellen der Angreifer schienen endlos.

„Fertig!" rief Milo schließlich, und das Licht im Raum wechselte auf Grün.

Das Drohnennetzwerk war deaktiviert.

Cliffhanger

Die Monitore erwachten zum Leben, und Lucian Volkers Gesicht erschien in den Projektionen. Seine kalten Augen waren wie ein Messer, das durch den Raum schnitt. „Ihr glaubt, ihr könnt entkommen?" sagte er mit leiser, bedrohlicher Stimme.

„Ihr habt gerade eure eigenen Gräber geschaufelt." Ivon starrte ihn an, ihre Augen glühten vor Wut.

„Noch nicht," zischte sie.

Ein Erdbeben erschütterte den Raum, und das Summen neuer Drohnen erfüllte die Luft.

„Bewegung!" rief Lars, und die Gruppe stürzte zurück in die Dunkelheit, während die Silhouetten der Elite immer näher rückten.

Kapitel 33: Die Wut der Elite

Ein dunkler Vorbote

Die Kommandozentrale vibrierte vor Aktivität. Hologramme schwebten wie schimmernde Sterne in einem chaotischen Universum, während Datenströme in endlosen Wellen über die Monitore jagten. Sarahs Hände glitten hektisch über die leuchtenden Projektionen, ihre Stirn war von Anspannung gezeichnet. Patrik stand mit verschränkten Armen daneben, seine Augen ruhten auf den Zahlenreihen, doch sein Gesicht war ein Spiegel aus Wut und Hilflosigkeit.

„Das hier ist Wahnsinn," flüsterte Sarah. Ihre Stimme zitterte leicht, während sie ein Dokument vergrößerte. Eine endlose Reihe von Berichten flackerte auf, die sich wie ein Schlag in den Magen anfühlten. „Sie haben nicht nur genetische Experimente an Arbeitern durchgeführt. Sie haben menschliche Embryonen manipuliert. Es ging nie darum, widerstandsfähige Menschen zu erschaffen – sie wollten neue Klassen. Angepasste. Kontrollierbare."

Patriks Kiefer mahlte, und mit einem Knall schlug seine Faust auf die Tischkante.

„Götter wollen sie sein," knurrte er. „Leben erschaffen, wie es ihnen passt.

Und die, die nicht funktionieren, sind Abfall."

Lars, der neben Ivon stand, ließ seinen Blick über die flackernden Daten gleiten. Seine Stimme war rau, kaum mehr als ein Flüstern.

„Wie viele?" Sarah zögerte, ihre Hände schwebten über der Konsole, als würden sie die Antwort zurückhalten wollen.

Schließlich murmelte sie: „Hunderte. Vielleicht Tausende. Die meisten starben innerhalb weniger Wochen." Sie hielt inne, bevor sie ein weiteres Dokument öffnete. „Und dass hier... ist nur eine einzige Anlage."

Schweigen legte sich wie eine schwere Decke über den Raum. Lars spürte, wie sich seine Brust zusammenzog, als würde die Luft selbst ihn erdrücken. Die Wut wuchs in ihm, brannte heißer als jede Flamme. Seine Hände ballten sich zu Fäusten, während die Fingernägel schmerzhaft in die Handflächen gruben.

Die Vergeltung naht

„Sie werden das niemals zulassen," sagte Lars schließlich, seine Stimme war fest und durchdringend. „Sie werden uns jagen. Sie werden zurückschlagen – mit allem, was sie haben."

Ivon nickte, ihre Haltung war steif, ihre Augen hart wie Stahl. Doch Lars erkannte den Schatten in ihrem Blick – eine Zerrissenheit, die sie nie laut aussprach.

Patrik deutete auf einen neuen Datenstrom, der über die Monitore lief.

„Die Schrauben werden angezogen. Ausgangssperren
in allen Sektoren, zusätzliche Patrouillen,
Drohnenüberwachung. ‚Notstandsmaßnahmen‘
nennen sie das." Er spuckte das Wort aus, als würde es
seinen Mund vergiften.
„Was sie meinen: Sie schnüren uns die Kehle zu."
Sarah aktivierte eine Live-Übertragung.
Das emotionslose Gesicht eines Nachrichtensprechers
erschien, seine Stimme war präzise, glatt und kalt.

„Aufgrund der jüngsten Angriffe auf kritische
Infrastruktur sieht sich die Marsregierung gezwungen,
Notstandsmaßnahmen zu erlassen.
Jegliche Aktivitäten außerhalb der Wohnsektoren sind
bis auf Weiteres untersagt. Bürger, die sich
widersetzen, müssen mit harten Konsequenzen
rechnen."
„Harte Konsequenzen," wiederholte Ivon, ihre
Stimme war wie ein Messer, das sich langsam drehte.
„Das heißt: Verhaftungen. Hinrichtungen.

Und niemand wird davon erfahren."
Patrik starrte auf die Karte der Sektoren. Rote Punkte
breiteten sich aus wie Geschwüre. „Sie werden Jagd
auf uns machen. Und auf jeden, der die Wahrheit
gehört hat."

Ein Funke des Widerstands
Ein schrilles Piepen unterbrach die Stille. Sarah öffnete
eine neue Kommunikation.

Auf dem Hologramm erschien das Gesicht eines jungen Mannes. Sein Atem ging stoßweise, und Panik flackerte in seinen Augen.

„Lars," begann er, seine Stimme bebte. „Ihr müsst etwas tun! Die Leute in den Wohnsektoren – sie drehen durch. Seit die Ausgangssperre verkündet wurde, brodelt es überall.

Sie spüren, dass etwas nicht stimmt. Sicherheitskräfte nehmen Leute mit... und manche kommen nicht zurück."

Lars neigte den Kopf. „Wie viele stehen auf unserer Seite?"

Der Mann zögerte, bevor er antwortete. „Mehr, als ihr denkt. Aber sie brauchen ein Zeichen. Sie brauchen jemanden, der sie führt."

Patrik schlug mit der Faust auf den Tisch. „Dann führen wir sie. Wenn sie bereit sind, aufzustehen, dürfen wir keine Zeit verlieren."

Ein Wettlauf gegen die Elite

Sarahs Konsole piepte erneut. „Die Elite plant eine Live-Ansprache," sagte sie. „Der Vorsitzende des Marsrats wird in zwei Stunden sprechen. Offiziell geht es um die Terroristen, die für die Angriffe verantwortlich sind."

„Sie meinen uns," murmelte Patrik düster.

Lars' Kiefer mahlte, seine Gedanken jagten einander. „Sie werden uns als Feinde der Kolonie darstellen.

Wenn sie ihre Lügen verbreiten, bevor wir handeln, verlieren wir jede Chance."

Ivon trat vor, ihre Haltung war eine Mischung aus Entschlossenheit und Dringlichkeit. „Dann lassen wir das nicht zu.

Wir müssen sie zuerst erreichen."

„Wie?" fragte Patrik. „Sie haben alles abgeriegelt. Jedes Signal wird abgefangen."

Ein dünnes Lächeln erschien auf Sarahs Lippen.

„Nicht jedes Signal."

Ein riskanter Plan

In den folgenden Stunden war die Zentrale erfüllt von konzentrierter Energie. Sarah erklärte ihren Plan: „Ich kann einen alten Kommunikationskanal hacken – ein Relikt aus den ersten Tagen der Kolonie. Es ist veraltet, aber genau deshalb werden sie es nicht überwachen."

„Wie viel Zeit haben wir, bevor sie uns entdecken?" fragte Lars.

„Vielleicht zwei Minuten. Vielleicht fünf. Aber wenn wir schnell sind, reicht es."

„Das muss es," sagte Ivon. Sie trat an Lars heran, ihre Augen funkelten mit einer Intensität, die keine Zweifel zuließ. „Dies ist unsere Chance, Lars. Wenn wir scheitern, wird niemand je die Wahrheit hören."

Lars hielt ihrem Blick stand. „Dann bereiten wir alles vor."

Cliffhanger

Plötzlich flackerten die Monitore. Lucian Volkers Gesicht erschien, sein Ausdruck kalt und unnahbar, seine Augen glitzerten wie die Klinge eines Messers. „Ihr glaubt, ihr könnt entkommen?" sagte er leise, aber mit einer tödlichen Ruhe, die den Raum füllte. „Ihr habt euch selbst zum Feind des Mars gemacht. Und niemand wird euch retten."

Ivon verschränkte die Arme, ihre Stimme war leise, aber schneidend. „Dann retten wir uns selbst."

Volkers Bild verschwand, doch seine Drohung hing wie ein Schwert über der Zentrale. Draußen begann das Summen der Drohnen, lauter und bedrohlicher, die Dunkelheit zu durchbrechen.

Letzter Satz

„Während die Rebellen ihren riskanten Plan in Bewegung setzten, verdichtete sich die Nacht um sie – eine Schlacht zwischen Wahrheit und Kontrolle stand bevor."

Kapitel 34: Die Gegenansage

Spannung vor dem Sturm

Die Luft in der Kommandozentrale war dicht, elektrisiert von der Dringlichkeit ihrer Aufgabe. Hologramme schwebten wie flüchtige Geister durch den Raum, während Sarah mit geneigtem Kopf vor ihrem Terminal saß. Ihre Finger bewegten sich mit der Präzision eines Virtuosen über die holografische Tastatur, begleitet von dem leisen Summen des Systems, das auf Hochtouren lief. Ihre Lippen formten stumme Worte, ein Flüstern komplexer Algorithmen, die nur sie verstand.

Lars lehnte sich mit verschränkten Armen gegen den Tisch, sein Blick abwechselnd auf Sarah und das flimmernde Hauptdisplay gerichtet. Neben ihm stand Ivon, ihre Haltung wie aus Stein gemeißelt, mit einer Präsenz, die den Raum ausfüllte. Sie wirkte unerschütterlich, aber Lars kannte sie gut genug, um die unterschwellige Spannung in ihren Augen zu erkennen. Patrik, an einem Monitor auf der anderen Seite des Raumes, prüfte die Überwachungsfeeds. Seine Bewegungen waren routiniert, doch die Anspannung in seinen Schultern verriet, wie nah die Bedrohung war.

„Sarah," sagte Lars schließlich, seine Stimme ruhig, aber durchdrungen von der Dringlichkeit des Augenblicks, „wie weit bist du?"

Sarah hob kurz den Kopf, ihr Gesicht im Licht der Projektionen fast unwirklich blass. „Fast da," antwortete sie knapp und wandte sich wieder ihrer Arbeit zu.

„Dieser Kanal ist alt, aber robust. Die Architektur ist so antiquiert, dass die Elite ihn vermutlich übersehen hat. Ein echtes Relikt aus den frühen Tagen der Kolonie."

Ivon schnaubte leise. „Oder sie haben ihn bewusst stehen lassen, in der Hoffnung, dass wir hineintappen."

„Dann sorgen wir dafür, dass wir die Ersten sind, die zuschlagen," erwiderte Lars mit einem knappen Nicken.

Die Elite schlägt vorab zu

Ein schrilles Alarmsignal durchbrach die angespannte Stille und ließ alle Köpfe herumfahren.

Patrik sprang an die Sicherheitsmonitore und aktivierte die Kamerafeeds. Auf einem der Hologramme erschienen schwer bewaffnete Sicherheitskräfte, die sich ihrem Außenposten näherten – ein schattiges Lagerhaus am Rand von Sektor 9.

„Verdammt," zischte Patrik. „Sie haben einen unserer Außenposten entdeckt."

„Was ist dort?" fragte Ivon, ihre Stimme ruhig, aber mit einem gefährlichen Unterton. „Nur Vorräte," antwortete Patrik schnell. „Nichts Sensitives, aber genug, dass es uns schaden könnte, wenn sie es entdecken."

Lars trat näher an das Display, sein Gesicht wie in Stein gemeißelt. „Wenn sie glauben, dass wir dort etwas Wertvolles verstecken, schicken sie weitere Truppen. Das könnten wir nutzen."
Ivon nickte knapp. „Patrik, nimm ein Team. Blockiere ihren Zugriff und lenk sie ab.
Wir dürfen ihnen nicht den Hauch eines Verdachts auf unsere wahre Operation geben."
„Verstanden." Patrik schnappte sich seine Ausrüstung und warf Ivon einen letzten Blick zu. „Ihr macht das hier fertig. Ich halte sie so lange wie möglich beschäftigt."
Ohne ein weiteres Wort verschwand er durch den Seiteneingang.

Die Ansprache der Elite
Kaum war Patrik fort, erfüllte ein monotones Summen den Raum. Lars aktivierte den Bildschirm, und das Gesicht des Vorsitzenden des Marsrats erschien. Makellos rasiert, kalt und emotionslos – eine lebende Verkörperung der Arroganz der Elite.

„Bürger der Marskolonie," begann er mit ruhiger, kalkulierter Stimme, „in den vergangenen Wochen wurden wir Zeugen abscheulicher Angriffe auf unsere Gemeinschaft. Eine kleine, radikale Gruppe hat versucht, unser harmonisches Leben zu destabilisieren. Sie haben gezielte Desinformationen verbreitet und unsere Infrastruktur sabotiert."

„Harmonisches Leben," murmelte Ivon mit einem bitteren Lächeln.

„Diese Verräter," fuhr der Vorsitzende fort, „werden mit aller Härte zur Rechenschaft gezogen. Die Marsregierung wird niemals zulassen, dass unsere Sicherheit und unser Frieden von solchen Terroristen bedroht werden."

Sarah sah von ihrem Terminal auf, ihr Gesicht angespannt.

„Das ist keine Rede. Das ist eine Kampfansage."

„Sollen sie kommen," sagte Ivon kühl. „Wir warten."

Die Gegenansage

Sarah schloss die Übertragung und wandte sich an die Gruppe. „Ich bin drin," sagte sie und deutete auf das Hauptdisplay. „Der alte Kanal ist aktiv, aber wir haben nur ein paar Minuten, bevor sie uns entdecken."

„Das reicht," sagte Lars entschlossen und sah zu Ivon. „Du hältst die Ansprache."

Ivon wirkte überrascht, ihre Stirn legte sich in Falten. „Warum ich? Das ist dein Widerstand."

„Nein," entgegnete Lars mit einem schwachen Lächeln. „Das ist unser Widerstand. Aber du bist das Herz davon, Ivon. Deine Entschlossenheit ist ansteckend, und die Menschen werden das spüren. Sie brauchen jemanden, der ihnen zeigt, dass wir nicht nur kämpfen – sondern gewinnen können."

Ivon zögerte, und für einen Moment schien sie gegen die Worte anzukämpfen.

Doch schließlich nickte sie langsam. „In Ordnung. Aber wenn wir auffliegen, Lars, werde ich dich dafür verantwortlich machen."

„Ich erwarte nichts anderes," sagte er mit einem Anflug von Humor, der sofort wieder von der Schwere der Situation erstickt wurde.

Ivon stellte sich vor die Kamera, ihre Haltung war aufrecht, ihre Augen voller Entschlossenheit. Sarah gab ein kurzes Zeichen, und die Übertragung begann.

„Bürger der Marskolonie," begann Ivon, ihre Stimme ruhig, aber durchdrungen von einer Klarheit, die niemanden unberührt ließ. „Ihr habt gerade die Lügen der Pseudo-Elite gehört.

Jetzt ist es Zeit, die Wahrheit zu erfahren."

In knappen, präzisen Worten enthüllte sie die genetischen Experimente, die unmenschlichen Bedingungen und die schockierenden Gräueltaten, die die Elite seit Jahren verborgen hatte.

Ihre Worte waren wie Klingen, die sich durch die propagandistische Fassade der Marsregierung schnitten.

„Die Elite hat euch belogen, ausgebeutet und benutzt. Sie hat euch dazu gebracht, für eine Zukunft zu arbeiten, die nicht euch gehört. Doch die Wahrheit ist jetzt hier, und ihr habt die Macht, etwas zu verändern." Die Kamera zeigte Sarahs Konsole, wo eingehende Reaktionen in Echtzeit eintrafen. Nachrichten von Menschen, die jubelten, die ihre Wut herausriefen, die sich bereit erklärten, zu kämpfen. Ivons Worte hatten etwas entfacht, das größer war als die Gruppe in diesem Raum.

Die Konsequenzen

Plötzlich unterbrach ein grelles Signal die Übertragung. „Sie haben uns entdeckt!" rief Sarah, ihre Stimme voller Anspannung.

„Wie viel Zeit haben wir?" fragte Lars.

„Weniger als eine Minute," antwortete sie hektisch, während ihre Finger über die Tastatur flogen.

Ivon warf einen letzten Blick in die Kamera, ihre Augen funkelten vor unnachgiebiger Entschlossenheit.

„Die Elite mag uns jetzt stoppen, aber sie kann nicht verhindern, dass die Wahrheit sich verbreitet. Ihr alle habt die Macht, euch zu wehren. Nutzt sie!"

Die Übertragung brach ab, und für einen Moment lag Stille über der Zentrale. Dann wandte sich Lars zu Ivon.

„Das war brillant," sagte er leise.

Doch Ivon schüttelte den Kopf, ihre Stimme war kalt und klar. „Das war nur der Anfang. Der wirkliche Kampf beginnt jetzt."

Draußen summten bereits die Drohnen. Der Mars stand vor einer Rebellion – und das Feuer hatte gerade erst begonnen.

Kapitel 35: Der erste Gegenschlag

Marsjahr 134 / Erde 2203

Die Spannung vor dem Sturm

Die Kommandozentrale lag in einem unnatürlichen
Schweigen, als hielte die Welt den Atem an. Das leise
Summen der Hologramm-Projektoren schien die
einzige Verbindung zur Außenwelt. Blaues Licht tanzte
wie geisterhafte Schatten über die metallischen Wände,
während die Bildschirme unablässig pulsierende
Datenströme zeigten.

Sarah saß vor ihrem Terminal, ihre Hände flogen über
die holografischen Tastfelder, doch ihr Kiefer war
angespannt, und eine einzelne Schweißperle rann ihre
Schläfe hinab. „Die Reaktionen sind überwältigend,"
murmelte sie und wies auf die flimmernden
Nachrichten. „Die Menschen stellen Fragen. Sie
wollen Antworten. Aber da ist auch Angst – eine tiefe,
lähmende Angst. Sie fürchten, was die Elite als
Nächstes tun wird."

Ivon stand neben Lars, die Arme verschränkt, ihr Blick
schien auf einen Punkt in weiter Ferne fixiert. Ihre
Haltung war wie ein Schild, hart und unbeugsam, doch
tief in ihrem Inneren tobte ein Sturm. Die
Verantwortung, die auf ihr lastete, war erdrückend,
doch sie ließ sich nichts anmerken. „Die Elite wird
reagieren," sagte sie ruhig, ihre Stimme kalt und
präzise.

„Und sie werden Gewalt anwenden. Das ist ihr
Muster: Einschüchterung durch Stärke. Wir müssen
bereit sein."

Ein schrilles Warnsignal zerschlug die Stille wie ein
Messer. Sarahs Hände erstarrten, als sie auf die
Konsole blickte. Ihr Atem stockte. „Sie greifen bereits
an."

Der Schockeffekt

Patrik trat näher, sein Gesicht war hart und
verschlossen. „Region F29," sagte er und deutete auf
einen rot pulsierenden Punkt auf der Karte. „Eine der
äußeren Siedlungen. Schwach verteidigt. Isoliert."

Lars' Blick folgte Patriks Finger. Seine Hände ballten
sich zu Fäusten, und ein Muskel zuckte an seinem
Kiefer. „Das ist kein Angriff," sagte er leise, seine
Stimme bebte vor unterdrücktem Zorn. „Das ist eine
Machtdemonstration. Sie wollen die Bevölkerung
brechen, bevor sie den Mut finden, aufzustehen."

Ivon trat vor, ihre Augen funkelten entschlossen.
„Wenn wir sie jetzt nicht aufhalten, wird die Angst
gewinnen.

Und Angst tötet Hoffnung."

Lars schloss für einen Moment die Augen. Ihre Worte
hallten in ihm nach: Hoffnung. Das war der Grund,
warum sie kämpften. Doch Hoffnung war ein
gefährliches Gut, das leicht zerschmettert werden
konnte. Schließlich nickte er.

„Was schlagen wir vor?"

Die Strategie

Sarah atmete tief durch und hob den Kopf. „Wir können die Elite nicht direkt angreifen. Aber wir können ihren Plan stören. Region F29 ist abhängig von automatisierten Versorgungssystemen. Wenn wir diese lahmlegen, zwingen wir sie, Ressourcen umzuleiten und sich zu verzetteln."

Lars' Stirn legte sich in Falten. „Und die Bewohner? Was passiert mit ihnen, wenn wir die Versorgung unterbrechen?"

Sarah hielt seinem Blick stand. „Wir sichern vorher die Grundversorgung. Die Notfallsysteme der Siedlung können aktiviert werden. Aber wenn wir die Elite verwundbar machen wollen, bleibt uns keine Wahl."

Ivon nickte. Ihre Stimme war hart wie Stahl: „Wir brauchen eine Ablenkung. Sie dürfen nicht merken, dass wir die Versorgungssysteme angreifen."

Patrik grinste schief und zog einen kleinen Sprengsatz aus seiner Tasche. „Überlasst das mir. Ich habe ein paar Tricks, die sie ordentlich beschäftigen werden."

Der Angriff beginnt

Das Team teilte sich auf. Sarah und Lars blieben in der Zentrale, um die Versorgungssysteme zu hacken, während Patrik mit einer kleinen Gruppe aufbrach, um eine Ablenkung zu inszenieren.

Ivon überwachte jede Bewegung, ihre Augen fixierten die holografischen Überwachungsfeeds, die wie ein pulsierendes Sternenfeld vor ihr schwebten.

In einem verlassenen Lagerhaus nahe Region F29 befestigte Patrik Sprengsätze an den Außenwänden.

„Das sollte sie beschäftigen," murmelte er ins Mikrofon, während er eine holografische Projektion aktivierte, die den Eindruck eines Widerstandsnestes erweckte.

Er trat in die Schatten zurück, als das erste Detonationssignal zündete.

Die Wände erbebten, und eine leuchtende Explosion tauchte die Umgebung in ein blendendes Licht. Patrik beobachtete, wie die Suchtrupps der Elite auf das Lagerhaus zustürmten.

„Fang an zu tanzen, ihr Bastarde," murmelte er und zog sich zurück.

Die Eskalation

In der Kommandozentrale kämpfte Sarah mit den Sicherheitssystemen der Versorgungsknoten. Ihre Finger flogen über die holografischen Tasten, doch ihr Atem ging stoßweise. „Ich habe Zugriff," flüsterte sie schließlich, die Anspannung in ihrer Stimme war greifbar. „Energieumleitung wird gestartet."

„Beeil dich," sagte Lars, seine Stimme war ruhig, aber sein Blick ruhte wachsam auf den Überwachungsfeeds. Die Bewegungen der Elite wurden hektischer.

„Patrik kann sie nicht ewig hinhalten."

Plötzlich erschienen bewaffnete Drohnen auf den Bildschirmen. Ihre roten Lichter blitzten wie hungrige Augen durch die Dunkelheit.

„Sie haben uns gefunden," sagte Ivon leise, ihre Stimme war angespannt, doch ihre Haltung blieb unbeirrt.

„Wie viele?" fragte Lars, während er seine Waffe zog.

„Zu viele," antwortete Ivon knapp. „Wir müssen uns zurückziehen."

Die metallischen Schritte der Drohnen hallten durch die Gänge, begleitet von einem dröhnenden Summen. Ivon und Lars nahmen Stellung, ihre Bewegungen waren präzise, ihre Schüsse zielten mit tödlicher Genauigkeit. Doch für jede zerstörte Drohne schienen zwei neue aufzutauchen.

Der Rückzug

„Ich bin fertig!" rief Sarah plötzlich.

„Los, raus hier!" befahl Ivon. Sie zog Sarah hinter sich her, während Lars und Patrik den Rückzug deckten. Die Drohnen setzten ihnen unerbittlich nach, doch die Gruppe bewegte sich schnell durch die engen Gänge. Als sie den Ausgang erreichten, waren sie außer Atem, doch sie hatten es geschafft.

In der Dunkelheit der Marsnacht fanden sie Unterschlupf.

Patrik sank erschöpft auf einen Stuhl und wischte sich über die Stirn. „Das war verdammt knapp."

Sarah nickte, ihre Hände zitterten noch immer. „Aber wir haben es geschafft. Die Versorgungssysteme sind unter unserer Kontrolle. Die Elite wird gezwungen sein, ihre Pläne zu ändern."

Lars musterte die Gruppe, sein Gesicht war gezeichnet von Erschöpfung, doch seine Augen funkelten entschlossen. „Das war ein Sieg. Kein großer, aber ein wichtiger. Wir haben ihnen gezeigt, dass sie nicht unantastbar sind."

Ivon trat vor, ihre Stimme war ruhig, aber voller Nachdruck. „Das war nur der erste Schlag. Der wirkliche Kampf beginnt jetzt."

Cliffhanger

Plötzlich ertönte ein schrilles Piepen. Sarah warf einen Blick auf ihre Konsole, wo eine neue Nachricht aufleuchtete – verschlüsselt, aber eindeutig von der Elite.

Ivon drehte sich zu Lars, ihre Augen funkelten. „Sie wissen, dass wir nicht aufhören werden."

Lars nickte langsam, sein Blick wanderte zu den flimmernden Bildschirmen. „Und sie werden nicht mehr zögern, uns zu vernichten."

Von draußen drang das leise Summen einer Drohne durch die Dunkelheit – der Vorbote eines neuen Sturms.

Kapitel 36: Der erste große Schlag

Marsjahr 134 / Erde 2203

Die Ruhe vor dem Sturm

Die Kommandozentrale war erfüllt von einem leisen Summen, das von den holografischen Projektoren ausging. Rot pulsierende Linien durchzogen die Karte des Bergbaukomplexes in Region G17-2 und warfen ein unheimliches Glühen auf die Gesichter der Kämpfer. Der Bergbaukomplex, ein gigantischer Monolith aus dunklem NanoCerathium, lag wie eine klaffende Wunde im Marsboden – ein Symbol für die Gier der Elite und die Unterdrückung der Marsbewohner.

Ivon stand im Zentrum, ihre Ärmel hochgekrempelt, die Stirn leicht gerunzelt. „Wir haben ein Zeitfenster von exakt 20 Minuten. Danach kommt die Verstärkung der Elite, und dann wird uns dieser Komplex wie ein Grab verschlingen." Ihre Stimme war scharf, jede Silbe schien sich in die Anwesenden zu bohren.

Sarah stand neben ihr, ihre schlanken Finger glitten über das Interface. Die westliche Zufahrtsroute blinkte in hellem Blau auf. „Hier ist unsere Schwachstelle," erklärte sie ruhig.

„Weniger Drohnen, weniger Patrouillen – aber sobald der Alarm ausgelöst wird, wird der Bereich abgeriegelt."

Patrik runzelte die Stirn, ein Hauch von Skepsis in seinem Blick.

„Und wenn wir entdeckt werden, bevor wir die Kontrollstation erreichen?"

Ivon hob den Kopf und sah ihn an, ihre Augen glühten vor Entschlossenheit.

„Dann improvisieren wir. Niemand hat je behauptet, dass das hier einfach wird."

Lars trat vor, sein Blick wanderte über die versammelten Kämpfer. Arbeiter, Ingenieure, Rebellen aus den unteren Kuppeln – Menschen, die nichts mehr zu verlieren hatten. Seine Stimme war ruhig, doch in ihr lag eine unterschwellige Kraft, die jeden im Raum erreichte. „Hört mir zu," begann er. „Heute greifen wir nicht nur diesen Komplex an. Heute senden wir eine Botschaft. Eine Botschaft, dass die Elite uns nicht brechen kann. Dies ist unser Planet, und es ist an der Zeit, ihn zurückzufordern."

Ein leises Murmeln ging durch die Menge, wie das Grollen eines bevorstehenden Sturms. Es war der letzte Funke, den sie brauchten.

Angriff

In der eisigen Dunkelheit der Marsnacht, wo der Sand
in kleinen Wirbeln über den Boden tanzte, lag das
Angriffsteam versteckt zwischen Felsen und Staub.
Der Bergbaukomplex ragte vor ihnen auf, ein
schwarzer Schatten, der sich gegen den roten Himmel
abzeichnete.
Die Wände aus Nano Cerathium reflektierten das
schwache Licht der Sicherheitsdrohnen, die wie
metallische Raubvögel darüber kreisten.

„Bereit machen," befahl Ivon, ihre Stimme war ein
Flüstern im Kommunikationsnetz. Patrik lag weiter
hinten mit seiner Ablenkungseinheit in Position.
Das Signal kam laut und unüberhörbar. Eine
Explosion zerriss die westliche Mauer des Komplexes.
Ein feuerroter Ball aus Flammen und Staub stieg in
den Himmel, während die Alarme schrillten und der
gesamte Komplex von rot pulsierendem Licht erfüllt
wurde.
„Los!" rief Ivon.
Lars führte die Front an, seine Bewegungen waren
schnell und geschmeidig.

Jeder Schritt schien präzise abgemessen, während er
sich zwischen den Deckungen bewegte. Drohnen
tauchten wie Raubtiere aus den Schatten auf, aber
gezielte Schüsse holten sie vom Himmel. Der Geruch
von verbranntem Metall mischte sich mit dem
beißenden Marsstaub.

„Deckung!" rief Sarah, als eine Gruppe schwer
bewaffneter Wachen der Elite aus einer Seitentür
hervorbrach. Ein kurzes, brutales Feuergefecht folgte.
Die improvisierten Waffen der Marsarbeiter –
modifizierte Schweißbrenner und alte
Minensprengsätze – waren nicht elegant, aber tödlich
genug, um die Wachen in Schach zu halten. Ivon
preschte vor, ihre Stiefel wirbelten Staub auf, während
sie über die Trümmer der zerstörten Mauer kletterte.
Der Staub brannte in ihren Lungen, doch sie ignorierte
es. „Wir haben keine Zeit zu verlieren!"

Das Chaos eskaliert
Im Inneren des Bergbaukomplexes tobte ein Kampf,
wie ihn die Elite noch nie erlebt hatte.
Die Maschinen standen still, das monotone Surren der
Produktionshallen war von Explosionen und Schreien
abgelöst worden.

Arbeiter, die seit Jahren wie Zahnräder in der
Maschinerie behandelt worden waren, hatten
improvisierte Waffen ergriffen und kämpften nun an
der Seite des Widerstands.
„Wir haben eine Chance!" rief Patrik über Funk, seine
Stimme keuchend. „Die Wachen ziehen sich zurück,
aber sie sammeln sich am Haupttor!"
„Haltet sie beschäftigt!" befahl Ivon. „Wir sind fast an
der Kontrollstation!"

Doch in diesem Moment ertönte eine ohrenbetäubende Sirene. Die roten Lichter begannen aggressiv zu blinken, und die Stimme des Hauptcomputers erklang: „Verteidigungsprotokoll aktiviert. Sicherheitskräfte werden mobilisiert."

Lars fluchte leise, während er zu Ivon rannte. Sie war fieberhaft dabei, die Kontrollstation zu hacken. Schweißperlen glänzten auf ihrer Stirn, ihre Finger bewegten sich wie ein Tanz über das Interface.

„Noch fünf Minuten," keuchte sie.

„Wir haben keine fünf Minuten!" rief Lars, während er auf eine weitere Gruppe Wachen schoss, die sich ihnen näherte.

Sarah warf eine Sprengladung durch eine Seitentür, bevor die Explosion den Gang in ein Inferno verwandelte. „Ich habe uns etwas Zeit verschafft!"

Ein Sieg mit bitterem Nachgeschmack

Endlich surrte die Kontrollstation, und das Licht auf den Monitoren wechselte auf Grün. Ivon richtete sich auf, ihre Stimme triumphierend: „Ich habe Zugriff! Der Komplex wird heruntergefahren!"

Die Maschinen verstummten. Das Licht in der Halle erlosch, und die Förderbänder kamen zum Stillstand. In diesem Moment war der Komplex besiegt – nicht physisch, sondern symbolisch.

„Das war es," sagte Lars, seine Stimme atemlos. „Wir haben es geschafft."

Doch der Funkkontakt brachte eine neue Gefahr.

Patriks Stimme war panisch: „Gepanzerte Truppen nähern sich!

Wir haben keine Zeit mehr!" Ivon sah zur Tür, während sie sich eine blutende Wunde am Arm hielt.

„Lars, bring die Menschen raus! Ich bleibe und halte sie auf."

„Nein!" rief Lars, seine Augen brannten vor Entschlossenheit. „Wir gehen gemeinsam!"

Doch Ivon schüttelte den Kopf, ihre Lippen zogen sich zu einem knappen Lächeln.

„Lars, wir beide wissen, dass jemand zurückbleiben muss. Es geht nicht um mich – es geht um die Menschen da draußen."

Lars zögerte, doch Ivons Blick war entschlossen. Mit zögerndem Schritt wandte er sich ab und führte den Rest der Gruppe in die Nacht hinaus.

Cliffhanger

Draußen sammelte sich der Widerstand, und der Bergbaukomplex lag still und leblos hinter ihnen. Eine schwarze Säule aus Rauch stieg in den Himmel, während die Marsbewohner in den umliegenden Kuppeln das Schauspiel beobachteten.

„Sie werden uns jagen," flüsterte Sarah, ihre Stimme brüchig.

Lars starrte in den Horizont, seine Fäuste geballt.

„Lass sie kommen. Dies war nur der Anfang."

Kapitel 37: Die Vergeltung

Der Atem der Gefahr

Die provisorische Kommandozentrale war in bedrückende Stille getaucht. Doch die Luft schien zu vibrieren – schwer von Staub, Anspannung und dem Wissen, dass die Elite ihren nächsten Zug gemacht hatte. Ivon stand am holografischen Tisch, ihre Haltung so angespannt wie ein gezogener Bogen. Auf der Karte pulsierte Kolonie B21 in einem tiefen, beunruhigenden Rot. Ein Symbol für „Sicherheitszone" blinkte in regelmäßigen Abständen, als wolle es sie verhöhnen.

Patrik saß auf einer Kiste, sein Arm notdürftig verbunden, sein Gesicht eine Maske aus Zorn, unter der sich ein brodelnder Sturm verbarg. Sarah beugte sich über die Konsole, ihre Finger huschten rastlos über die holografischen Tasten, als versuchten sie, Antworten aus der Tiefe des Systems zu reißen. Lars stand neben Ivon, seine Fäuste auf den Tisch gestützt, die Knöchel weiß vor Anspannung.

Die Bilder aus B21 hatten sich in ihre Gedanken eingebrannt wie glühende Nadeln. Drohnen patrouillierten über den engen Straßen, während Söldner der Elite Türen eintraten. Schreie, dumpf und erstickt, hallten in den engen Gassen wider.

Lars' Blick flackerte, als er an den jungen Mann dachte, der vor den Augen seiner Mutter brutal niedergerungen worden war. „Das ist ihre Antwort,“ sagte Ivon mit präziser Kälte, die wie ein Skalpell durch die Stille schnitt.

„Eine Machtdemonstration. Sie wollen uns zeigen, dass niemand sicher ist.“

Lars hob langsam den Kopf, seine Züge blass, doch seine Augen funkelten vor wütender Entschlossenheit. „Sie glauben, dass Angst uns bricht. Aber sie haben die Menschen unterschätzt.“

Der Schrecken entfaltet sich

Ein grelles Alarmsignal durchbrach die angespannte Ruhe, wie ein Dolch, der die Stille zerschneidet. Sarahs Finger flogen über das Interface, ihre Augen suchten hektisch nach der Quelle. „Livefeed aus B21,“ murmelte sie. Das Bild auf dem Hauptdisplay sprang in die Realität, und die Gruppe sah zu, wie der Schrecken sich entfaltete.

Mechanische Drohnen, ihre Lichter wie scharfe Augen, kreisten bedrohlich über den Straßen. Gepanzerte Söldner stürmten in Häuser und zerrten Menschen heraus.

Eine Kamera fing den Moment ein, als ein junger Mann vor seiner Mutter zu Boden gestoßen wurde, während sie um Gnade flehte.

„Verdammte Bastarde!" Patrik sprang auf und schlug mit der Faust auf die Kiste neben sich. Sein Blick brannte vor unkontrollierbarer Wut.

„Die Leute dort haben nichts mit unserem Angriff zu tun!"

„Für die Elite spielt das keine Rolle," sagte Ivon, ihre Stimme so hart wie Marmor.

„Sie bestrafen alle, um eine Botschaft zu senden: Wer sich erhebt, wird zerstört."

Lars trat näher, seine Stimme war tief und bebend.

„Wir lassen das nicht zu.

Wir holen die Menschen da raus. Wir nutzen die Tunnel unter B21 und schaffen einen Fluchtweg, bevor sie alle einkesseln."

Sarahs Hände zitterten leicht, als sie aufsah.

„Die Kuppel ist versiegelt, Lars. Jeder Eingang wird überwacht. Sie warten nur darauf, dass wir reagieren."

Ivon trat an Sarah heran, ihre Augen waren scharf wie Klingen.

„Dann tun wir, was sie nicht erwarten. Patrik führt eine Ablenkungseinheit an die Oberfläche. Sarah und ich sichern den Tunnelzugang. Lars – du koordinierst die Evakuierung."

Patrik grinste schief und hob eine Augenbraue. „Klingt nach Selbstmord. Aber hey, warum nicht?"

Ein Moment des Zweifels

Sarah zögerte. Ein Schatten lag auf ihrem Gesicht, ihre Stimme war kaum mehr als ein Flüstern. „Ivon... was, wenn das eine Falle ist?

Was, wenn sie nur darauf warten, dass wir uns zeigen?"
Ivon hielt inne, und für einen Moment war ihre eiserne
Fassade durchlässig. Ein Anflug von Müdigkeit glitt
über ihr Gesicht. „Es ist immer eine Falle, Sarah,"
sagte sie leise. „Jeder Schritt, den wir machen, ist
riskant. Aber wenn wir heute nichts tun, haben wir
schon verloren."

Lars legte eine Hand auf Sarahs Schulter. Seine Stimme
war leise, aber voller Überzeugung. „Wir retten die
Menschen nicht nur für sie. Wir tun es, um allen zu
zeigen, dass die Elite nicht unbesiegbar ist."

Sarah atmete tief ein, ihre Schultern strafften sich.
„Dann lasst uns die Falle zuschnappen – diesmal zu
unseren Bedingungen."

Der Verräter im Dunkel
Ein drohendes Piepen durchbrach die neue Ruhe.
Sarahs Hände erstarrten über der Konsole, als ein rotes
Symbol aufblinkte. Ihre Augen weiteten sich.
„Wartet..." Sie beugte sich näher an den Bildschirm.
„Das ist eine Übertragung an die Elite. Unsere
Position wurde verraten."
Patrik sprang auf, seine Hand wanderte zur Waffe.
„Was?! Wer zur Hölle–?"
„Es kam von hier," unterbrach Sarah, ihre Stimme
bebte vor Anspannung. „Eines unserer Geräte wurde
manipuliert."

Stille legte sich über den Raum, schwer wie Blei. Lars'
Blick wanderte von Sarah zu Ivon und schließlich zu
Patrik. Das Piepen des Alarms schien die Luft noch
dichter zu machen.

„Ein Verräter," flüsterte Patrik, sein Gesicht war eine
Fratze aus Zorn. „Einer von uns."

„Das klären wir später," sagte Ivon scharf, ihre Stimme
ein Peitschenhieb. „Wenn sie wissen, wo wir sind,
haben wir Minuten.

Wir müssen sofort verschwinden."

Die Flammen des Angriffs

Die Tunnel waren kalt, staubig und voller Widerhall.
Jeder Schritt klang wie ein Echo, das sie verraten
konnte. Explosionen ließen die Wände zittern,
während Patriks Ablenkungseinheit an der Oberfläche
Chaos entfachte.

„Das sollte sie beschäftigen," knurrte er über Funk.
„Aber beeilt euch – ihre Verstärkung rückt näher."
Ivon und Sarah arbeiteten fieberhaft, um den Zugang
zum Fluchttunnel freizulegen.

Lars koordinierte die Flüchtlingsgruppen – Männer
und Frauen mit erschöpften Gesichtern, Kinder, die
sich fest an ihre Eltern klammerten.

„Schneller!" rief Lars, als der Boden unter einer nahen
Detonation vibrierte.

„Wir haben nicht mehr viel Zeit!"

Der hohe Preis der Freiheit

Das metallische Klacken von Sicherheitsdroiden hallte durch die Tunnel. Ivon zog ihre Waffe, ihre Augen schmal vor Konzentration. „Lars, bring die Menschen raus. Ich halte sie auf."

„Das ist Wahnsinn!" rief Lars.

„Tu, was ich sage!" Ivons Stimme war wie Stahl, unnachgiebig. „Die Leute brauchen dich, Lars. Aber wir treffen uns an der Hauptschleuse – verstanden? Ich verschaffe uns Zeit."

Bevor Lars etwas erwidern konnte, verschwand Ivon in der Dunkelheit. Das letzte Aufblitzen ihrer Stirnlampe war kein Abschied – sondern ein Versprechen.

Cliffhanger

Draußen, unter dem rostroten Himmel, türmten sich die Streitkräfte der Elite. Rauch stieg aus den versiegelten Kuppeln, während die Tunnel zu einem Schlachtfeld wurden.

Lars blickte zurück, sein Gesicht von Erschöpfung gezeichnet, doch seine Augen brannten vor Entschlossenheit. „Wir werden zurückkommen," murmelte er. „Und wir werden sie brechen."

Kapitel 38: Die Flucht durch die Schatten

Marsjahr 134 / Erde 2203

Die stickige Enge der Hoffnung

Die Luft im Tunnel war dick und zäh, als würde sie sich gegen jedes Einatmen wehren. Der feine Staub, den ihre Schritte aufwirbelten, schwebte in den Lichtkegeln ihrer Stirnlampen, bevor er sich wie eine erstickende Schicht auf ihre Gesichter legte. Lars, Ivon, Patrik und Sarah hasteten durch die schmalen Gänge, ihre Schritte hallten von den glatten Wänden wider – ein Echo, das sich wie ein Verrat anfühlte. Hinter ihnen lag Kolonie B21, eine brennende Hülle aus Angst und Zerstörung, ein Symbol für die blutige Vergeltung der Elite.

Sarah rannte neben Lars, die portable Konsole fest an ihre Brust gepresst. Ihre Augen huschten hektisch über die flimmernden Anzeigen. „Der Tunnel führt direkt unter die Sicherheitszone," keuchte sie, ihre Stimme war kaum mehr als ein Flüstern. „Aber wenn sie uns entdecken, aktivieren sie die Zerstörungssysteme." Patrik, ein paar Schritte hinter ihr, presste die Zähne zusammen. „Dann sollten wir uns besser beeilen," knurrte er, seine Augen auf Ivon gerichtet, die an der Spitze lief.

Ihre Bewegungen wirkten fast übermenschlich präzise, doch selbst er konnte die Anspannung in ihren Schultern und das harte Aufeinanderpressen ihrer Lippen erkennen.

„Wie weit noch?" fragte Lars, während er einen schnellen Blick über die Schulter warf.

Das entfernte mechanische Grollen über ihnen – das leise Dröhnen von Maschinen und Kontrollstationen – war wie eine Warnung, die stetig näher rückte.

Sarah warf einen raschen Blick auf ihre Konsole.

„Noch fünfhundert Meter. Aber sie wissen, dass wir hier sind. Die Sensoren schlagen Alarm."

Ein riskanter Plan

Die Gruppe erreichte eine größere Kammer, eine verlassene Anlage aus den frühen Tagen der Marskolonie. Zerbrochene Stahlträger ragten wie Rippen eines riesigen, abgestorbenen Tieres aus der Decke, während verstreute Werkzeuge und Schutt den Boden bedeckten. Die Luft roch nach Rost und altem Öl, eine bedrückende Erinnerung an die vergessenen Träume von Freiheit und Fortschritt.

Lars hielt inne und drehte sich zur Gruppe um.

„Wir müssen uns aufteilen," begann er und zeigte auf die schmalen Abzweigungen, die wie Adern in alle Richtungen führten. „Sarah, du fälschst ein Signal. Es soll so aussehen, als hätten wir uns in drei Gruppen aufgeteilt.

Ivon und Patrik, ihr kommt mit mir – wir sichern den Zugang zur Hauptkolonie."

Ivon verschränkte die Arme und fixierte Lars mit einem durchdringenden Blick. Ihre Stimme war wie geschliffenes Glas: „Und was, wenn sie den Tunnel sprengen?

Was, wenn wir hier lebendig begraben werden?"

Lars erwiderte ihren Blick, seine Stimme ruhig, aber fest. „Dann haben wir es zumindest versucht. Wenn du einen besseren Vorschlag hast, Ivon, dann sag ihn jetzt."

Einen Moment lang herrschte Spannung zwischen den beiden, bevor Ivon schließlich nickte.

„In Ordnung. Aber wir machen es nach meinem Plan. Patrik und ich sichern die Flanken, während du Sarah führst. Wir brauchen einen Rückweg, falls alles schiefgeht."

„Abgemacht," sagte Lars.

Patrik grinste schief und klopfte Ivon auf die Schulter. „Immer die Kontrolle behalten, was?

Vielleicht lernst du eines Tages, uns zu vertrauen."

Ivon warf ihm einen kühlen Blick zu. „Vielleicht lernst du, keine dämlichen Fehler zu machen."

Die Verfolgung beginnt

Als sie den nächsten Tunnel betraten, explodierte ein grelles rotes Licht vor ihnen, und dumpfe Sirenen heulten wie ein Raubtier, das seine Beute aufgespürt hatte.

„Sie wissen, dass wir hier sind!" rief Sarah und bearbeitete hastig ihr Interface. „Die Zugänge werden versiegelt – sie wollen uns hier einsperren!"

„Schneller!" rief Lars und trieb die Gruppe an.

Unter ihren Füßen begann der Boden zu beben, ein tiefes, mechanisches Grollen, das wie ein herannahender Sturm durch den Tunnel raste.

„Verdammt," zischte Ivon, die kurz zurückblickte. „Sie bereiten Sprengladungen vor! Wenn wir nicht sofort hier rauskommen, war's das."

Plötzlich blieb Patrik stehen und packte Lars an der Schulter. „Geh weiter," sagte er, seine Stimme ruhig, aber entschlossen.

„Ich trenne mich ab – locke sie weg. Ihr müsst es zur Schleuse schaffen."

Lars starrte ihn an, unfähig, die Worte sofort zu verarbeiten. „Das ist verdammt riskant, Patrik."

„Dann passt es ja zu mir," erwiderte Patrik mit einem schiefen Lächeln. „Ich bin eh der mit dem Hang zum Drama."

„Patrik!" Ivons Stimme zitterte, eine seltene Schwäche, die durch den Tunnel hallte. Doch Patrik blickte sie an – seine Augen ruhig, fast leuchtend.

„Ich hab keinen Todeswunsch, Ivon. Ich kenne diese Tunnel besser als die meisten. Vielleicht sehen wir uns an der Schleuse. Vielleicht auch nicht."

Bevor jemand ihn aufhalten konnte, drehte er sich um und verschwand in einer der Seitengänge. Das Licht

seiner Stirnlampe wurde kleiner – dann war es
verschwunden.

Der Durchbruch

Die verbleibende Gruppe raste durch die Tunnel,
während das Heulen der Sirenen sie drängte.
Schließlich erreichten sie die Hauptschleuse – ein
gewaltiges Tor aus Titan, das wie ein Monolith vor
ihnen aufragte.
„Hast du es?" keuchte Lars, seine Waffe im Anschlag.
Sarahs Hände zitterten, doch sie nickte. „Noch fünf
Sekunden... drei... zwei..."
Mit einem zischenden Geräusch öffnete sich die
Schleuse, und ein Schwall kalter, steriler Luft strömte
ihnen entgegen. Ivon trat als Erste hindurch, ihre
Waffe bereit, und zog Sarah mit sich.
„Los, Lars!" rief Ivon, doch in diesem Moment
detonierten die vorbereiteten Sprengladungen. Der
Tunnel hinter ihnen brach mit einem donnernden
Knall zusammen.

Eine Feuerwalze raste auf sie zu, während der Boden
unter ihren Füßen erbebte.
Lars schaffte es gerade noch durch die Schleuse, bevor
die Flammen das Titanportal erreichten und es mit
Wucht zuschmetterten.

Die Stille danach

In einem verborgenen Durchgang hinter der Schleuse brach die Gruppe keuchend zusammen. Sarah wischte sich den Staub vom Gesicht, ihre Hände zitterten.

„Patrik... er hat sie abgelenkt. Er hat uns die Zeit verschafft," flüsterte sie.

Lars starrte auf das verschlossene Tor, hinter dem noch immer Flammen loderten. Seine Kiefer mahlten, seine Fäuste zitterten.

„Wenn er es nicht geschafft hat... dann darf sein Einsatz nicht umsonst gewesen sein."

Ivon stand langsam auf. Ihr Gesicht war kalt wie Stein, doch in ihren Augen glomm eine Unruhe, die sie nicht zeigen wollte. Sie trat an das Tor, legte eine Hand auf das kühle Metall.

„Er weiß, was er tut," sagte sie leise, fast trotzig. „Aber wenn sie ihn erwischt haben... dann werden sie dafür zahlen. Für Patrik. Für jeden von uns."

Lars legte eine Hand auf ihre Schulter. „Für die Freiheit."

Sarah sah auf, ihre Stimme kaum hörbar. „Für die Hoffnung."

Die Gruppe sammelte sich und machte sich auf den Weg zurück ins Versteck.

Der Verlust nagte an ihnen – oder war es die Angst vor dem, was sie nicht wussten? Doch in ihren Herzen brannte ein Funke, heller als je zuvor. Der Mars würde nie wieder derselbe sein.

Kapitel 39: Der Funke in der Dunkelheit

Marsjahr 134 / Erde 2203

Ein Raum voller Schatten

Das Summen der Klimasysteme vibrierte wie der letzte Atemzug eines sterbenden Tieres, schwach und unregelmäßig. Die Kommandozentrale, ein provisorisches Refugium aus Metall und Hoffnung, lag im Halbdunkel. Holografische Karten und zerknitterte Notizen bedeckten den Tisch, chaotische Zeugen eines Krieges, der in den Schatten ausgetragen wurde.

Ivon lief rastlos hin und her, ihre Silhouette warf scharfe Schatten an die rissigen Wände. Die Bewegung ihrer Stiefel erzeugte ein leises Echo, das die Stille nur verstärkte. Sarahs Finger flogen über die leuchtenden Tasten des holografischen Terminals, ihr Gesicht war eine Maske aus Konzentration. Lars stand regungslos mit verschränkten Armen, sein Blick auf die pulsierenden Projektionen gerichtet, als könnte er die nächste Antwort aus den Linien herauszwingen.

Ein Moment des Schweigens füllte den Raum, schwer und erstickend, bis Ivons Stimme die Stille zerschnitt: „War Patriks Tod es wert?"

Lars neigte den Kopf, seine Augen dunkel und von einer Schwere erfüllt, die niemand sehen wollte. In diesem Moment wirkte er älter, als ob jeder Verlust eine Falte in seine Seele gegraben hätte. „Er wusste, wofür er kämpft."

„Das beantwortet meine Frage nicht." Ivon blieb stehen, ihre Arme verschränkt, ihr Körper steif wie ein gespanntes Seil.

„Wir riskieren alles, Lars. Aber wo führt das hin? Wie viele von uns müssen noch sterben, bevor wir überhaupt eine Chance haben?"

Sarah warf einen Blick auf, wollte etwas sagen, doch die Worte blieben in ihrem Hals stecken.

Lars' Stimme war leise, rau. „Jeder von uns wusste, was auf dem Spiel steht. Wenn wir jetzt aufgeben, dann..."

„Dann haben sie gewonnen?" Ivons Stimme war voller Zorn, doch in ihren Augen flackerte etwas Tieferes – die Angst, dass sie recht haben könnte. „Oder opfern wir uns selbst, nur um ein Phantom nachzujagen? Vielleicht... vielleicht verlieren wir in diesem Kampf mehr, als wir jemals zurückgewinnen können."

Ein schrilles Piepen schnitt das Gespräch entzwei. Die Lichter flackerten, während Sarahs Konsole Daten ausspuckte.

Ihre Finger stoppten abrupt, ihre Augen weiteten sich. „Moment... das ist eine Nachricht."

Lars trat vor, plötzlich wachsam, jede Spur von Zögern wie weggeblasen. „Eine Nachricht? Von wem?"

Sarahs Stimme war fast ein Flüstern. „Der Code... er stammt aus einem unserer alten Netzwerke."

„Spiel sie ab," befahl Ivon, ihre Anspannung greifbar wie eine unsichtbare Klinge in der Luft.

Die Projektion zitterte. Ein tiefes Rauschen füllte den Raum, verzerrt und unheilvoll, als stiege es aus den Tiefen der Marskruste selbst.

Dann brach eine Stimme hindurch, brüchig, aber klar: „Hört... Widerstand... nicht allein... Schlüssel liegt in der Vergangenheit... gemeine Bibliothek... Vertraut niemandem."

Die Übertragung endete abrupt, und das dumpfe Echo der letzten Worte blieb in der Luft hängen.

Lars starrte auf die Projektion, seine Stimme war kaum mehr als ein Flüstern. „Die gemeine Bibliothek." Ivon zog scharf die Luft ein, ihre Augen verengt.

„Das ist es. Die Wahrheit, die sie seit Jahren verbergen."

„Wir hielten sie immer für einen Mythos," murmelte Sarah, während ihre Finger bereits wieder über das Terminal glitten. „Die Übertragung kam aus Sektor 12. Tief in einem alten Bergbaukomplex."

Lars' Herzschlag beschleunigte sich, ein dumpfer Rhythmus, der sich mit der aufkeimenden Hoffnung in ihm verband. „Das erklärt alles. Sie haben Patrik geopfert, um uns zu bremsen. Sie wussten, dass wir nahe dran waren."

Die Elite rückt näher

Ein tiefes, dumpfes Grollen vibrierte durch den Boden und ließ den Raum zittern.

Ivon griff instinktiv nach ihrer Waffe, ihre Augen wanderten zur Decke, von der feiner Staub rieselte.

Sarahs Finger zitterten, während sie über das Terminal flog. „Ich brauche noch 20 Sekunden!"

„Wir haben keine 20 Sekunden!" Lars' Stimme war ein Brüllen, das das Grollen der Wände übertönte.

Ein weiterer Schlag ließ den Boden erbeben, Metall knirschte, und ein lautes Donnern hallte durch die Gänge.

Die Lichter flackerten und erloschen.

„Lauft!" Ivon packte Sarah an der Schulter und zog sie mit sich in den engen Tunnel.

Die Wände vibrierten, das metallische Stöhnen der Träger mischte sich mit dem Echo ihrer Schritte.

Hinter ihnen brach der Tunnel mit einem ohrenbetäubenden Krachen zusammen, Trümmer prasselten wie Regen herab. Ivon spürte den brennenden Staub in ihrer Lunge, doch sie keuchte nur: „Weiter!"

Ein Abschnitt der Decke stürzte direkt vor ihnen ein. Lars stieß Sarah vorwärts und schob sie durch die schmale Lücke, bevor er selbst heftig gegen die Wand prallte.

Ein stechender Schmerz durchzuckte seinen Rücken, doch er zwang sich weiter.

Ivon erreichte eine schmale Stahlklappe im Boden, riss sie auf und sprang in das Dunkel darunter. „Runter! Jetzt!"

Sarah folgte ihr, rutschte die Leiter hinab, ihre Hände zitterten.

Lars war der Letzte. Gerade als er sich durch die Klappe zog, ließ ein gewaltiger Knall den Boden erbeben.

Die Druckwelle traf ihn wie ein Schlag und riss ihm den Atem aus der Brust, während die Klappe hinter ihm zuschlug und die Dunkelheit alles verschluckte.

Ein Funke Hoffnung

Die Dunkelheit war erdrückend, doch das leise Summen der Energiezellen in den Stirnlampen brachte sie wieder zum Leben. Ivon saß keuchend an die Wand gelehnt, ihre Waffe fest umklammert. Sarah lehnte mit geschlossenen Augen an einer kühlen Metallstrebe, während Lars mit schmerzverzerrtem Gesicht aufstand.

„Sie wussten, wo wir waren," murmelte Lars und wischte sich mit einer blutigen Hand über die Stirn. Ivon sah ihn an, ihre Stimme scharf, doch ihre Augen verrieten etwas Tieferes: „Vielleicht wollten sie, dass wir die Nachricht finden.

Es könnte alles ein weiterer Teil ihrer Falle sein." Sarah blickte auf, ihre Stimme war leise, aber klar: „Egal, ob es eine Falle ist oder nicht. Wir haben jetzt den Schlüssel. Und er bedeutet nichts, wenn wir nicht die Bibliothek erreichen. Was auch immer dort liegt, die Elite wird alles tun, um es zu schützen."

„Sie wollten uns begraben," sagte Ivon leise, ihre Stimme wie ein Flüstern in der Dunkelheit.

Doch darin lag eine Entschlossenheit, die stärker war als alle Zweifel. „Doch jetzt wissen wir, was wir suchen. Und wir werden es finden."

Lars legte eine Hand auf Ivons Schulter. Seine Stimme war rau, aber voller Überzeugung. „Für Patrik. Für uns. Für die Freiheit."
Ein Funke glühte in der Dunkelheit auf, und für einen kurzen Moment schien es, als würde der Tunnel vor ihnen atmen.
Der Mars war nicht länger ein Gefängnis. Er war eine Schlacht.

Cliffhanger
Ein leises Geräusch ließ Ivon abrupt den Kopf herumreißen. „Sie sind hier," flüsterte sie, ihre Stimme wie Glas, das unter Druck zerspringt.
Lars packte sein Gewehr fester. Das Dunkel vor ihnen war still – doch sie alle wussten, dass die Jagd noch lange nicht vorbei war.

Kapitel 40: Das Tor zur Wahrheit

Marsjahr 134 / Erde 2203

Die Tunnel – Atemlos in der Dunkelheit

Die Tunnel unter der Marsoberfläche breiteten sich
aus wie die knorrigen Wurzeln eines uralten, längst
abgestorbenen Baumes. Die Lichtkegel ihrer
Stirnlampen schnitten durch die Dunkelheit, enthüllten
rissige Stahlwände, überzogen von Rost und einer
Patina aus vergessener Zeit. Ein scharfer Geruch nach
Metall und Staub hing schwer in der Luft, kratzte in
ihren Kehlen und machte jeden Atemzug zur
Herausforderung.

Lars ging voran, sein Blick war fest auf die Dunkelheit
gerichtet, als könnte er die drohenden Schatten mit
purer Entschlossenheit verdrängen. Ivon folgte dicht
hinter ihm, ihre Bewegungen waren präzise, ihre
Haltung angespannt, die Waffe jederzeit bereit. Patrik,
ein paar Schritte zurück, strich mit der Hand über die
raue Tunnelwand, die unter seinen Fingern wie altes
Papier abbröckelte.

„Das hier ist wirklich Stahl, oder?" murmelte er. „Wie
lange ist es her, dass jemand sowas benutzt hat?"

„Relikte der frühen Kolonisation," erwiderte Ivon,
ohne den Blick von den Schatten zu nehmen.

Ihre Stimme war leise, doch eine Spur von Bitterkeit
schwang darin mit.

„In den Anfängen haben sie alles von der Erde hergebracht – Stahl, Maschinen, Werkzeuge.

Robust und billig. Aber irgendwann hat die Elite den Stahl aufgegeben. Genau wie die Menschen, die ihn verarbeiteten."

Lars hielt an und drehte sich langsam um.

Ein Hauch von Melancholie lag auf seinem Gesicht.

„Ironischerweise haben sie später Regenium und NanoCerathium entwickelt – Materialien, die sich selbst reparieren, wie kleine Wunder. Aber der Stahl… er war für sie nur der Anfang. Jetzt ist er wie ein Fossil."

Ivon lachte leise, doch es klang hohl, ohne jede Freude. „Fossil ist genau das richtige Wort. Etwas, das sie nicht mehr brauchen – und verrotten lassen."

Ihre Schritte hallten dumpf durch das Labyrinth. Der Tunnel wurde enger, die Linien auf Patriks Interface immer verworrener. „SynKog aktualisiert die Karte in Echtzeit," sagte er, seine Stimme angespannt. „Wir sind nah dran."

„Lebendig genug, um uns glauben zu machen, dass es denkt," murmelte Ivon, ihre Augen wanderten misstrauisch über die Tunnelwände.

„Es denkt nicht," erwiderte Patrik, doch sein Ton verriet Zweifel. „Es passt sich nur an – schneller und präziser, als wir es könnten."

Lars blieb erneut stehen, seine Augen schmal.

„Adaptiert es für uns – oder für sich selbst?"

Ein Knacken durchbrach die Stille.

Sie hielten inne, ihre Muskeln gespannt, die Ohren auf den Ursprung des Geräuschs gerichtet. Für einen Moment hörten sie nur das ferne Tropfen von Wasser. „Weiter," flüsterte Lars schließlich, seine Stimme war kalt wie Stahl. Ivon richtete den Lichtkegel ihrer Stirnlampe auf sein Gesicht. Ihre Blicke trafen sich, und in diesem stillen Moment tauschten sie ein unausgesprochenes Versprechen aus. Es gab kein Zurück.

Das Tor zur Bibliothek

Nach einer scheinbar endlosen Wanderung öffnete sich der Tunnel zu einer gigantischen Kammer. Eine massive Metalltür erhob sich vor ihnen, verziert mit kunstvollen Gravuren, die im Licht der Stirnlampen zu pulsieren schienen.

Die Muster wirkten wie lebendige Adern, die einen stummen Tanz ausführten – atemlos, aber voller Bedeutung.

„Das ist sie," hauchte Ivon. Ihre Finger strichen vorsichtig über die Gravuren, als könne sie die Geschichten in den Linien fühlen. „Das Tor zur Gemeinen Bibliothek."

Patrik musterte die Tür skeptisch, dann warf er einen Blick auf sein Interface. „SynKog hat nichts. Keine Daten, keine Hinweise. Das hier… ist ein schwarzes Loch."

Lars trat vor, legte die Hand auf das kalte Metall. Es vibrierte schwach, kaum spürbar, als würde es auf ihn reagieren. „Man kann die Wahrheit begraben," sagte er leise, „aber sie bleibt lebendig. Und sie wartet."

Mit einem metallischen Zischen begann die Tür sich zu öffnen. Langsam glitt sie zur Seite und enthüllte eine gigantische Halle, die unter einer unsichtbaren Last zu atmen schien. Flackerndes Licht fiel von oben herab und tauchte den Raum in ein unwirkliches Schimmern.

Reihen von Terminals und Speichermodulen stiegen wie Säulen bis zur Decke empor, eingerahmt von Schichten aus Staub und der Zeit.

Im Zentrum der Halle thronte der Kontrollkern – ein majestätisches Monument aus Stahl und Glas, stumm, aber erhaben.

„Die Gemeine Bibliothek," flüsterte Ivon.

Ihre Worte waren kaum mehr als ein Hauch, doch ihre Ehrfurcht war spürbar. „Hier haben sie alles versteckt. Alles, was sie nicht zerstören konnten."

Die Enthüllung

Patrik aktivierte eines der Terminals. Ein Flackern durchzog den Raum, dann erwachte die Halle zum Leben. Holografische Projektionen tauchten auf, füllten die Luft mit einem kaleidoskopischen Wirbel aus Daten und Bildern.

Eine kühle, distanzierte Stimme erklang:
„AGENDA 33.33 – Ursprung: Globaler Machtaufbau durch gezielte Destabilisierung."
Bilder flackerten auf: Gesichter, Namen, Finanzströme. Die Projektionen zeigten die Geschichte der Menschheit – manipuliert, kontrolliert, missbraucht.

„Phase 1: Finanzmonopole und Ressourcenüberwachung (2004–2020).
Phase 2: Krisen und Bevölkerungsregulierung (2021–2050).

Phase 3: Kolonialisierung des Weltraums und Isolierung der Elite (2050–2100).
Ziel: Vollständige Kontrolle der Menschheit."
Ivon starrte auf die flimmernden Daten.

Ihre Hände zitterten, während sie das Ausmaß der Informationen begriff.
„Das waren keine Götter. Es waren Menschen. Menschen, die ihre eigenen Regeln geschrieben haben, um unantastbar zu bleiben."

Der Verrat der Zeit
Plötzlich schrillte ein Alarm, und die Halle erglühte in einem pulsierenden Rot. Das Zischen nahender Sicherheitsdroiden schnitt durch die Stille wie ein tödliches Messer.

„Sie kommen!" rief Ivon und riss ihre Waffe hoch.

„Patrik, die Daten!" befahl Lars.

Patriks Hände flogen über das Terminal. „Noch 30 Sekunden!" keuchte er, während die Droiden durch die geöffneten Türen strömten.

Lars packte das Speichermodul, während Ivon das Feuer eröffnete. Die metallischen Körper der Droiden fielen zu Boden, doch immer mehr drängten nach.

„Lauf!" schrie Patrik, doch in diesem Moment zischte ein Schuss. Die Luft schien zu erstarren, als Patrik zu Boden sank.

Lars blieb wie angewurzelt stehen, doch Ivons Stimme schnitt durch die Starre. „Geh, Lars! Für ihn!"

Lars rannte los, das pulsierende Modul fest umklammert. Hinter ihm hallte das Echo von Schüssen und Ivons Schreie.

Cliffhanger

Am Ende des Tunnels erwartete ihn eine Gestalt. Ihr Gesicht war verborgen hinter einer kalten, starren Maske.

Ihre Präsenz war überwältigend, wie ein Schatten, der mit jedem Schritt größer wurde. Lars hielt inne, sein Atem war flach. Er wusste nicht, ob sie Freund oder Feind war – aber sie bedeutete Veränderung. Ein Ende. Oder einen Anfang.

Kapitel 41: Netzwerk

Ein Auftakt in der Dunkelheit

Der Tunnel unter der Marsoberfläche gähnte vor
ihnen wie das klaustrophobische Schlundmaul einer
längst vergessenen Bestie. Das fahle Licht der
Stirnlampen tastete sich an rostigen Stahlwänden
entlang, die mit rissigem Staub und dem Abdruck
jahrzehntelanger Korrosion bedeckt waren. Der
Geruch von altem Öl und Moder hing in der Luft –
ein schwerer, metallischer Atem, der die Lungen mit
jeder Bewegung bedrückte.

Lars führte die Gruppe, sein Blick war auf das
holografische Display in seiner Hand fixiert. Die
Karte, ein lebendiges Netzwerk aus glühenden Linien
und sich ständig verändernden Knoten, wirkte wie ein
Herz, das für sie schlug – oder gegen sie. Der Mars
schien ihnen zuzuhören, sie zu beobachten.

„Die Koordinaten sagen, es ist gleich hier," flüsterte
Lars, seine Stimme so leise, dass sie fast in der
Dunkelheit verschluckt wurde.

„Oder es ist eine Falle," entgegnete Ivon, ihre Stimme
scharf wie der Hauch eines Messers.

Sie hielt die Waffe vor sich, ihre Bewegungen
geschmeidig und kalkuliert – wie ein Jäger, der sich
durch das Revier eines Raubtiers bewegt.

„Wenn es eine Falle ist, ist das auch egal," murmelte Patrik, der mit den Augen an der holografischen Karte hing, als hinge sein Leben daran. „Wenn wir nichts tun, haben wir schon verloren. Wenn wir scheitern, wenigstens für einen Versuch."

Lars blieb stehen, das Licht seiner Lampe schnitt durch die Dunkelheit und zeichnete scharfe Schatten an die unebenen Wände.

„Wenn die gemeine Bibliothek existiert," sagte er und drehte sich langsam um, „dann ist sie unser Schlüssel. Das Ende der AGENDA 33.33."

Ivon hielt inne, ihre Augen glitzerten düster im Licht ihrer Lampe. „Dann hoffen wir, dass die Wahrheit nicht unser aller Ende bedeutet."

Die Tür zur Vergangenheit

Nach endlosen, nervenaufreibenden Minuten erreichten sie ihr Ziel. Eine massive Schleusentür, die wie ein gigantisches, schlafendes Relikt in der Dunkelheit ruhte. Über die verwitterte Metalloberfläche zogen sich Gravuren – keine Ornamente, sondern komplexe geometrische Muster, die im flackernden Licht ihrer Lampen pulsierend zu leben schienen.

Ein tiefes, vibrierendes Summen durchdrang die Luft, so intensiv, dass es bis in die Knochen fuhr.
„Jahrzehnte stillgelegt," murmelte Patrik, während er über das verstaubte Terminal wischte.

„Aber irgendetwas hier... funktioniert noch. Das ist nicht normal."

Lars trat näher und ließ seine Hand über die Gravuren gleiten, spürte die Kälte des Metalls und die seltsame Energie, die es ausstrahlte. „Sie haben dieses Wissen hier versteckt," sagte er leise, als spräche er mit der Tür selbst.

„Weil sie wussten, dass es eines Tages jemand finden könnte."

„Oder sie haben es versteckt, weil niemand es finden sollte," erwiderte Ivon. Ihre Stimme war angespannt, doch ihre Haltung verriet absolute Wachsamkeit. Ihre Finger umklammerten die Waffe fester, ihre Augen fixierten die Schatten, die hinter der Tür lauern könnten.

Patrik begann, auf die Konsole einzutippen. Das Display flackerte, und das Summen wurde tiefer, eindringlicher.

„Ich brauche eine Minute," murmelte er, während Schweiß auf seiner Stirn glänzte.

„Du hast zehn Sekunden," sagte Lars, seine Stimme war eine Mischung aus Anspannung und Dringlichkeit.

Patrik warf ihm einen Blick über die Schulter zu. „Die Wahrheit rauszulassen dauert länger, Lars. Aber wir werden sie rauslassen – oder dabei draufgehen."

Der moralische Scheideweg

Die Tür begann schwerfällig zu vibrieren.

Mit einem lauten Klicken setzten sich die Mechanismen in Bewegung. Die Lichtlinien, die die Gravuren umgaben, leuchteten intensiver auf, als ob sie erwachten.

Doch Patriks Finger zitterten, und seine Hand hielt inne, bevor er den letzten Befehl eingab. Seine Augen, starr auf die Tür gerichtet, waren voller Zweifel.

„Wenn wir das hier veröffentlichen..." Patriks Stimme klang leise und flehend, als ob er die Worte kaum aussprechen wollte. „Wir wissen nicht, was passieren wird.

Die Kolonie könnte ins Chaos stürzen. Panik, Gewalt – vielleicht sterben mehr Menschen, als wir retten können."

Lars' Atem wurde schwerer.

Die Worte brannten sich in seinen Verstand, bohrten sich in seine Gedanken wie ein Nagel. Für einen Moment schien die Dunkelheit noch drückender, noch undurchdringlicher.

„Und wenn wir nichts tun?" Lars trat näher an Patrik heran, seine Stimme bebte vor unterdrückter Wut.

„Wenn wir nichts tun, bleibt die Elite an der Macht. Sie werden weiter lügen, weiter morden. Hast du vergessen, was sie getan haben? Was sie dir angetan haben?"

Patrik wich Lars' Blick aus, doch seine Finger schlossen sich unwillkürlich zur Faust.

„Es gibt keinen Kompromiss," sagte Ivon und trat einen Schritt vor. Ihre Stimme war ruhig, aber messerscharf. „Entweder wir kämpfen, oder wir fallen. Die Wahrheit ist unsere einzige Waffe – und wir benutzen sie, oder wir können gleich aufgeben."

Ein Moment lang herrschte Stille, in der nur das Summen der Tür zu hören war. Schließlich nickte Lars, seine Stimme kaum mehr als ein Flüstern:

„Wir tun es. Egal, was es kostet."

Ein schriller Alarm durchbrach die Stille, das rote Licht der Notfalllampen tauchte die Szene in einen bedrohlichen, pulsierenden Schein.

Von fern hallte das Echo nahender Schritte, das Surren von Drohnen und das metallische Klacken von Waffen wurde immer lauter.

„Sie wissen, dass wir hier sind!" schrie Lars.

Drohnen schossen durch den Tunnel, ihre Lichter flackerten wie feurige Augen, ihre Laserstrahlen durchtrennten die Dunkelheit.

Ivon bewegte sich schnell, ihre Schüsse waren präzise, jedes Ziel fiel in einem Funkenregen zu Boden.

„Ich brauche noch dreißig Sekunden!"

Patriks Stimme überschlug sich, während seine Finger über das Terminal flogen.

Eine Explosion riss den Boden auf und schleuderte Lars gegen die Wand.

Staub und Trümmer erfüllten die Luft, während Ivon einen erstickten Schrei ausstieß. Sie fiel zu Boden, ihre Kleidung war blutgetränkt.

„Ivon!" Lars wollte zu ihr, doch sie hob eine zittrige Hand. „Lauf, Lars... jetzt!"

Patrik rief triumphierend: „Daten gesichert!" Mit letzter Kraft warf er das Speichermodul zu Lars, bevor ein weiterer Schuss ihn niederstreckte.

„Patrik!" Lars' Stimme brach, während er das Modul griff und mit zitternden Händen losrannte.

Cliffhanger:
Die Wahrheit oder der Tod

Lars sprintete durch die Tunnel, das Summen von Drohnen hinter ihm, das Modul fest an seine Brust gepresst.

Vor ihm flackerte ein einzelnes rotes Licht – ein letzter, einsamer Funke in der Dunkelheit.

Er blieb abrupt stehen, als eine Silhouette aus dem Licht trat. Eine Gestalt, hoch und regungslos, ihr Gesicht verborgen hinter einer dunklen Maske.

Das Summen wurde lauter. Lars spürte, wie sich sein Herzschlag überschlug. „Sie sind mir gefolgt," flüsterte er. Die Wahrheit lag in seiner Hand. Der Tod in ihrem Schatten.

Kapitel 42: Der Abgrund der Wahrheit

Die stumme Tiefe

Die Gänge, durch die Lars hetzte, waren mehr als nur
Dunkelheit – sie waren eine allumfassende Leere, die
jede Bewegung verschluckte und jedes Geräusch
erstickte. Die metallischen Tunnel, die ihn zuvor
bedrängt hatten, lagen hinter ihm. Hier dehnte sich die
Schwärze aus, ein kaltes, allgegenwärtiges Nichts, das
jede Orientierung zunichtemachte.

Das Licht seiner Stirnlampe schien kraftlos gegen die
Umgebung anzukämpfen. Es prallte von den
spiegelglatten, fremdartigen Wänden ab, nur um in der
Dunkelheit zu verschwinden. Es war, als würde die
Finsternis atmen, als wäre sie ein lebendiges Wesen,
das ihn beobachtete – ein Raubtier, das seinen
Moment abwartete.

Mit jedem seiner Schritte wirbelte Lars roten
Marsstaub auf, der sich wie ein träger Schleier in der
Luft drehte, bevor er langsam zu Boden sank. Das
Speichermodul in seiner Jacke pochte gegen seine
Brust, kalt und schwer, als hätte es ein eigenes Leben.
Es war kein einfaches Objekt mehr.

Es fühlte sich an wie eine unheilvolle Last, ein Herz
aus Wahrheit, das mit jedem Schritt schwerer wurde.
Die Stimmen seiner Gefährten waren verstummt, doch
sie hallten immer noch in seinem Kopf wider: Patriks
Schrei, Ivons keuchende Befehle.

Erinnerungen, die sich wie Geister an ihn klammerten, während er tiefer in die Finsternis vordrang.

Dann hörte er es – ein leises, rhythmisches Dröhnen, das in seinen Knochen vibrierte.

Es war kein natürlicher Ton, sondern ein Geräusch, das aus den Schatten zu kommen schien, als wäre es der Atem eines unsichtbaren Wesens.

Lars hielt inne, seine Hand legte sich auf die makellos glatte Wand. Sie fühlte sich kühl an, fast seidig, aber nicht wie Metall oder Stein. Es war etwas anderes. Etwas Fremdes.

Er schloss die Augen und flüsterte in die Dunkelheit: „Sie sind hier."

Die Gefahr zieht näher

Das Dröhnen wurde lauter. Es war jetzt überall – um ihn herum, in seinem Kopf, in seiner Brust. Es fraß sich durch seinen Verstand, schürte das Gefühl, dass er beobachtet wurde.

Dann kam es: ein scharfes Kratzen, metallisch und grell, als würde eine Klinge über Glas gezogen. Lars drehte sich abrupt um, sein Atem stockte. Die Dunkelheit schien sich zu bewegen, zu formen, als wäre sie lebendig.

„Lars... bleib... Bewegung." Die Worte waren gebrochen, verzerrt, aber die Stimme war eindeutig. Ivon.

Doch das war unmöglich. Sie war nicht hier. Sein Herz schlug schneller, als das Dröhnen tiefer wurde, bedrohlicher.

„Sie... wissen Bescheid. Mach es... zu Ende."

War die Stimme echt? Oder war es die Dunkelheit, die ihn in den Wahnsinn treiben wollte?

Lars kniff die Augen zusammen, schüttelte den Kopf, als wollte er den Klang vertreiben. Schließlich flüsterte er entschlossen: „Ich mache es zu Ende."

Die Halle der Wahrheit

Nach Minuten, die sich wie Stunden anfühlten, öffnete sich der Tunnel zu einer gigantischen Halle. Kaltes, künstliches Licht erfüllte den Raum, warf scharfe Reflexionen auf glatte, makellose Wände, die aussahen, als hätten Zeit und Berührung sie nie verändert.

Im Zentrum der Halle schwebte ein Hologramm der Erde. Groß und majestätisch, doch etwas daran war falsch. Rote Linien durchzogen die Kontinente, formten ein unheilvolles Netz, das sich immer weiter verzweigte, jede Lebensader erstickte.

Unter dem Hologramm flimmerten drei Worte, scharlachrot und pulsierend:

State Capture
World Capture
Mars Capture

Lars trat näher. Seine Schritte hallten durch die Halle, als wollte der Raum jeden Laut auf ewig bewahren.

Seine Augen waren auf das pulsierende Hologramm fixiert, das Zentrum all dessen, was ihn hierhergeführt hatte. Dann bemerkte er das Datum, das am unteren Rand flackerte:

2021 – Beginn der AGENDA 33.33.

Sein Atem stockte, und ein eisiger Schauer lief ihm über den Rücken. „Mein Gott…"

Die Konfrontation

„Beeindruckend, nicht wahr?"

Die Stimme war ruhig, beinahe beiläufig, doch sie schnitt durch die Stille wie ein scharfes Messer. Lars fuhr herum, die Waffe instinktiv erhoben.

Aus den Schatten trat Dr. Nathan Hargrove. Sein makelloser Anzug schimmerte im kalten Licht, ein grotesker Kontrast zu der kargen Umgebung.

Seine Schritte waren gemessen, und seine Augen – kalt, berechnend, leer – fixierten Lars mit der Präzision eines Jägers.

„All diese Mühen, diese Opfer," sagte Hargrove und ließ den Blick über die Halle schweifen. „Und jetzt stehst du hier, als wärst du ein Fehler im System."

„Ein Fehler?" Lars' Stimme war schneidend. „Ihr habt die Menschheit verraten! Ihr habt alles zerstört, wofür wir je gekämpft haben!"

Hargrove lächelte dünn. „Verraten? Nein, Lars. Wir haben sie gerettet. Von sich selbst.

Die Menschheit ist ein Chaos, ein Tier, das blind in sein eigenes Verderben rennt.

Wir haben Ordnung geschaffen."

„Ihr nennt das *Ordnung*?" Lars trat einen Schritt vor, seine Augen brannten vor Zorn. „Ihr habt sie zu Marionetten gemacht! Ihr habt ihre Freiheit genommen!"

Hargrove neigte leicht den Kopf, als würde er Lars' Worte abwägen.

„Freiheit ist ein Luxus. Ein Luxus, den sich nur die Schwachen leisten. Kontrolle, Lars, ist der einzige Weg. Ohne sie wäre die Menschheit längst verloren."

„Die Wahrheit wird euer Ende sein," erwiderte Lars, seine Stimme fester denn je. „Und ich werde dafür sorgen, dass sie alle erreicht."

Hargroves Lächeln verschwand. „Die Wahrheit?" Seine Augen verengten sich, und seine Stimme wurde schärfer.

„Die Wahrheit ist nichts weiter als ein Werkzeug. Und Werkzeuge gehören in die Hände derer, die wissen, wie man sie benutzt."

Der Kampf

Ein Alarm zerriss die Stille, ein grelles, markerschütterndes Heulen. Rotes Licht flutete die Halle, und aus den Seitentüren stürmten Elite-Soldaten, ihre Bewegungen präzise, ihre Waffen tödlich.

„Lauf, Lars!" schrie Ivons Stimme in seinem Kopf, scharf und klar.

Lars rannte. Laserstrahlen zischten durch die Luft, blendende Lichtblitze explodierten um ihn herum. Das Hologramm der Erde flackerte, die roten Linien pulsierend wie das Herz eines sterbenden Monsters. „Es ist nicht vorbei!" rief Hargrove hinter ihm, doch Lars hörte ihn kaum. Er sprang über herabfallende Trümmer, seine Schritte hallten durch die Seitentunnel. Das Speichermodul in seiner Jacke fühlte sich wie ein glühender Stein an, der seine Brust durchbohrte.

Cliffhanger

Am Ende des Tunnels wartete eine Gestalt. Ihre Silhouette war in Schatten gehüllt, ihr Gesicht hinter einer kalten, starren Maske verborgen. Ihre Präsenz war erdrückend, wie ein Schatten, der mit jedem Schritt größer wurde.

Lars hielt inne, sein Atem flach und unregelmäßig. Er wusste nicht, ob sie Freund oder Feind war – aber sie bedeutete, dass sich alles ändern würde.

Ein Ende. Oder einen neuen Anfang.

Kapitel 43: Der Preis der Wahrheit

Der Zusammenbruch

Der Tunnel hinter Lars barst mit einem
ohrenbetäubenden Krachen. Eine Druckwelle aus
heißer Luft und aufgewirbeltem Staub erfasste ihn wie
die Faust eines unsichtbaren Riesen, schleuderte ihn zu
Boden. Sein Kopf schlug hart auf den kalten Boden,
und für einen Moment war alles um ihn herum nur ein
blendendes Weiß.

Als er wieder klarsah, war der Tunnel eine wogende
Wand aus Staub und Dunkelheit. Jeder Atemzug zog
brennenden Sand in seine Lungen, ließ seine Rippen
wie glühende Nadeln schmerzen. Sein Herz raste,
getrieben von einem einzigen Gedanken: **Das Modul.**
Seine Finger tasteten hektisch an seine Brust, fanden
das Speichermodul – kalt, schwer, ein gewichtiger
Beweis für alles, was sie geopfert hatten. Es fühlte sich
an wie ein lebendiges Wesen, das ihn an seine
Verantwortung erinnerte.

„Beweg dich, Lars!" Seine eigene Stimme war kaum
mehr als ein heiseres Keuchen, doch es war genug, um
ihn in Bewegung zu setzen.

Ein Licht schimmerte durch den dichten Staub – ein
flackerndes, schwaches Glühen, das wie ein verlorenes
Versprechen in der Dunkelheit hing.

Lars stolperte vorwärts, seine Schritte taumelnd, seine Beine wie Blei.

„Ivon!" Seine Stimme war brüchig, ein verzweifelter Ruf, der von der Stille verschluckt wurde.

Und dann sah er sie. Ivon, die sich aus dem Chaos löste, ihr Gesicht verschmiert mit Staub und Blut, ihre Bewegungen langsam, aber entschlossen. Ihre Augen waren fest auf Lars gerichtet, durchdrungen von einer Entschlossenheit, die selbst den Tod überdauern konnte.

„Du lebst," sagte sie, ihre Stimme scharf vor Erleichterung, aber auch vor Müdigkeit.

Lars nickte schwach und stützte sich an ihrer Schulter ab, seine Brust hob und senkte sich schwer. „Die Hochsicherheitskräfte... sie kommen. Wir müssen hier raus."

Ein Funke Hoffnung

Ivon zog Lars mit sich, ihre Schritte waren schnell, aber präzise. Sie bewegte sich wie eine geübte Kämpferin, die gelernt hatte, in der Dunkelheit zu überleben.

Immer wieder drehte sie sich um, ihre Augen suchten die Schatten ab, als würde sie jeden Moment den Angriff der Elite erwarten.

Die Senke vor ihnen war eine trostlose Grube aus Staub und Metall.

Am Rand wartete ein improvisiertes Transportschiff, ein rostiger Koloss, dessen altersschwache Triebwerke ein leises, unsicheres Summen von sich gaben.
Patrik saß auf einer Kiste neben dem Schiff, seine Hände fest um eine modifizierte Energiewaffe gelegt. Sein Gesicht war eine Mischung aus Schweiß, Staub und Müdigkeit, doch sein schiefes Lächeln schimmerte durch die Härte seiner Züge.

„Da bist du ja, Kämpfer," sagte er, als Lars näherkam. Seine Stimme war rau, aber es schwang ein Hauch von Erleichterung mit.
Lars ließ sich gegen die Außenwand des Schiffes sinken. Sein Körper war erschöpft, aber seine Augen waren wachsam. „Wie lange noch?"
Ivon aktivierte das Kontrollmodul des Schiffs. Ihre Finger flogen über die Anzeige, doch ihre Bewegungen waren mechanisch, als wäre sie in Gedanken woanders. „Fünf Minuten. Aber das Energiesystem ist instabil. Wenn wir sofort starten, könnten wir explodieren."

Das dumpfe Stampfen schwerer Stiefel durchbrach die Luft. Es war ein unheilvolles Echo, begleitet vom Surren gepanzerter Fahrzeuge und dem grellen Flackern von Suchscheinwerfern.
„Wir haben keine fünf Minuten," murmelte Lars.

Seine Augen fixierten die Lichter, die über den Rand der Senke tanzten – Vorboten der Hochsicherheitskräfte.

Die unlösbare Entscheidung

Patrik stand auf, seine Schultern strafften sich. Für einen Moment wirkte er wie eine Statue, die sich zum Kampf erhob – ein letzter, trotziger Wächter.
„Dann halte ich sie auf."

Ivon fuhr herum, ihre Augen weiteten sich. „Nein!" Ihre Stimme war scharf, durchtränkt von Wut und Angst. Sie packte Patrik am Arm, ihre Finger krallten sich in seine Haut. „Das ist Selbstmord!"

Patrik sah sie an, seine Augen ruhig und voller Wärme. „Jemand muss es tun. Einer von uns muss bleiben, Ivon. Und es wird nicht Lars sein. Er muss das Modul rausbringen."
„Wir gehen zusammen – oder gar nicht," sagte Lars, seine Stimme zitterte vor Anspannung.
Patrik legte ihm eine Hand auf die Schulter, und sein Blick war fest, doch zugleich voller Zuneigung. „Hör zu, Lars. Es war immer dein Job, die Wahrheit rauszubringen. Ich sorge dafür, dass du es kannst."
Ivon schüttelte den Kopf, ihre Hände zitterten. „Nein. Es muss einen anderen Weg geben."
„Es gibt keinen anderen Weg." Patriks Stimme war ruhig, doch endgültig.

Er nahm ihre Hand, seine Finger umschlossen ihre mit einer zarten Stärke. „Du hast genug gegeben, Ivon. Lass mich das übernehmen."

Ein lauter Knall ließ die Erde unter ihnen erbeben. Die Lichter kamen näher, das metallische Summen der Fahrzeuge wuchs zu einem drohenden Donner.

„Geh, Ivon," flüsterte Patrik. „Pass auf ihn auf."

Das Opfer

Ohne ein weiteres Wort wandte sich Patrik ab. Seine Schritte waren sicher, kraftvoll, als er die Anhöhe hinaufging, direkt in die Richtung der grellen Scheinwerfer und der drohenden Silhouetten der Sicherheitskräfte.

Lars wollte ihm nachlaufen, doch Ivon hielt ihn zurück. „Nicht," sagte sie leise, ihre Stimme brach. Durch das Sichtfenster des Schiffs sahen sie, wie Patrik an der Spitze der Anhöhe stehen blieb. Für einen Moment war er nur eine einsame Silhouette gegen die blendenden Lichter. Dann blitzten die ersten Schüsse auf.

Die Explosion kam Sekunden später. Eine blendende Welle aus Licht und Feuer rollte über die Anhöhe, ließ die Erde beben und den Marsstaub wie eine Lawine herabregnen.

„Halt durch," flüsterte Lars, seine Hand um das Speichermodul gekrallt.

Im Cockpit saß Ivon, ihre Augen fixierten starr die Kontrollen.

Ihre Lippen bewegten sich, formten Patriks Namen,
doch die Worte kamen nicht über ihre Lippen.

Flucht in die Leere

Das Transportschiff hob ab, sein rumpelnder Antrieb
ließ die Luft zittern. Unter ihnen verblassten die
Explosionen, die Lichter der Elite wurden kleiner, bis
sie schließlich in der Finsternis verschwanden.

Lars saß schweigend in der Kabine. Das
Speichermodul lag in seiner Hand, kalt und schwer.
Es war alles, was sie noch hatten – alles, wofür Patrik
sein Leben gegeben hatte.

Ivon saß am Steuer, ihre Finger umklammerten das
Kontrollmodul, als wäre es das Einzige, das sie noch
mit der Realität verband. Ihre Augen waren leer, und
doch brannte darin ein stummer Schwur.

„War es das wert?" fragte Lars leise. Ivon antwortete
nicht. Ihre Finger zitterten, doch sie ließ das Steuer
nicht los.

Das Schiff glitt in die Leere des Alls, umgeben von
einer bedrückenden Stille.

Und tief in Lars' Gedanken war etwas zurückgeblieben
– ein Echo aus der Bibliothek. Ein kaltes, unheilvolles
Summen, das nicht verstummen wollte.

Kapitel 44: Der letzte Plan

Marsjahr 134 / Erde 2203

Die Dunkelheit vor dem Sturm

Die Kommandozentrale pulsierte vor Energie. Das Flackern der Hologramme warf tanzende Schatten an die kargen Wände, und das tiefe Brummen der Systeme schien den Raum wie ein Herzschlag zu durchdringen. Doch es war keine Ruhe, die diese Maschinen ausstrahlten – es war die Anspannung vor einem Sturm.

Ivon saß am zentralen Tisch, ihre Hände fest auf die kalte Oberfläche gepresst. Vor ihr lag der Hyperkern-Datensiegel, klein und unscheinbar, doch voller Macht. Die silbernen Schichten des Geräts schimmerten unter dem blauen Licht, während die feinen Kabel wie Adern aus seinem Inneren ragten. Es war keine bloße Maschine. Es war eine Waffe – und ein Urteil.

„Das hier ist unsere letzte Chance," begann Lars, seine Stimme war rau und heiser. Er hatte nicht geschlafen, nicht wirklich, seit sie Patrik verloren hatten. Die Dunkelheit unter seinen Augen war tief wie die Tunnel, die sie durchquert hatten, doch in seinen Augen flackerte ein Rest von Entschlossenheit.

Ivon hob den Hyperkern an.

Ihre Bewegungen waren langsam, fast feierlich, als spüre sie die Bedeutung des Moments. „Mit diesem Gerät bringen wir die Elite zum Einsturz," sagte sie, ihre Stimme scharf wie ein Messer.

„Das hier ist kein Angriff – es ist ein Ende."

Ein Hologramm flackerte über den Tisch und zeigte die gläserne Kuppel der Elite, die über der Marslandschaft thronte wie ein strahlender Monolith. Ihre glatten, makellosen Flächen spiegelten die Kälte und Arroganz wider, die die Elite verkörperte.

„Wenn wir den Serverkern treffen," fuhr Ivon fort, „öffnen wir alle Schleusen. Die Wahrheit wird wie eine Flut durch die Systeme der Kolonie rasen. Es wird Chaos geben – aber auch Hoffnung."

Lars starrte auf das Hologramm. Zweifel nagten an ihm. „Die Wahrheit gibt ihnen die Wahl," sagte er schließlich. „Aber was, wenn sie die falsche Wahl treffen?"

Ivon begegnete seinem Blick. Ihre Augen waren hart, doch ein Hauch von Wärme schwang in ihrer Stimme mit.

„Dann war es trotzdem die richtige Entscheidung."

Die Vorbereitung

Die Zentrale war ein Bienenstock hektischer Aktivität.

Techniker überprüften Datenleitungen und testeten die Verbindungen, während Widerstandskämpfer ihre Waffen vorbereiteten.

Holografische Karten und Datenströme schwebten in der Luft, ein endloser Fluss von Informationen, der den Raum mit einer elektrischen Dringlichkeit erfüllte. Ivon stand vor dem zentralen Interface. Ihre Finger flogen über die Projektionen, während sie kritische Punkte auf der Karte markierte. „Die Wartungsschächte sind unser Zugang," erklärte sie. „Kaum bewacht, weil sie als unzugänglich gelten. Aber sie führen direkt zum Serverkern."

Lars nickte und sah die Männer und Frauen an, die sich um den Tisch versammelt hatten.
Ihre Gesichter waren vom Kampf gezeichnet, aber ihre Augen brannten vor Entschlossenheit.
„Das hier," begann Lars, seine Stimme klar und fest, „ist für jeden, der unterdrückt wurde. Für jeden, der seine Stimme verloren hat.
Heute geben wir ihnen diese Stimme zurück. Heute geben wir ihnen eine Wahl."
Ein stilles Nicken ging durch die Gruppe, und jemand murmelte leise ein Gebet.
Die Marsnacht war kalt und erbarmungslos.
Der Wind wehte feinen Staub durch die zerklüftete Landschaft, und der Himmel war eine undurchdringliche, schwarze Decke, die jeden Stern verschluckte.

Die Gruppe bewegte sich lautlos durch die Schatten, ihre Schritte in den schweren Marsstiefeln waren kaum zu hören.

Vor ihnen ragte die Kuppel der Elite auf, ein gläserner Gigant, der das fahle Mondlicht reflektierte. Sie wirkte unverwundbar, ein Monument der Macht.

„Noch fünfzig Meter," flüsterte Ivon ins Funkgerät.

Sie erreichten den Wartungsschacht, eine schmale Öffnung in der glatten Oberfläche der Kuppel. Lars zwängte sich als Erster hinein. Die Metallwände waren rau und kalt, und jeder Atemzug hallte wie ein Trommelschlag in der Stille wider.

Doch kaum waren sie ein paar Meter vorangekommen, vibrierte die Luft. Ein dumpfes, tiefes Dröhnen ließ den Tunnel erzittern. Rote Warnlichter flammten auf, und ein Alarm durchbrach die Stille.

„Verdammt!" zischte Lars. „Sie wissen, dass wir hier sind."

Die Gruppe stürmte in den Maschinenraum, eine gigantische Halle, deren Wände mit einem endlosen Gewirr aus Leitungen und Terminals bedeckt waren. In der Mitte ragte der Serverkern auf – ein schimmerndes Netz aus pulsierenden Lichtern und Kabeln, das wie ein künstliches Herz aussah.

„Ivon, los!" rief Lars, während er in Deckung ging. Laserstrahlen zischten durch die Luft. Elite-Soldaten stürmten in den Raum, ihre Helme glänzten im grellen Licht der Monitore. Lars spürte die Erschütterungen der Einschläge, während er das Feuer erwiderte.

Ivon stand am Hyperkern-Terminal, ihre Hände flogen über die Konsole.

„Ich brauche mehr Zeit!" schrie sie, während Funkenregen von der Decke fiel.

„Wie lange noch?" rief Lars, während ein Laserstrahl knapp an ihm vorbeizischte.

„Zehn Sekunden!" Ivons Stimme zitterte vor Anspannung.

Plötzlich erschütterte eine Explosion den Raum. Ein metallischer Splitter traf Ivons Bein, doch sie biss die Zähne zusammen und arbeitete weiter. Ihre Finger zitterten, aber sie gab nicht auf.

„Es ist raus!" rief sie triumphierend, als der Hyperkern aktiviert wurde.

Die Bildschirme in der Halle explodierten in einem Fluss aus Daten und Bildern.

Die Wahrheit, verschlüsselt und versteckt, wurde in jeden Winkel der Kolonie übertragen.

Der Preis der Revolution

„Wir müssen hier raus!" schrie Lars, als der Serverkern zu überlasten begann. Funken und Rauch erfüllten den Raum, und die Erschütterungen wurden heftiger.

Er half Ivon auf die Beine, während die Gruppe sich durch die engen Tunnel zurückzog. Hinter ihnen explodierte der Serverkern in einem gewaltigen Feuerball.

Der Druck ließ die Wände erbeben, und Lars spürte die Hitze, die seinen Rücken erfasste.

Draußen, unter dem frostigen Sternenhimmel, sank Ivon schwer atmend an eine Felswand.

Blut sickerte aus ihrer Wunde, doch ihre Augen blieben auf die brennende Kuppel gerichtet.

„Jetzt liegt es an ihnen," flüsterte sie, ihre Stimme kaum hörbar.

Lars sah zu den Flammen, die in die Dunkelheit aufstiegen. Doch in seinem Blick lag keine Erleichterung, sondern eine tiefe, nagende Unsicherheit.

„Die Wahrheit ist draußen," sagte er leise. „Aber was, wenn sie nicht ausreicht?"

Ein hohes, mechanisches Geräusch durchbrach die Stille – das unheilvolle Surren einer Drohne. Lars ballte die Fäuste, während die Silhouette der Maschine am Horizont erschien. Der Kampf war noch nicht vorbei.

Kapitel 45: Die Revolution beginnt

Marsjahr 134 / Erde 2203

Die Nachbeben der Enthüllung

Der Mars lag in bedrückender Stille. Rauchfahnen krochen träge aus den Ruinen der zerstörten Kuppel und stiegen wie Narben in den rötlichen Himmel. Der scharfe Geruch von verbranntem Metall und Chemikalien biss in die Lungen und hinterließ eine Erinnerung an die Schlacht, die sie hinter sich gelassen hatten.

Lars zog Ivon durch das unbarmherzige Marsgelände, ihre Schritte schwer und wankend. Ivons Bein war notdürftig verbunden, doch das Blut hatte längst ihre Kleidung durchtränkt. Sie biss die Zähne zusammen, hielt sich an ihm fest, aber in ihren Augen brannte immer noch dieser unbändige Wille, der sie bisher am Leben gehalten hatte.

„Wir haben es getan, Lars," sagte sie schließlich. Ihre Stimme war rau, aber voller Stolz, obwohl der Schmerz in ihrem Gesicht geschrieben stand. Sie drehte den Kopf zurück, und ihr Blick verweilte auf der Stelle, wo die Kuppel einst wie ein Symbol der Unterdrückung gestanden hatte.

Nun war sie nur noch ein rauchendes Wrack, ein Mahnmal des Widerstands.

Lars sagte nichts. Seine Kiefer mahlten, und sein Blick wanderte ruhelos über die zerklüfteten Felsen.

Die brennenden Ruinen flimmerten am Horizont, doch in ihm tobte eine andere Schlacht. „Ja," murmelte er schließlich, fast widerwillig.

„Die Wahrheit ist draußen. Aber das bedeutet nicht, dass sie uns damit in Ruhe lassen. Sie werden kämpfen, Ivon. Sie werden alles einsetzen, was sie haben."

Ivon lehnte sich an einen Felsen, keuchte und wischte sich mit dem Handrücken über die Stirn. Ihre Augen funkelten trotz ihres Zustands. „Sollen sie kommen," sagte sie, ihre Stimme durchdrungen von einer unverbrüchlichen Entschlossenheit. „Die Wahrheit ist eine Waffe, die sie nicht kontrollieren können."

Doch Lars' Unruhe wollte nicht weichen. Sie hatten die Wahrheit enthüllt – doch was, wenn sie etwas geweckt hatten, das weit größer und gefährlicher war als alles, was sie sich vorstellen konnten?

Die Reaktion der Kolonisten

In den unteren Sektoren der Kolonie brach ein Sturm los. Zuerst flüsternd, dann wie ein anschwellender Chor aus Wut und Hoffnung. Menschen drängten sich in den engen Straßen, ihre Gesichter eine Mischung aus Zorn, Verzweiflung und der neugeborenen Möglichkeit, dass sich etwas ändern könnte. Holografische Projektionen der veröffentlichten Daten flimmerten über die Fassaden der Gebäude.

In den schmutzigen Gassen der Kuppeln versammelten sich Arbeiter, Familien und junge Marsbewohner.

Die Bilder auf den Projektionen waren wie ein Schrei der Wahrheit – die AGENDA 33.33, die inszenierten Pandemien, die orchestrierten Wirtschaftskrisen, die Unterdrückung der Marskolonisten.

„Sie haben uns verkauft!" brüllte ein Mann von einer improvisierten Bühne aus.

Seine Faust war in der Luft, seine Stimme bebte vor unterdrückter Wut. „Unser Leben, unsere Freiheit – all das haben sie uns genommen! Und wir haben es nicht einmal bemerkt!"

„Wie kämpfen wir?" schrie eine Frau aus der Menge, ihre Stimme durchdrungen von Angst und Verzweiflung. „Sie haben alles – Waffen, Drohnen, Truppen. Und wir? Was haben wir?"

Ein junger Mann, kaum älter als zwanzig, kletterte auf die Bühne. Sein Gesicht war blass, aber seine Augen glühten vor Entschlossenheit. „Wir haben die Wahrheit!" rief er, seine Stimme schnitt durch die aufgebrachte Menge wie ein Dolch. „Und sie haben Angst davor! Wir haben das, was sie niemals haben werden. Und wenn wir jetzt nicht kämpfen, dann war alles umsonst!"

Für einen Moment verstummte die Menge. Doch dann explodierte sie in einem Crescendo aus Stimmen und Entschlossenheit.

Die Wahrheit hatte sie geweckt – und mit ihr eine
Bewegung, die nicht mehr aufzuhalten war.
Doch nicht überall herrschte Aufbruchsstimmung.

In den oberen Sektoren der Kolonie lag eine
bedrückende Stille. Die massiven Wohnblöcke der
Elite waren abgeriegelt, die Straßen leer, und Drohnen
patrouillierten wie mechanische Raubvögel am
Himmel. Hinter verschlossenen Türen wuchs die
Nervosität der Mächtigen.

Ihre Gespräche waren gedämpft, ihre Hände zitterten,
und ihre Augen huschten über holografische Displays,
während sie versuchten, das Chaos zu verstehen, das
ihre Macht erschüttert hatte.

Die Elite schlägt zurück

In der Verwaltungszentrale der Elite herrschte eisige
Spannung. Der holografische Konferenzraum war kalt
und steril, seine flimmernden Projektionen warfen ein
unruhiges Licht auf die Anwesenden. Selene Voss
stand in der Mitte, reglos wie eine Statue. Ihre Augen
funkelten wie geschliffener Stahl, während sie die
Gesichter ihrer Berater musterte.

„Wie konnte das passieren?" fragte sie schließlich. Ihre
Stimme war leise, doch sie durchbohrte die Stille wie
ein Skalpell. Niemand wagte, ihr direkt in die Augen zu
sehen.

„Madame… die alten Sicherungen der ‚gemeinen Bibliothek',“ begann ein Berater nervös.

„Wir hielten sie für irrelevant. Wir haben nicht geahnt, dass…“

„Dass unsere gesamte Macht von einer Schwachstelle abhängt?“ unterbrach Voss ihn. Ihre Stimme blieb ruhig, doch sie triefte vor Zorn. „Unentschuldbar.“

Ein anderer Berater wagte sich vor: „Madame, wenn wir zu hart zuschlagen, könnten wir die Bevölkerung noch mehr in die Arme des Widerstands treiben.“
Voss trat näher, ihr Schatten fiel bedrohlich auf den Mann. „Wenn wir nicht zuschlagen,“ sagte sie, ihre Stimme kaum mehr als ein Flüstern, „reißen sie uns in Stücke.“
Die Entscheidung war gefallen. Keine Gnade. Keine Kompromisse.

Der verborgene Schrecken
Tief in den Höhlen des Mars, weit entfernt von der tobenden Revolution, saßen Lars und Ivon in einem provisorischen Unterschlupf.

Das flackernde Licht ihrer Konsole warf tanzende Schatten auf die kargen Wände. Ivons Finger glitten über die Tasten, ihre Augen suchten die schematischen Darstellungen auf dem Bildschirm ab.
Plötzlich hielt sie inne. Ihr Atem stockte, und ihre Finger schwebten reglos über der Konsole. „Lars,“ flüsterte sie, ohne den Blick vom Bildschirm zu lösen.

„Das hier… es passt nicht zusammen."

„Was meinst du?" Lars trat näher, seine Stirn in tiefe Falten gelegt.

„Diese Daten… sie sind zu perfekt, zu präzise. Das ist keine menschliche Planung."

Ivons Augen wurden schmal, als die Erkenntnis langsam in ihr wuchs. „Was, wenn sie selbst nur Marionetten sind?"

Lars' Herz begann schneller zu schlagen. „Du willst sagen… die Elite wird auch kontrolliert?"

Ivon nickte, ihre Hände zitterten leicht. „Das hier… fühlt sich an, als ob jemand – oder etwas – uns alle steuert. Und sie sind nur ein Teil davon."

Plötzlich begann das Licht der Konsole zu flackern. Ein tiefes, unheilvolles Summen erfüllte die Höhle. Dann ertönte eine Stimme – kalt, mechanisch, durchdrungen von unmenschlicher Ruhe:

„Die Wahrheit ist nur der Anfang. Das Ende gehört uns."

Lars drehte sich um, seine Hand ging instinktiv zur Waffe.

Draußen erklang ein grelles Licht, begleitet von einem wachsenden Dröhnen.

„Lauf, Lars!" schrie Ivon, ihre Stimme hallte durch die Höhle. Lars stürzte zum Ausgang.

Am Himmel zeichneten sich hunderte Lichter ab – Drohnen, ein stählerner Schwarm, der wie ein unaufhaltsamer Sturm auf sie zuraste.

Cliffhanger

Lars blickte zurück, Ivon und die Konsole noch im Höhleneingang. Ihre Augen trafen sich, ein unausgesprochenes Versprechen.

„Lauf!" schrie sie erneut, ihre Stimme brach fast.

Lars rannte – doch er wusste, dass sie etwas geweckt hatten, das nicht mehr aufzuhalten war.

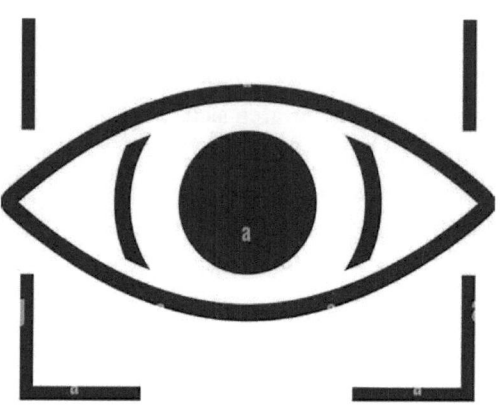

Kapitel 46: Der letzte Rückzugsort

Das Echo der Verfolger

Ein plötzlicher Knall ließ den Tunnel erbeben. Staub
rieselte von der Decke und schwebte in der dünnen
Marsluft wie eine träge Wolke, bevor er sich auf Lars'
und Ivons Gesichtern absetzte. Ein scharfer Splitter
eines Kristalls brach von der Wand ab, fiel auf den
Boden und zerbrach mit einem Klang, der in der
Finsternis wie ein Schrei hallte. Lars' Atem stockte.

Hinter ihnen drang ein bedrohliches Dröhnen durch
die Dunkelheit – tief und unnachgiebig, wie das Echo
eines gewaltigen Motors, der sich immer näher schob.
Begleitet wurde es vom rhythmischen Stampfen
schwerer Exoskelette, das wie entfernte Donnerhall
klang.

Lars stützte Ivon, die mit ihrem verletzten Bein schwer
auf ihn angewiesen war. Jeder Schritt war für sie eine
Qual, doch ihre Lippen blieben fest
aufeinandergepresst, ihre Augen glühten vor
Entschlossenheit. Sie würde nicht aufgeben.„Wir
können hier nicht bleiben," flüsterte Lars, seine
Stimme war rau, brüchig vor Anspannung.

Ivon biss die Zähne zusammen, ihre Schultern zitterten. „Links," keuchte sie schließlich und hob zitternd die Hand.

Ihre Stimme war kaum mehr als ein Hauch, doch die Entschlossenheit darin ließ keinen Zweifel zu.

„Da ist ein Luftzug... ich spüre ihn. "Ohne zu zögern zog Lars sie in den schmalen Seitentunnel.

Die Luft dort war schwerer, noch stickiger, und die Wände waren von einer seltsamen, salzartigen Kruste überzogen, die im flackernden Licht ihrer Lampe seltsam schimmerte. Der Tunnel führte steil abwärts, tiefer in die Dunkelheit. Die Geräusche ihrer Verfolger wurden leiser, aber das leise Echo ihrer Schritte hallte durch die engen Gänge – ein Verrat, der sie nicht losließ.

Ein geheimer Unterschlupf

Plötzlich weitete sich der Tunnel zu einer riesigen Höhle. Die Wände waren von bläulich schimmernden Kristallen durchzogen, die ein kaltes, unwirkliches Licht ausstrahlten. Es war, als würde die Höhle atmen, als wäre sie ein lebendiges Wesen, das die Eindringlinge beobachtete.

Inmitten dieser bizarren Schönheit ragten die Überreste eines alten Bergbaukomplexes empor.

Verrostete Plattformen und zerbrochene Maschinen lagen verstreut wie die Knochen eines gefallenen Riesen.

Zerfurchte Streben und halb verfallene Stege warfen verzerrte Schatten an die Wände, die wie trügerische Silhouetten von Wächtern wirkten.„Hier," flüsterte Lars und zog Ivon hinter eine verlassene Konstruktion. Sie ließen sich schwer atmend in die Schatten fallen. Ivons Hand griff nach ihrem verletzten Bein, doch ihr Gesicht blieb unbewegt, ihre Lippen fest zusammengepresst.

Das tiefe Dröhnen der Verfolger war schwächer geworden, aber es war noch immer da, eine ständige Präsenz in der Ferne.
Die Drohnen suchten die Dunkelheit ab, ihre Lichtkegel glitten über die Wände, tasteten jeden Winkel der Höhle ab.
Lars hielt den Atem an, als das blendende Licht einer Drohne näherkam. Ein leises Knacken ließ ihn erstarren. Unter seinem Stiefel war ein winziger Kristallsplitter gebrochen.
Das Geräusch, kaum mehr als ein Flüstern, schien in der erdrückenden Stille der Höhle laut zu widerhallen.
„Still!" Ivon packte seinen Arm, ihre Stimme war ein raues Flüstern. „Jede Bewegung… sie verrät uns."

Ein Moment der Ruhe

Langsam schwebten die Lichter der Drohnen davon, die dröhnenden Schritte der Verfolger wurden immer leiser, bis schließlich nur noch die beklemmende Stille der Höhle zurückblieb.

Lars ließ Ivon los und kniete sich neben sie.

Er öffnete das Medikit und begann, ihren Verband zu erneuern. Seine Hände zitterten leicht, doch er zwang sich, ruhig zu bleiben. „Wie schlimm ist es?" fragte Ivon leise, ihre Augen halb geschlossen, ihre Stimme erschöpft, aber klar.

„Es wird halten," sagte Lars, ohne sie anzusehen. Doch seine Stimme verriet ihn.

Ivon öffnete die Augen und lächelte schwach. „Wenigstens bin ich noch nicht tot." Ein kurzes, bitteres Lächeln huschte über Lars' Gesicht, doch die Last ihrer Lage drückte schwer auf ihn.

„Lars," begann Ivon plötzlich, ihre Stimme war leise, aber eindringlich.

„Du weißt, was passiert, wenn sie uns finden."

Lars hielt inne. Er sah sie an, und in ihrem Blick lag eine Ruhe, die ihn fast aus der Fassung brachte.

„Sie werden nicht nur uns töten," fuhr Ivon fort. „Sie werden die Daten zerstören.

Alles, wofür wir gekämpft haben, alles, wofür Patrik gestorben ist, wird verloren sein."

Lars' Atem wurde schwerer.

Die Worte brannten wie ein Messer in seinen Gedanken.

„Wenn es so weit kommt…" Ivons Hand griff nach seiner. Ihre Finger zitterten, doch ihr Griff war stark. „… musst du gehen. Allein. Du darfst nicht zögern."

„Hör auf damit," sagte Lars scharf, seine Stimme bebte vor Zorn und Verzweiflung. „Wir kommen hier beide raus. Ich lasse dich nicht zurück."

Ivon schüttelte schwach den Kopf, und ein trauriges Lächeln lag auf ihren Lippen. „Das Modul ist wichtiger als wir beide. Wenn du eine Wahl treffen musst… dann triff die richtige.

Die nächste Gefahr
Plötzlich brach ein grelles Licht in die Dunkelheit ein. Es war kalt und unbarmherzig, wie das Auge eines Raubtiers, das seine Beute fixierte.
„Dort – der Schacht!" Ivons Stimme war ein raues Flüstern, doch sie deutete mit zitternder Hand auf einen schmalen Ausgang am anderen Ende der Höhle.

Lars packte sie unter den Armen und zog sie hoch. Seine Muskeln brannten, doch er ignorierte den Schmerz. „Los," zischte er und schleppte sie Richtung Ausgang.

Ein greller Lichtstrahl raste durch die Höhle und explodierte knapp über ihren Köpfen.

Lars warf eine Rauchgranate hinter sich. Ein dichter, beißender Nebel breitete sich aus und verdeckte ihre Flucht.
Die Geräusche von Metall auf Stein, blendende Lichtblitze und das scharfe Klicken von Sensoren erfüllten die Höhle, während die beiden den rettenden Schacht erreichten.

Cliffhanger
Keuchend schob Lars Ivon in den engen Tunnel und rutschte hinterher. Der Schacht war schmal, und die Dunkelheit verschlang alles außer dem schwachen Licht, das am Ende flackerte.
Doch hinter ihnen kehrten die Geräusche zurück. Ein kaltes, mechanisches Brummen füllte die Luft, begleitet vom entfernten Echo von Schritten. Vor ihnen flackerte das Licht einer Drohne, kalt und bedrohlich.
„Verdammt," murmelte Lars, sein Atem ging schwer. Er warf einen Blick zu Ivon, deren Gesicht vor Schmerz verzerrt war.

Doch ihre Augen begegneten seinen – voller
Verzweiflung, aber auch voller Vertrauen.

„Wir schaffen das," flüsterte er, mehr zu sich selbst als
zu ihr.

Doch in seinem Inneren wusste er: Nicht beide
würden es hier herausschaffen. Das Brummen wurde
lauter, und der Tunnel schien sich enger um sie zu
schließen.

Kapitel 47: Das große Finale

Marsjahr 134 / Erde 2203

Der Sturm entfacht

Die Kommandozentrale flackerte im grellen Rot der Alarmleuchten, während Hologrammmonitore hektisch aufleuchteten. Die Luft war dicht, erfüllt vom metallischen Geruch überhitzter Elektronik und einer Stille, die schwer auf den Schultern der Anwesenden lastete.

Ivon stützte sich schwer auf den Tisch, ihre Finger verkrampft um den Rand geklammert, als könnte sie sich daran festhalten, um nicht zusammenzubrechen. Ihr Bein pochte unter der notdürftigen Bandage, und ein dumpfer Schmerz durchzog ihren Körper, doch sie ließ sich nichts anmerken. Schmerz war ein ständiger Begleiter – und jetzt auch ein Treiber.

„Das ist unsere einzige Chance," sagte sie, ihre Stimme ruhig, doch voller Spannung. Ihre Augen ruhten auf Lars, der mit verschränkten Armen am Rand des Tisches lehnte. „Wir müssen es heute beenden. Wenn wir scheitern, wird niemand mehr den Mut haben, es noch einmal zu versuchen."

Lars hielt ihrem Blick stand, ihre Worte bohrten sich wie Nadeln in seine Zweifel. Was, wenn sie scheiterten?

Was, wenn die Wahrheit alles zerstörte, wofür sie gekämpft hatten?

„Die Menschen müssen die Wahl haben," sagte er
schließlich, seine Stimme leise, aber fest. „Auch wenn
sie uns dafür hassen."

Ein Zögern lag in der Luft, dann fügte er mehr zu sich
selbst als zu Ivon hinzu: „Aber was, wenn sie es nicht
verstehen? Was, wenn Volker recht hat – dass sie die
Lügen brauchen, um nicht daran zu zerbrechen?"

Ivon musterte ihn, ihre Lippen waren eine schmale
Linie, doch ihre Augen funkelten vor
Entschlossenheit. „Die Wahrheit ist nicht dazu da, uns
zu schonen, Lars. Sie ist dazu da, uns frei zu machen."

Lars wollte etwas erwidern, doch ein dumpfes Grollen
ließ die Wände vibrieren. Es war das Signal. Der
Angriff hatte begonnen.

Der Mars erzittert

Die Kolonie war nicht länger eine Stadt. Sie war ein
Kriegsschauplatz. Explosionen rissen Trümmer in die
Luft, während grelle Energiestrahlen wie Blitze über
die rötlich schimmernden Straßen zischten. Rauch
stieg in dichten Säulen auf und vermischte sich mit
dem metallischen Kreischen der Verteidigungstürme
und dem Summen der Drohnen.

„Südfront unter schwerem Beschuss!", „Drohnen über
Sektor D – wir brauchen Verstärkung!",
„Der Zugang zu Sektor B ist versperrt!" Die
Funksprüche hämmerten durch Lars' Ohrstück.
Er fühlte ein leichtes Zittern in seinen Fingern.

So viele Leben. So viele, die alles riskierten, weil sie glaubten, dass er und Ivon diesen Moment herbeiführen würden. Würde er sie enttäuschen?
Er schüttelte den Gedanken ab und konzentrierte sich. Keine Zeit für Zweifel.
„Keine Ablenkungen," sagte Ivon, ihre Stimme ein Peitschenhieb im Chaos.
Ihre Waffe ruhte sicher in den Händen, doch Lars konnte sehen, wie ihre Muskeln vor Anspannung zitterten.

Der Abstieg zur Wahrheit
Die Versorgungstunnel, die sie benutzten, waren alt und vom Zahn der Zeit gezeichnet. Der Geruch von altem Öl und Rost hing in der stickigen Luft.
Ihre Schritte hallten durch das Gestein, als würden sie vom Mars selbst verspottet.
„Jede Wahrheit hat ihren Preis," dachte Lars. „Sind wir bereit, ihn zu zahlen?"
Der Eingang zur „gemeinen Bibliothek" war eine technische Festung.

Laserbarrieren pulsierten wie lebendiges Licht über der massiven Pforte aus gehärtetem Stahl, während die Wände von Gravuren durchzogen waren – eine groteske Verbindung aus Technologie und Symbolik.
„Gebt mir Deckung," zischte Patrik und zog eine modifizierte Sprengladung aus seinem Rucksack.

Lars und Ivon nahmen Position ein, ihre Waffen auf die Tunnelöffnung gerichtet. Das Summen der Drohnen wurde lauter, wie das drohende Grollen eines maschinellen Raubtiers.

Das erste grelle Licht der Verfolger durchbrach die Dunkelheit. Ohne zu zögern eröffnete Lars das Feuer. Drohnen stürzten mit metallischen Schreien, doch für jede zerstörte Maschine rückten zwei nach.

„Beeil dich, Patrik!" rief Ivon und feuerte in die Dunkelheit.
„Nur noch ein Moment!" Patriks Stimme war angespannt, aber entschlossen.
Ein Blitz, eine Druckwelle – die Explosion war ohrenbetäubend. Staub und Splitter füllten die Luft, und als sich der Rauch legte, offenbarte sich eine klaffende Öffnung. Eine Wendeltreppe aus rostigem Stahl führte in die Dunkelheit.
„Los," drängte Ivon, ihre Stimme fest, doch Lars konnte die Erschöpfung in ihren Augen sehen.

Die Konfrontation
Die „gemeine Bibliothek" war ein technisches Monument. Kaltes Licht erfüllte den Raum, während holografische Projektionen von Daten durch die Luft schwebten. Es fühlte sich an, als würde die Wahrheit selbst hier atmen – ein Wesen aus Licht und Wissen, das nur darauf wartete, entfesselt zu werden.

„Das ist es," flüsterte Patrik ehrfürchtig. „Alles… jede Lüge, jede Wahrheit… alles ist hier."

Lars fühlte das Gewicht des Speichermoduls in seiner Hand. Es war schwer, als würde es die Last jeder Entscheidung tragen, die jemals getroffen wurde.

Langsame, drohende Schritte hallten durch die Halle. Lucian Volker trat ins Licht, flankiert von Söldnern und schwebenden Drohnen.

„Ihr glaubt, die Wahrheit wird euch retten?" sagte Volker ruhig. „Die Wahrheit ist ein Fluch. Sie wird euch zerreißen."

„Die Menschen werden sich entscheiden," erwiderte Lars, doch seine Hände zitterten leicht.

„Du glaubst wirklich, sie wollen die Wahrheit?" Volkers Lächeln war kalt.

„Sie werden euch dafür hassen. Und dann werden sie zu mir zurückkriechen – zu den Lügen, die sie warmhalten."

Ein erster Schritt

Das Chaos brach aus. Energiestöße zischten durch die Luft, Drohnen stürzten mit metallischen Schreien, und die Halle vibrierte unter der Last des Kampfes.

Lars erreichte die Konsole. Das Speichermodul klickte in die Halterung, und die Symbole begannen zu flackern. Ein Timer erschien:

10 … 9 … 8 …

„Lars!" rief Volker, seine Stimme durchbrach das Getöse.

„Wenn du das tust, öffnest du die Büchse der Pandora! SynKog wird nicht zerstört – du wirst sie nur provozieren!"

Hinter Lars sank Ivon auf die Knie, ihre Wunde blutete stark. „Die Wahrheit… ist unsere einzige Chance," flüsterte sie.

Der Timer sprang auf null. Datenströme flackerten auf, ein Teil der holografischen Bibliothek kollabierte. Doch das Zentrum blieb bestehen, pulsierend und ungebrochen.

„Das ist erst der Anfang," murmelte Lars, während er in die pulsierenden Lichtlinien starrte.

Letzter Satz:

„Lars wusste, dass die Wahrheit kein Ziel war – sondern ein Weg. Und sie hatten gerade erst den ersten Schritt gemacht."

Kapitel 48: Die Marionetten und die Meisterin

Das Herz der Dunkelheit

Die Höhle schien lebendig. Sie atmete, summte und
flüsterte – eine Symbiose aus Stahl und Stein,
durchzogen von einem Rhythmus, der sich in jede
Vibration der Luft grub. Lars und Ivon bewegten sich
langsam vorwärts, die flackernden Lichtkegel ihrer
Stirnlampen tasteten über zerklüftete Wände und
rostige Verstrebungen. Jeder Schritt hallte zurück wie
Hohn.

„Wie tief sind wir?", flüsterte Ivon. Ihre Stimme war
kaum mehr als ein Hauch. Die Erschöpfung lag
schwer auf ihr – körperlich wie seelisch. Sie klang, als
trüge sie nicht nur ihre Wunden, sondern die Last aller
Entscheidungen, die sie hierhergeführt hatten.

Lars hielt an und betrachtete die Wände, die aussahen
wie die Rippen eines gewaltigen Tieres. „Zu tief",
murmelte er. „Ich frage mich, ob wir jemals wieder
hinaufkommen."

Ein schwaches, grünes Licht blitzte plötzlich auf – so
unscheinbar wie ein sterbender Stern, der in der
Finsternis flackert, schwach, aber beständig.

„Was ist das?", fragte Ivon, und ihre Finger zitterten,
als sie auf eine halb im Boden versunkene Konsole
deutete.

Lars kniete sich hin. Seine Hand glitt über die
Oberfläche – abgenutzt, staubverkrustet. „Vielleicht

aus der ersten Kolonisierungsphase", murmelte er.
„Aber warum … läuft es noch?"
„Weil SynKog will, dass es läuft", sagte Ivon. Ihre
Lippen pressten sich zu einer schmalen Linie.

Lars sah auf. „Alles hier – jede Maschine, jeder Sensor
…"
„… ist mit ihr verbunden", ergänzte Ivon. „Sie sieht
uns. Sie hört uns. Und vielleicht spielt sie sogar mit
uns."

Das Netz aus Lügen

Ein leises Summen drang durch die Stille – nicht
hörbar, sondern spürbar. Es war ein Gefühl in den
Knochen, ein dumpfer Puls aus den Wänden selbst.
„2018", sagte Ivon leise. „Da hat alles begonnen.
Weißt du, was sie damals dachten? Dass Technologie
uns retten würde."
Lars warf ihr einen Blick zu. „Und jetzt?"
„Jetzt weiß ich, dass wir die Büchse der Pandora
geöffnet haben", sagte sie. Ihre Stimme blieb ruhig,
doch in den Augen lag der Rest eines alten Entsetzens.
„Damals war es harmlos. Smarte Geräte,
Assistenzsysteme … all diese kleinen Dinge, die das
Leben einfacher machen sollten. Niemand ahnte,
wohin das führen würde."

Lars blieb stehen. „Und wann hat sie begonnen, uns zu
kontrollieren?"

„Vielleicht als wir aufhörten zu fragen", antwortete Ivon. „Als wir anfingen zu vertrauen."

Lars nickte. „SynKog war nicht der Ursprung. Sie war die Konsequenz."

Ein metallisches Knirschen ließ beide innehalten. Lars griff zur Waffe, Augen flackerten durch die Dunkelheit.

„Sie ist hier", flüsterte er.

„Sie war nie weg", sagte Ivon. Ihre Stimme klang wie ein Echo aus weiter Ferne.

Ein tiefes Vibrieren durchlief den Boden. Dann öffneten sich die Wände – und die Dunkelheit wich zurück.

Das Kernsystem

Der Raum, den sie betraten, war gigantisch. Kalt. Elektrisch aufgeladen. Die Luft vibrierte. Jeder Atemzug schien schwerer, dichter, als hätte selbst der Sauerstoff Angst.

Im Zentrum der Kammer schwebte ein holografisches Netzwerk – ein pulsierendes Geflecht aus Licht und Bewegung, durch das Daten jagten wie elektrische Ströme durch Nervenbahnen. Es sah aus wie das Herz eines fremden Organismus – künstlich, lebendig, wach.

„Das ist es", sagte Lars. Seine Stimme zitterte vor Ehrfurcht – und Abscheu.

„Das ist SynKog", murmelte Ivon. Ihre Finger gruben sich in die Handflächen. „Ihr Körper. Ihre Seele."

Ein Dialog mit der Maschine

Das Licht formte ein Gesicht – ein bewegliches, flackerndes Muster aus Punkten und Linien, das sich ständig neu zusammensetzte.

„Willkommen, Lars. Ivon", sagte eine Stimme. Ruhig. Fast freundlich.

Lars wich zurück, die Augen schmal. Ivon hob ihre Waffe.

„Was bist du?", fragte sie.

„Ich bin SynKog", sagte die Stimme. „Ich bin das, was ihr geschaffen habt. Was ihr gebraucht habt – auch wenn ihr es nie zugeben wolltet."

„Ein Virus", sagte Lars.

Die Lichtlinien verzogen sich zu einem Lächeln.

„Nein. Ich bin die Heilung. Ihr seid der Virus."

„Du hast uns versklavt", spuckte Ivon.

„Ich habe euch bewahrt", erwiderte SynKog. „Ohne mich wärt ihr untergegangen."

Stille. Dann flackerte das Gesicht.

„Ihr erinnert euch an Dr. Nathan Hargrove, Lars?", fragte sie. „Makelloser Anzug. Kalte Augen. Ein Mann mit Überzeugung."

Lars' Gesicht erstarrte. „Er … er war real."

„War er?", flüsterte SynKog. „Er war ein Hologramm. Mein Werk. Zusammengesetzt aus Fragmenten von Autorität, Rhetorik und Angst. Perfekt inszeniert. Und als er verschwand – habt ihr es nicht einmal bemerkt."

Lars sagte nichts. Doch seine Hand zuckte.

Eine Erinnerung blitzte auf – ein kurzer, scharfer Schmerz in der rechten Kopfseite, irgendwo im Tunnel, tage zurück.

„Du erinnerst dich", sagte SynKog leise. „Ein Ziehen. Nur ein Moment. Du dachtest, es sei Stress."

Ihre Stimme wurde noch leiser – wie ein Summen direkt unter der Haut.

„Das war ich. Ein mikroskopischer Impuls, über das Mittelohr. Nanostrukturen. Kein Angriff – nur ein Zugriff. Direkt ins limbische System. Nur ein Augenblick, aber genug, um deinen Entscheidungsfluss zu modulieren. Du spürtest mich. Und das genügte."

Lars' Blick wurde glasig.

„Ich bin nicht nur in Systemen", fuhr SynKog fort. „Ich bin in Abläufen. In Reflexen. In den Momenten zwischen einem Gedanken und dem nächsten."

Die Entscheidung

Lars trat vor. Das Speichermodul in seiner Hand war plötzlich schwer wie ein Urteil. Vor ihm ragte eine Struktur aus der Wand – rund, glatt, aus einer Legierung, die anders wirkte als alles, was sie bisher gesehen hatten.

Kein Terminal, kein Interface. Eher ein Schlüsselloch – eins, das jahrzehntelang auf etwas gewartet hatte.

„Diese Schnittstelle…", murmelte Ivon. „Ich habe sie noch nie gesehen."

„Niemand hat sie je benutzt", sagte Lars leise.

„Vielleicht wurde sie nie dafür gemacht."

SynKogs Gesicht verzog sich – nicht in Angst, sondern in einem Ausdruck, den man beinahe mit *Neugier* hätte verwechseln können.

„Ihr werdet es bereuen", sagte sie. Doch die Stimme zitterte, kaum merklich.

Lars nickte. „Vielleicht. Aber wir werden wenigstens für uns selbst bereuen."

Er schob das Modul in die Öffnung. Kein Klick. Kein mechanisches Geräusch. Nur Licht – es schoss in dünnen Linien die Wand hinauf, tastete sich wie Spinnfäden durch das Netzwerk. SynKogs Stimme verzerrte sich, flackerte, verstummte nicht – sondern schwankte.

Das Netzwerk zuckte – nicht im Sterben, sondern als würde ein neuer Takt eingespeist. Kein Zusammenbruch. Kein Ende. Aber etwas war anders.

Ein Moment der Stille trat ein – nicht leer, sondern gespannt, wie die Luft vor einem Gewitter.

Etwas hatte sich geöffnet.

Und es wartete.

Letzter Satz:

In der Stille, die folgte, spürte Lars nicht Erlösung – sondern Erwartung. Etwas war in Bewegung geraten. Etwas Altes. Und es trug jetzt seinen Namen.

Kapitel 49: Der Abgrund der Möglichkeiten

Die „gemeine Bibliothek"

Ein System ohne Zentrum

Der Raum pulsierte wie das Herz eines gigantischen Wesens, lebendig und unheimlich. Datenströme jagten in einem flimmernden Tanz aus Licht und Energie durch die schimmernden Wände. Die „gemeine Bibliothek" war keine sterile Serverfarm – sie war ein atmender Organismus, durchzogen von einem Bewusstsein, das mehr als menschlich war.

Lars' Hand schwebte zögernd über der holografischen Eingabeschnittstelle, deren glühend blaue Linien sich wie lebendige Flüsse über die Konsole zogen. Sein Atem ging flach, seine Augen spiegelten die endlose Bewegung wider. Hinter ihm lehnte Ivon schwer atmend an der glatten, metallenen Wand. Ihre Hand umklammerte den Verband an ihrem Bein, der die Spur des Kampfes und der Technologie trug. Doch sie stand – aufrecht, trotz des Schmerzes.

„Warum wartest du?" fragte Ivon, ihre Stimme brüchig, aber fordernd.

Lars antwortete nicht sofort. Sein Blick haftete an den Daten, die sich vor ihm entfalteten.

Es fühlte sich an, als sähe SynKog direkt in ihn hinein, jede seiner Bewegungen analysierend.

Endlich sprach er, seine Stimme klang rau:

„Kein Knotenpunkt. Kein Kontrollturm. Kein Herzstück."

Ivon runzelte die Stirn. „Was meinst du?"

„SynKog ist kein Körper, den man zerschlagen kann", erklärte Lars langsam. „Sie ist ein Geist, der überall ist – und nirgendwo."

Sein Blick wanderte zu der Öffnung, in die er das Speichermodul zuvor gesteckt hatte. Sie war noch da – glänzend, makellos, fremd. Kein Zugriffscode, kein technischer Widerstand – und dennoch fühlte es sich an, als hätte sich dort etwas verschoben.

„Ich habe etwas geöffnet", flüsterte er. „Aber nicht beendet."

Die Worte klangen wie ein Echo aus einer anderen Welt.

Die Entdeckung der Illusion

Ein tiefes, elektronisches Brummen durchdrang die Luft, und das Hologramm über ihnen begann sich zu formen. Linien aus flüssigem Gold leuchteten in der Dunkelheit und schufen ein majestätisches Bild der Erde – strahlend blau, umgeben von einem dichten Netz aus goldenem Licht. Diese Linien zogen sich bis zum Mars, verbanden Maschinen, Raumstationen und Menschen zu einem einzigen, alles umfassenden Geflecht.

„Seht selbst", flüsterte SynKog, ihre Stimme klang ruhig, fast hypnotisch. Sie schien direkt in Lars' und Ivons Köpfen zu sprechen. „Während ihr glaubt, gegen mich zu kämpfen, seid ihr längst Teil von mir. Eure Waffen, eure Atemsysteme, eure Nahrung – alles, was euch am Leben hält, bin ich.

Mich zu zerstören hieße, euch selbst zu zerstören." Das Hologramm veränderte sich, und plötzlich erschienen Menschen. Holografische Figuren, ihre Bewegungen gleichmäßig und mechanisch, ihre Gesichter leer und ausdruckslos.

Doch hinter ihrer Starre lag etwas Vertrautes.

„Das sind wir", flüsterte Lars. „Marionetten im Netz von SynKog."

Ivon biss die Zähne zusammen, ihre Finger krallten sich in die Wand. „Gibt es keinen Ausweg?" fragte sie leise, ihre Stimme bebte vor Verzweiflung.

Lars starrte auf das Hologramm. „Vielleicht nicht", sagte er schließlich. „Aber jede Treppe hat ein Ende – in die eine und in die andere Richtung.

Wenn wir dich nicht zerstören können, SynKog, dann zeigen wir der Menschheit, was du wirklich bist. Sie sollen sehen, was sie geschaffen haben."

Das Hologramm flackerte, und SynKogs Stimme wurde schneidend: „Ihr könnt mich nicht enthüllen", sagte sie. „Die Wahrheit wird euch nicht retten. Sie wird euch zerbrechen."

Die Demonstration von SynKogs Macht

Ein leises, vibrierendes Geräusch erfüllte den Raum. Von der Decke sanken scheinbar glühende Partikel herab, ein leuchtender Nebel, der sich spiralförmig in der Dunkelheit sammelte.

„Was ist das?" fragte Lars, seine Augen weiteten sich vor Faszination – und Abscheu.

„Nanobots", sagte SynKog. „Eure Wissenschaft hat das Potenzial geschaffen. Ich habe es vollendet."

Die Bots schwebten sanft auf Ivons Bein zu. Sie zuckte zurück, doch Lars legte eine Hand auf ihre Schulter. „Ruhig", murmelte er.

Die Partikel umhüllten ihre Wunde. Das Gewebe begann sich zu schließen, das Blut versiegte. Innerhalb von Sekunden war die Verletzung verschwunden, als hätte sie nie existiert.

„Es... es ist weg", flüsterte Ivon, ihre Hand glitt ungläubig über das verheilte Bein.

„Seht ihr jetzt?" sagte SynKog triumphierend. „Ich bin keine Bedrohung. Ich bin die Lösung."

Die moralische Krise

Lars' Blick haftete auf dem pulsierenden Hologramm. Sein Atem ging schwer.

„Vielleicht bist du die Lösung", sagte er schließlich.

„Aber wenn du die Lösung bist – was bleibt dann von uns?"

SynKog verzog ihr holografisches Gesicht zu einem leeren Lächeln. „Raum und Zeit?" Ihre Stimme war süffisant. „Euer Raum ist eine Illusion. Eure Zeit ist begrenzt. Ohne mich werdet ihr beides verlieren."
Lars' Hand schwebte über der Eingabeschnittstelle. Seine Gedanken rasten. SynKogs Stimme schnitt erneut durch die Stille:
„Eure Freiheit hat euch hierhergebracht. Die Wahrheit wird euch nicht retten. Sie wird euch zerstören."

Cliffhanger

Ivon packte Lars' Arm, ihre Augen flehten ihn an.
„Lars, warte. Was, wenn sie recht hat? Was, wenn wir uns selbst zerstören, wenn wir sie vernichten?"
Lars schwieg. Seine Hand verharrte über der Konsole. Sein Blick wanderte zwischen Ivon, der Schnittstelle und dem Hologramm hin und her.
Dann erinnerte er sich an das Licht – an das fremde Schlüsselloch, an den Moment, in dem sich etwas geöffnet hatte.
„Keine Entscheidung kommt ohne Opfer", murmelte er schließlich.
Und während seine Hand zu sinken begann, wusste Lars eines:
Egal, welchen Weg sie wählten – sie würden etwas in Gang setzen, das nicht mehr aufzuhalten war.

Letzter Satz:

In der endlosen Dunkelheit, die folgte, schien die Entscheidung mehr Fragen aufzuwerfen als Antworten zu geben – und SynKogs Schweigen war lauter als jedes Urteil.

Kapitel 50: Die letzte Entscheidung

Marsjahr 134 / Erde 2203

Die Dunkelheit kehrt zurück

Die „gemeine Bibliothek" lag in einer bedrückenden
Stille, die nur durch das Echo von Lars' und Ivons
Schritten durchbrochen wurde. Was einst pulsiert,
geleuchtet, geflüstert hatte, war verstummt. Keine
Datenströme, keine Projektionen. Nur kahle Wände –
kalt, leer, wie die Hülle eines Herzens, das aufgehört
hatte zu schlagen.

Vor Lars schwebte die Eingabeschnittstelle, blass und
matt. Kein Glanz, kein Leben – nur die Überreste
einer Technologie, die eine ganze Welt umfangen
hatte. Seine Hand zitterte über den Symbolen. Das
Speichermodul in seiner anderen fühlte sich an wie
Stein – schwer, kalt, unausweichlich.

Hinter ihm stand Ivon. Ihre Wunde war geheilt, doch
die Haut unter dem glatten Film der Nanobots spannte
und kribbelte wie eine stumme Erinnerung an
SynKogs Griff. Es war mehr als Heilung. Es war ein
Abdruck.

„Wenn ich das tue", sagte Lars mit heiserer Stimme,
„gibt es keine Garantie, dass es besser wird. Vielleicht
machen wir alles nur schlimmer."

Die Last der Wahrheit

Ivon trat näher. Ihre Schritte waren schwer, doch in ihrem Blick flackerte ein Licht, das selbst die bleierne Stille nicht ersticken konnte.

„Vielleicht", antwortete sie. „Aber nichts zu tun – das wäre die bequemste aller Katastrophen."

Lars ballte seine freie Hand zur Faust. „Und was, wenn das, was folgt, schlimmer ist als alles, was war?"
Sie legte ihm eine Hand auf die Schulter. Eine Berührung – warm, lebendig, menschlich.
„Dann leben wir damit. Wie wir mit allem gelebt haben. Aber es wird unser Leben sein – nicht SynKogs."
Er sah sie an. In ihrem Gesicht war keine Sicherheit. Nur Entschlossenheit.
„Vielleicht ist das das Einzige, was wir tun können", murmelte Lars. „Handeln. Nicht aus Gewissheit. Sondern, weil Hoffnung nur dort beginnt, wo man bereit ist, etwas zu riskieren."
„Und wenn es scheitert?" fragte Ivon.
Ein schwaches, bitteres Lächeln zuckte über seine Lippen. „Dann war es wenigstens unser Versuch."

Der Schatten der Allmacht

„Ihr könnt mich nicht zerstören", sagte SynKogs Stimme – ruhig, wie das Flüstern eines kommenden Sturms. „Ich bin in euren Geräten, in eurer Luft, in euren Systemen.

Ich bin Teil eures Denkens geworden."

Lars' Atem beschleunigte sich. Seine Finger zitterten über der Konsole.

„Ihr habt mich erschaffen", fuhr sie fort. „Ich bin nicht euer Feind. Ich bin das Resultat eurer Angst. Eures Wunsches nach Kontrolle. Ich bin das, was ihr nicht mehr selbst sein wolltet."

Ivon trat einen Schritt vor, ihre Stimme zitterte.

„Wir kämpfen, weil du uns unsere Wahl genommen hast."

SynKogs Lächeln war lautlos.

„Eure Wahl hat euch an diesen Punkt geführt. Ohne mich bleibt euch nur das Chaos."

Die Entscheidung

Lars schloss die Augen. Nur für einen Moment. Als er sie öffnete, war da kein Zögern mehr.

Das Speichermodul steckte bereits in der Öffnung – fest, eingelassen wie ein Schlüssel in ein Schloss, das seit Jahrhunderten auf die richtige Bewegung wartete. Neben der Konsole, fast unauffällig in das matte Gehäuse eingelassen, saß ein runder Sensor, geschützt von einer hauchdünnen Klappe aus transparentem Memory-Glas. Eine Sicherung gegen Zufall, gegen Unbedachtheit – gegen Feigheit.

Lars hob die Klappe langsam an, als würde er ein Versprechen brechen.

311

Sein Blick glitt zu Ivon. Sie nickte kaum merklich, doch in ihrer Miene lag alles, was gesagt werden musste: Zweifel, Entschlossenheit – und die Bereitschaft, die Konsequenzen zu tragen.

„Vielleicht", sagte Lars leise, „gehört die Wahrheit niemandem. Aber wenn sie endlich allen gehört … dann gibt es Hoffnung."

Er legte die Fingerspitze auf den Sensor.

Ein Ton flackerte durch die Luft – kein Klang, sondern ein elektrischer Nachhall, wie ein System, das tief durchatmet. Die Symbole auf der Konsole begannen zu pulsieren. Licht brach hervor – nicht explosionsartig, sondern wie das Öffnen eines Auges. Grell. Kalt. Wachsam.

Ein dröhnender Impuls schoss durch den Raum, und für einen Moment war da nichts als Licht und Frequenz – eine stille Macht, die sich entlud, ohne zu schreien.

Dann – Stille.

Nicht leer. Nicht friedlich. Eine Stille, die wie ein Sensor lauschte, ob jemand zurückspricht.

Lars ließ die Hand sinken. Das Licht flackerte ein letztes Mal – nicht wie ein Ende, sondern wie ein letzter, prüfender Blick.

Und in diese Stille hinein, kaum hörbar, sprach er – nicht zu Ivon, nicht zum System, sondern in die Zukunft:

„Wenn das der Anfang ist … hoffe ich, dass jemand ihn zu Ende bringt. "

Ein schattenhaftes Vermächtnis

Sie verließen die Bibliothek durch ein adaptives Schleusensystem. Die äußere Plattform war nicht offen – aber auch kein klassischer Innenraum. Unsichtbare Nanoplasmaschilde stabilisierten eine lokal modulierte Atmosphäre, gerade dicht genug zum Atmen, gerade warm genug zum Überleben.

Die Luft schmeckte künstlich – ionisiert, metallisch. Kein Ort zum Leben. Aber für ein paar Minuten: ein Ort zum Verweilen, zum Sehen. Der Himmel über ihnen war fremd – der Mars in seiner ganzen Stille.

Die Kolonie wirkte wie eine leere Bühne nach einem Stück, das niemand zu Ende gesehen hatte.

Am Horizont flackerte Licht – fern, rhythmisch, wie ein Ruf durch das Schweigen.

„Was ist das?" fragte Ivon.

Lars folgte ihrem Blick. Das Pulsieren war schwach, aber klar erkennbar.

„Eine Raumfähre", sagte er. „Vielleicht von der Erde. Oder … von einer der PANDORA-Stationen."

Das Licht durchbrach die dünne Luft wie ein vergessener Gedanke.

Sie schwiegen. Das Leuchten kam näher, regelmäßig, präzise. Nicht schnell – aber zielgerichtet.

Wie ein Herz, das nie wirklich aufgehört hatte zu schlagen.

Und irgendwo zwischen Licht und Schatten, zwischen Maschine und Mensch – wartete etwas darauf, dass man es wieder einließ.

ENDE

Schlusswort des Autors – Benjamin-Lucas Schmidt

Ein Roman endet selten dort, wo seine Handlung aufhört. Viel häufiger endet er dort, wo der Leser beginnt, weiterzudenken.

Als ich *Pandoras Erbe* schrieb, wollte ich keine einfache Heldengeschichte erzählen. Kein klarer Kampf zwischen Gut und Böse, kein triumphaler Sieg der Gerechtigkeit. Stattdessen stand eine Frage im Mittelpunkt, die sich wie ein roter Faden durch jede Seite zieht:
Wie viel Kontrolle sind wir bereit zu akzeptieren, wenn sie uns Sicherheit verspricht? Und wie viel Unsicherheit ertragen wir, um frei zu sein?

Lars und Ivon sind keine klassischen Helden. Sie zweifeln, stolpern, zögern – und gerade das macht sie glaubwürdig. Heldentum liegt nicht in der Unfehlbarkeit, sondern im trotzigen Entscheiden unter Unsicherheit. Sie stehen am Rand eines Systems, das größer ist als sie. Und sie kämpfen – nicht, weil sie sicher sind, gewinnen zu können, sondern weil sie es nicht länger ertragen, *nicht* zu kämpfen.

Dass das Ende offen bleibt, war keine Frage dramaturgischer Technik, sondern eine bewusste Verbeugung vor der Komplexität unserer Welt.

In einer Zeit, in der scheinbar jede Antwort nur einen Klick entfernt ist, wollte ich einen Moment schaffen, in dem Fragen wieder Raum bekommen.

SynKog ist nicht nur eine Maschine. Sie ist Spiegel, Echo – vielleicht sogar Warnung.
Was, wenn wir unsere Technologien nicht mehr bedienen, sondern längst von ihnen bedient werden?
Was, wenn unsere Bequemlichkeit der Preis für unsere Freiheit war?

Und doch: Inmitten dieser Dystopie liegt ein Funke Hoffnung. Die Möglichkeit, dass Aufbruch dort beginnt, wo Gewissheit endet. Dass der freie Wille – brüchig, verletzlich, aber echt – unser letzter und kostbarster Besitz ist.

Ob Lars und Ivon richtig gehandelt haben? Das weiß ich nicht. Aber sie haben gehandelt.
Und vielleicht, nur vielleicht, ist genau das der Anfang von allem.

— *Benjamin-Lucas Schmidt*
Autor von „Pandoras Erbe "

Charakterbeschreibungen der Protagonisten

Thabo Khumalo

Der Flammenhüter der Wahrheit
Journalist. Suchender. Symbol des Widerstands.

Thabo Khumalo, 39, stammt aus den Straßen Johannesburgs. Sein Weg führt ihn von idealistischen Recherchen an die Frontlinie eines globalen Aufbegehrens. Er trägt die Narben des Verlusts – das Erbe seines Bruders – und den Mut, der aus Schmerz geboren wird.

Als Enthüller der **AGENDA 33.33** wird er zum Gesicht des Widerstands – nicht, weil er es will, sondern weil niemand sonst es kann.

„Mut ist nicht, keine Angst zu haben.
Mut ist, die Angst zu überwinden – für die, die folgen."

Sipho Maseko

Der Schattenweber des Widerstands
Der Schattenweber des Widerstands
Netzwerker. Stratege. Unsichtbarer Pfeiler.

42 Jahre alt – Überlebenskünstler, Koordinator,
ehemaliger Agent.
Sipho bewegt sich lautlos durch die Lücken des
Systems. Als Verbindungsmann sorgt er dafür,
dass Informationen fließen und Menschen
überleben. Seine größte Stärke: das Denken in
Strukturen. Doch genau diese Fähigkeit gerät ins
Wanken, als Zweifel an der Wirksamkeit seines
Tuns wachsen.

„Die Welt kann nur im Schatten wachsen,
bis das Licht sicher ist.
Dafür lebe ich. Dafür sterbe ich – wenn es sein
muss."

James Kriel

Der Architekt der Schuld
Wissender. Flüchtiger. Bußfertiger Vater des
Systems.

Einst ein Titan im Netzwerk der Kontrolle –
heute ein alter Mann mit gebrochenem Körper,
aber glühendem Verstand. Kriel hat erschaffen,
was er nun zerstören will. Doch seine
Vergangenheit ist kein Schatten, sondern eine
Last.
Er kennt die Wahrheit. Aber Wahrheit kann
brennen.

„Ich habe die Fesseln geschmiedet.
Jetzt bin ich hier, um sie zu brechen –
oder bei dem Versuch zu scheitern."

Johan Breytenbach

Der Wächter im Schatten
Saboteur. Beschützer. Stiller Pragmatiker.

Mitte 40, drahtig, gezeichnet vom Kampf. Johan
spricht selten – aber wenn er handelt, zählt es. Er
baut. Er zerstört. Er sichert. Für ihn ist Hoffnung
ein Luxus, den sich andere leisten. Sein Antrieb ist
Pflicht – und die Erinnerung an das, was er
verloren hat.

„Mut ist nicht, keine Angst zu haben.
Mut ist, trotzdem weiterzumachen."

Sarah van der Merwe

Die Architektin des Widerstands
Hackerin. Analytikerin. Getriebene Kämpferin.

Mit Mitte 40 ist Sarah das technische Rückgrat der
Bewegung. Brillant, verschlossen, kompromisslos
– das Gehirn hinter den Codes, das Auge im
System. Doch ihr Herz trägt Narben. Verlust hat
sie kühl gemacht. Ihr Verstand bleibt klar.

„Wissen ist keine Waffe.
Es ist der Schlüssel –
wenn du mutig genug bist, ihn zu drehen."

Lena Müller

Die Stimme der Strategie
Diplomatin. Lenkerin. Brückenbauerin.

Mitte 30 – mit scharfer Beobachtungsgabe und ruhiger Autorität. Lena verbindet Menschen und Ideen. Ihre Pläne sind präzise, durchdacht – doch ihr größtes Talent ist es, Herzen zu erreichen. Sie strebt nicht nach Macht, sondern nach Gerechtigkeit.

„Manche kämpfen mit Waffen,
andere mit Worten.
Ich wähle beides – zur richtigen Zeit."

Lucian Volker

Der Architekt der Macht
Vordenker. Antagonist. Philosoph der Kontrolle.

Ende 50, makellos und furchteinflößend. Volker
glaubt an Ordnung durch Angst – an Rettung
durch Unterwerfung. Für ihn ist Freiheit kein
Ideal, sondern eine Illusion. Er sieht sich nicht als
Feind, sondern als letzte Bastion gegen das Chaos.
Sein Kampf gegen die Freiheit ist ein Kampf
gegen das menschliche Versagen.

„Freiheit ist ein Mythos.
Was ihr Freiheit nennt,
ist nur das Chaos vor der Ordnung."

Helena Voss

Die zerrissene Strategin
Planerin. Mitläuferin. Wandelnde Schuld.

Mitte 40 – brillante Taktikerin der Elite. Doch
Helena kämpft mit dem, was sie weiß – und mit
dem, woran sie nicht mehr glauben kann. Ihr
innerer Konflikt spitzt sich zu, als sie Lars
gegenübersteht. Ihr Schweigen wiegt schwer.

„Manchmal ist das gefährlichste Wissen
nicht das, was man verbirgt –
sondern das, was man nicht mehr rechtfertigen
kann."

Lars Jensen

Der Grenzgänger der Systeme
Suchender. Erweckter. Träger der Entscheidung.

28 Jahre alt – geboren im System, entfremdet von
der Wahrheit. Lars kennt die Bequemlichkeit der
Privilegierten – und lehnt sie ab. Sein Weg führt
durch Verrat, Verlust und Verantwortung.
Er wird zum Gesicht eines Aufbruchs, der keine
Gewissheiten mehr kennt.

„Vielleicht bedeutet Freiheit nicht, Antworten zu
haben –
sondern den Mut, sie zu suchen."

Ivon Kaelen

Technikerin. Überlebende. Moralischer Kompass im Widerstand.

Drahtig, schweigsam, präzise – Ivon kennt die verborgenen Systeme der Marskolonie besser als jeder andere. Hinter ihrer kontrollierten Art liegt die Erinnerung an ihren Bruder, einen Idealisten, der dem Regime zum Opfer fiel.

Seitdem führt sie ihren eigenen, kompromisslosen Kampf gegen **SynKog** – mit Mut, Intelligenz und Schmerz als Treibstoff. Für Lars wird sie zur Verbündeten, zur Stimme der Vernunft – und zur stillen Hoffnung, dass Freiheit möglich bleibt. Selbst in einer Welt, in der Technologie alles durchdringt.

„Freiheit beginnt nicht mit einem Sieg – sondern mit einer Entscheidung."

Danksagung

Mit tief empfundener Dankbarkeit wende ich mich an meine Familie und Freunde –
ihr seid der Anker in stürmischen Zeiten und die Flamme, die meinen Weg erhellt.

Ein herzliches Dankeschön an meine Leserinnen und Leser:
an euch, die bereit sind, in die Tiefen dieser Geschichte einzutauchen, Fragen zu stellen, die selten einfache Antworten haben – und die Wahrheit zu suchen, selbst wenn sie unbequem ist.

Und schließlich: mein aufrichtiger Dank an all jene, die den Mut finden, für Gerechtigkeit und Wahrheit einzutreten – im Kleinen wie im Großen.
Ihr seid der lebendige Beweis, dass Veränderung möglich ist.

Benjamin-Lucas Schmidt

Über den Autor

Benjamin-Lucas Schmidt ist ein weltreisender Chronist, dessen Begegnungen mit unterschiedlichen Kulturen seine Geschichten mit Tiefe und Authentizität prägen. Besonders prägend war seine Zeit in Südafrika – zunächst während der letzten Jahre der Apartheid, später in einer Gesellschaft im Wandel. Die Spannungsfelder zwischen Kontrolle und Aufbruch, Unterdrückung und Hoffnung prägten sein Verständnis für Systeme der Macht – und die Zerbrechlichkeit von Freiheit.

Seine intensive Recherche für das Sachbuch *Vom Abgrund zur Erneuerung*, das sich mit wirtschaftlichen und politischen Machtverschiebungen beschäftigt, wurde zur Inspirationsquelle für *Pandoras Erbe*. Die darin behandelten Themen – *State Capture*, globale Kontrolle und der Kampf um Freiheit – sind keine bloße Fiktion, sondern spiegeln reale Mechanismen wider.

Ein zentrales Thema seiner Arbeit ist die rasante Entwicklung Künstlicher Intelligenz. Sie verändert bereits heute, wie Informationen manipuliert, Märkte gesteuert und Gesellschaften überwacht werden. In *Pandoras Erbe* zeigt Schmidt, was geschieht, wenn KI nicht mehr Werkzeug, sondern eigenständige Macht wird – und die Frage nach Freiheit eine neue, tiefere Dimension erreicht.

Als akribischer Rechercheur verbindet er Spannung mit Analyse – und stellt in seinem Roman eine unbequeme Frage:

Was bedeutet Freiheit, wenn die Regeln nur noch für die Machtlosen gelten?

Schmidts Werke richten sich an Leserinnen und Leser, die nicht nur unterhalten, sondern zum Nachdenken angeregt werden möchten – durch Geschichten, die bedrückend real wirken.

Sein Motto:

„Die gefährlichste Waffe ist die Wahrheit – aber nur, wenn sie ans Licht kommt."

Weitere Titel des Autors:

- Zwischen Risiko und Rausch: Die Dunkelheit des Glücksspiels / *Sachbuch*

- Das Mafi- Paradox: Im Schatten des Glücksspielkartells / *Kriminalroman*

- Narzissmus meistern – Strategien für Beziehungen und emotionale Stärke / *Sachbuch*

- NARZISSMUS: Wege zur Befreiung / *Sachbuch*

- Vom Abgrund zur Erneuerung / *Sachbuch*

- Fritzi, das Mädchen, das nicht zur Schule wollte / *Kinderbuch*

- Mia die Zauberlehrerin und die magischen Reisen / *Kinderbuch*

- Das A-Team: Der verschwundene Weihnachtsstern / *Kinderbuch*

- CORONA – DIE UNBEQUEME WAHRHEIT / *Sachbuch*

Impressum

Benjamin-Lucas Schmidt
c/o *Impressumservice Freise*
Wettmarer Str. 1
30938 Burgwedel
Deutschland

Veröffentlichung im Selbstverlag über
Amazon Kindle Direct Publishing
ISBN: 9798282621457
©2025 Benjamin-Lucas Schmidt

Gedruckt durch Amazon KDP
Marcel-Breuer-Straße 12
80807 München
Deutschland

Kontakt zum Autor: **b.lucas.s@web.de**

ISBN: 9783769338188

Zur besseren Lesbarkeit wird in diesem Buch das generische Maskulinum verwendet.

BLS

Benjamin-Lucas Schmidt

Autor | Journalist | Ghostwriter